JN089530

猫と笑いに銀河

宮沢賢治ユーモア童話選

編著：大角 修（「賢治研究」編集長）

はじめに　ユーモラスな宮沢賢治

宮沢賢治（１８９６—１９３３年）は「雨ニモマケズ」の印象とは異なり、実際には、ジョーク好きで、ほがらかな人だったようである。作品も多様で、そのなかにはユーモラスなものも多い。有名な童話「銀河鉄道の夜」にも、プリオシン海岸の化石掘りの大学士とか、銀河の鳥捕りとか、けったいな人物が登場する。また、アメリカのカントリーミュージックを作品に取り入れるなど、当時は先進的な試みをし、日本のポップカルチャーの源流にも「賢治」がいる。

本書には、なかでもユーモラスな作品を集め、副題を『ユーモア童話選』とした。

賢治作品がユーモラスであることは早くから指摘されていて「宮沢賢治のユーモア」といった論もあるのだが、ともかく、作品を読んでみるのがいちばんである。

ところで、宮沢賢治の作品はもう百年も前に書かれたものだが、今も古びない斬新さがある。しかし、用語には今ではわかりにくくなった語句も多い。また、賢治自身が謎めいた言葉を散りばめて、そこから展開するイメージは読者にゆだねているところがある。それゆえ、読んですぐわかるというわけにはいかない。

賢治の作品に興味をもって読もうとする人は多いのだが、そうした点が壁になって、読みにくいし、読んでも何のことかわからなかったという人もある。

そこで本書では、現代表記に改められている筑摩書房刊「宮沢賢治コレクション」シリーズを用いたうえ、作品の本文を区切ってコメントを挿入した。作品の途中に入れたコメントを煩わしいと感じる方もおられると想像されるが、ひとつの試みとしてご容赦いただきたい。

ともあれユーモラスでファンタジックな賢治文学を楽しんでいただき、その作品を読むことを通して、単にコミカルだけではないところも味わっていただければ幸いである。


【凡例】

テキストは筑摩書房刊「宮沢賢治コレクション」を用いる。

引用した原文の改行をつめたときは／印で示す。

本文中の［　］内に説明を挿入し、ルビも補足した。

作品名の～印のサブタイトルは筆者がつけた。

今では差別・不快用語とされる語句もあるが、作品中はそのままとした。

猫と笑いに銀河　宮沢賢治ユーモア童話選

もくじ

第1章

動物と自然界の物語

寓話　猫の事務所……ある小さな官衙に関する幻想……

「ツェ」ねずみ～暴露する者の末路～

鳥箱先生とフウねずみ～虚妄の果てに～

クンねずみ～ネズミは猫に食われる～

蜘蛛となめくじと狸～ゴールは地獄だ～

フランドン農学校の豚～友愛と平和の情操を涵養するために～

どんぐりと山猫～森の中の草地の思い出～

寓話　猫の事務所……ある小さな官衙《かんが》に関する幻想《げんそう》……

明治時代以来、全国に多くの鉄道路線が敷かれた。そのなかで、幹線から伸びる支線は主に地方の民間資本で建設され、それを軽便鉄道といった。賢治が生きた岩手県花巻では、今の東北本線花巻駅から北上山地の仙人峠までの岩手軽便鉄道（現在のＪＲ釜石線）が建設された。それが銀河鉄道のモデルともされるが、この物語は軽便鉄道の停車場（駅）の近くで猫たちが働く官衙《かんが》（役所）の話である。そこは猫の歴史と地理を調べて旅行者をガイドするのが仕事だ。猫が人間世界を旅行するには何かと注意が必要だからだ。そこは「第六事務所」という小さな支所なのだが、書記（職員）になるのは難関である。

軽便《けいべん》鉄道の停車場ちかくに、猫の第六事務所がありました。ここは主に、猫《ねこ》の歴史と地理をしらべるところでした。

書記はみな、短い黒の繻子《しゅす》の服を着て、それに大《たい》へんみんなに尊敬されましたから、何かの都合《つごう》で書記をやめるものがあると、そこらの若い猫は、どれもどれも、みんなそのあとへ入りたがってばたばたしました。
けれども、この事務所の書記の数はいつもただ四人ときまっていましたから、その沢山《たくさん》の中で一番字がうまく詩の読めるものが、一人やっとえらばれるだけでした。
事務長は大きな黒猫で、少しもうろくしてはいましたが、眼《め》などは中に銅線が幾重《いくえ》も張ってあるかのように、じつに立派にできていました。
さてその部下の
一番書記は白猫でした、
二番書記は虎猫《とらねこ》でした、
三番書記は三毛《みけ》猫でした、
四番書記は竈猫《かまねこ》でした。
竈猫というのは、これは生れ付きではありません。生れ付きは何猫でもいいのですが、夜かまどの中にはいってねむる癖があるために、いつでもからだが煤《すす》できたなく、殊に鼻と耳にはまっくろにすみがついて、何だか狸のような猫のことを云《い》うのです。
ですからかま猫はほかの猫には嫌われます。
けれどもこの事務所では、何せ事務長が黒猫なもんですから、このかま猫も、あたり前ならいくら勉強ができても、とても書記なんかになれない筈《はず》のを、四十人の中からえらびだされたのです。

猫の目は瞳の周囲の虹彩が金色に光って見えることがある。事務長の猫の目は「中に銅線が幾重も張ってあるかのよう」に光っているのだから立派な黒猫である。

以下、白猫、虎猫、三毛猫と竈猫の四匹が事務員だ。竈猫は竈《かまど》（昔の民家で火をたいて煮炊きしたところ）に入って眠る癖があるので体がすすけて黒っぽくなっている。そのみすぼらしさが事務長の黒猫の立派さをひきたてるので職員に採用されたのだろうが、官衙の職員になれたのは竈猫一族の誉れである。


大きな事務所のまん中に、事務長の黒猫が、まっ赤な羅紗《らしゃ》をかけた卓テーブルを控《す》えてどっかり腰かけ、その右側に一番の白猫と三番の三毛猫、左側に二番の虎猫と四番のかま猫が、めいめい小さなテーブルを前にして、きちんと椅子《いす》にかけていました。

ところで猫に、地理だの歴史だの何になるかと云いますと、
まあこんな風《ふう》です。

事務所の扉《と》をこつこつ叩《たた》くものがあります。

「はいれっ。」事務長の黒猫が、ポケットに手を入れてふんぞりかえってどなりました。

四人の書記は下を向いていそがしそうに帳面をしらべています。

ぜいたく猫がはいって来ました。

「何の用だ。」事務長が云います。

「わしは氷河鼠《ひょうがねずみ》を食いにベーリング地方へ行きたいのだが、どこらがいちばんいいだろう。」

「うん、一番書記、氷河鼠の産地を云え。」

一番書記は、青い表紙の大きな帳面をひらいて答えました。

「ウステラゴメナ、ノバスカイヤ、フサ河流域であります。」

事務長はぜいたく猫に云いました。

「ウステラゴメナ、ノバ……何と云ったかな。」

「ノバスカイヤ。」一番書記とぜいたく猫がいっしょに云いました。

「そう、ノバスカイヤ、それから何⁉」

「フサ川。」またぜいたく猫が一番書記といっしょに云ったので、事務長は少しきまり悪そうでした。

「そうそう、フサ川。まああそこらがいいだろうな。」

「で旅行についての注意はどんなものだろう。」

「うん、二番書記、ベーリング地方旅行の注意を述べよ。」

「はっ。」二番書記はじぶんの帳面を繰りました。「夏猫は全然旅行に適せず」するとどういうわけか、この時みんながかま猫の方をじろっと見ました。

「冬猫もまた細心の注意を要す。函館《はこだて》付近、馬肉にて釣《つ》らるる危険あり。特に黒猫は充分に猫なることを表示しつつ旅行するに非《あら》ざれば、応々黒狐《くろぎつね》と誤認せられ、本気にて追跡さるることあり。」

「よし、いまの通りだ。貴殿《きでん》は我輩《わがはい》のように黒猫ではないから、まあ大した心配はあるまい。函館で馬肉を警戒《けいかい》するぐらいのところだ。」

「そう、で、向うでの有力者はどんなものだろう。」

「三番書記、ベーリング地方有力者の名称を挙げよ。」

「はい、えゝと、ベーリング地方と、はい、トバスキー、ゲンゾスキー、二名であります。」

「トバスキーとゲンゾスキーというのは、どういうようなやつらかな。」

「四番書記、トバスキーとゲンゾスキーについて大略《たいりゃく》を述べよ。」

「はい。」四番書記のかま猫は、もう大原簿《だいげんぼ》のトバスキーとゲンゾスキーとのところに、みじかい手を一本ずつ入れて待っていました。そこで事務長もぜいたく猫も、大へん感服したらしいのでした。

ところがほかの三人の書記は、いかにも馬鹿《ばか》にしたように横目で見て、ヘッとわらっていました。かま猫は一生けん命帳面を読みあげました。

「トバスキー酋長《しゅうちょう》、徳望あり。眼光炯々《がんこうけいけい》たるも物を言うこと少しく遅し、ゲンゾスキー財産家、物を言うこと少しく遅けれども眼光炯々たり。」

「いや、それでわかりました。ありがとう。」

ぜいたく猫は出て行きました。

氷河鼠は賢治の造語で、他の作品にも出る。ここでは北のベーリング地方に生息しているネズミだ。寒冷地に育つ氷河鼠は脂がのった美味のネズミであろう。そこに行って氷河鼠を食べようというのは、セレブのぜいたくネズミだ。

四匹の書記たちは、それぞれ、地理だの歴史だのが書いてある帳面を見て、旅行の注意点を言う。夏に生まれた夏猫は寒さに適応していないのでベーリング地方の旅行は適さない。じつは竃猫も夏猫である。

冬猫は寒さに強いから北の旅行に問題はないが、函館あたりでは人間どもが馬肉を使った罠をしかけているので危険だ。特に黒猫は人間が毛皮をとる黒狐（ギンギツネ）と間違えられるので注意しなければならない。

向こうでは有力者の屋敷に行くのがよい。眼光炯々《けいけい》たる（これは立派な猫をいう言葉）トバスキーとゲンゾスキーは人間の名であろう。その屋敷の台所に忍び込めば、ごちそうをねらう太ったネズミがうろうろしているに違いない。

こういうことを教えてくれる猫の事務所は、きわめて有益な役所である。

こんな工合《ぐあい》で、猫にはまあ便利なものでした。ところが今のおはなしからちょうど半年ばかりたったとき、とうとうこの第六事務所が廃止になってしまいました。というわけは、もうみなさんもお気づきでしょうが、四番書記のかま猫は、上の方の三人の書記からひどく憎《にく》まれていましたし、ことに三番書記の三毛猫は、このかま猫の仕事をじぶんがやって見たくてたまらなくなったのです。かま猫は、何とかみんなによく思われようといろいろ工夫をしましたが、どうもかえっていけませんでした。

たとえば、ある日となりの虎猫が、ひるのべんとうを、机の上に出してたべはじめようとしたときに、急にあくびに襲《おそ》われました。

そこで虎猫は、みじかい両手をあらんかぎり高く延《の》ばして、ずいぶん大きなあくびをやりました。これは猫仲間《なかま》では、目上の人にも無礼なことでも何でもなく、人ならばまず鬚《ひげ》でもひねるぐらいのところですから、それはかまいませんけれども、いけないことは、足をふんばったために、テーブルが少し坂になって、べんとうばこがするするっと滑って、とうとうがたっと事務長の前の床《ゆか》に落ちてしまったのです。それはでこぼこではありましたが、アルミニュームでできていましたから、大丈夫こわれませんでした。そこで虎猫は急いであくびを切り上げて、机の上から手をのばして、それを取ろうとしましたが、やっと手がかかるかかからないか位なので、べんとうばこは、あっちへ行ったりこっちへ寄ったり、なかなかうまくつかまりませんでした。

「君、だめだよ。とどかないよ。」と事務長の黒猫が、もしゃもしゃパンを喰べながら笑って云いました。その時四番書記のかま猫も、ちょうどべんとうの蓋《ふた》を開いたところでしたが、それを見てすばやく立って、弁当を拾って虎猫に渡そうとしました。ところが虎猫は急にひどく怒り出して、折角《せっかく》かま猫の出した弁当も受け取らず、手をうしろに廻して、自暴《やけ》にからだを振りながらどなりました。

「何だい。君は僕にこの弁当を喰《た》べろというのかい。机から床の上へ落ちた弁当を君は僕に喰《く》えというのかい。」

「いいえ、あなたが拾おうとなさるもんですから、拾ってあげただけでございます。」

「いつ僕が拾おうとしたんだ。うん。僕はただそれが事務長さんの前に落ちてあんまり失礼なもんだから、僕の机の下へ押し込もうと思ったんだ。」

「そうですか。私はまた、あんまり弁当があっちこっち動くもんですから……………」

「何だと失敬な。決闘《けっとう》を………」

「ジャラジャラジャラジャラン。」事務長が高くどなりました。これは決闘をしろと云ってしまわせない為《ため》に、わざと邪魔《じゃま》をしたのです。

「いや、喧嘩《けんか》するのはよしたまえ。かま猫君も虎猫君に喰べさせようというんで拾ったんじゃなかろう。それから今朝《けさ》云うのを忘れたが虎猫君は月給が十銭あがったよ。」

虎猫は、はじめは恐《こわ》い顔をしてそれでも頭を下げて聴いていましたが、とうとう、よろこんで笑い出しました。

「どうもおさわがせいたしましてお申しわけございません。」それからとなりのかま猫をじろっと見て腰掛《こしか》けました。

みなさんぼくはかま猫に同情します。

騒ぎを起こしたくない事務長は、なんとかみんなをなだめようとするのだが、猫たちのいじめはいっそう陰湿になっていく。

ところがその事務長も、あてにならなくなりました。それは猫なんていうものは、賢《かしこ》いようでばかなものです。ある時、かま猫は運わるく風邪《かぜ》を引いて、足のつけねを椀《わん》のように腫《はら》し、どうしても歩けませんでしたから、とうとう一日やすんでしまいました。かま猫のもがきようといったらありません。泣いて泣いて泣きました。納屋《なや》の小さな窓から射《さ》し込んで来る黄いろな光をながめながら、一日一杯眼をこすって泣いていました。

その間に事務所ではこういう風でした。

「はてな、今日はかま猫君がまだ来んね。遅いね。」と事務長が、仕事のたえ間に云いました。

「なあに、海岸へでも遊びに行ったんでしょう。」白猫が云いました。

「いゝやどこかの宴会にでも呼ばれて行ったろう。」虎猫《とらねこ》が云いました。

「今日どこかに宴会があるか。」事務長はびっくりしてたずねました。猫の宴会に自分の呼ばれないものなどある筈《はず》はないと思ったのです。

「何でも北の方で開校式があるとか云いましたよ。」

「そうか。」黒猫はだまって考え込みました。

「どうしてどうしてかま猫は、」三毛猫が云い出しました。「この頃ごろはあちこちへ呼ばれているよ。何でもこんどは、おれが事務長になるとか云ってるそうだ。だから馬鹿《ばか》なやつらがこわがってあらんかぎりご機嫌《きげん》をとるのだ。」

「本《ほん》とうかい。それは。」黒猫がどなりました。

「本とうですとも。お調べになってごらんなさい。」三毛猫が口を尖《とが》らせて云いました。

「けしからん。あいつはおれはよほど目をかけてやってあるのだ。よし。おれにも考えがある。」

そして事務所はしばらくしんとしました。

さて次の日です。

かま猫は、やっと足のはれが、ひいたので、よろこんで朝早く、ごうごう風の吹くなかを事務所へ来ました。するといつも来るとすぐ表紙を撫《な》でて見るほど大切な自分の原簿が、自分の机の上からなくなって、向う隣《となな》り三つの机に分けてあります。

「ああ、昨日は忙がしかったんだな、」かま猫は、なぜか胸をどきどきさせながら、かすれた声で独りごとしました。

ガタッ。扉《と》が開いて三毛猫がはいって来ました。

「お早うございます。」かま猫は立って挨拶《あいさつ》しましたが、三毛猫はだまって腰かけて、あとはいかにも忙がしそうに帳面を繰っています。ガタン。ピシヤン。虎猫がはいって来ました。

「お早うございます。」かま猫は立って挨拶しましたが、虎猫は見向きもしません。

「お早うございます。」三毛猫が云いました。

「お早う、どうもひどい風だね。」虎猫もすぐ帳面を繰りはじめました。

ガタッ、ピシャーン。白猫《しろねこ》が入って来ました。

「お早うございます。」虎猫《とらねこ》と三毛猫が一緒に挨拶しました。

「いや、お早う、ひどい風だね。」白猫も忙がしそうに仕事にかかりました。その時かま猫は力なく立ってだまっておじぎをしましたが、白猫はまるで知らないふりをしています。

ガタン、ピシャリ。

「ふう、ずいぶんひどい風だね。」事務長の黒猫が入って来ました。

「お早うございます。」三人はすばやく立っておじぎをしました。かま猫もぼんやり立って、下を向いたまゝおじぎをしました。

「まるで暴風だね、えゝ。」黒猫は、かま猫を見ないで斯《こ》う言いながら、もうすぐ仕事をはじめました。

「さあ、今日は昨日のつゞきのアンモニアックの兄弟を調べて回答しなければならん。二番書記、アンモニアック兄弟の中で、南極へ行ったのは誰《たれ》だ。」仕事がはじまりました。かま猫はだまってうつむいていました。原簿がないのです。それを何とか云いたくっても、もう声が出ませんでした。

「パン、ポラリスであります。」虎猫が答えました。

「よろしい、パン、ポラリスを詳述せよ。」と黒猫が云います。ああ、これはぼくの仕事だ、原簿、原簿、とかま猫はまるで泣くように思いました。

「パン、ポラリス、南極探険の帰途《きと》、ヤップ島沖にて死亡、遺骸《いがい》は水葬《すいそう》せらる。」一番書記の白猫が、かま猫の原簿で読んでいます。かま猫はもうかなしくて、かなしくて頬《ほほ》のあたりが酸っぱくなり、そこらがきいんと鳴ったりするのをじっとこらえてうつむいて居《お》りました。

事務所の中は、だんだん忙《いそが》しく湯の様《よう》になって、仕事はずんずん進みました。みんな、ほんの時々、ちらっとこっちを見るだけで、たゞ一ことも云いません。

そしておひるになりました。かま猫は、持って来た弁当も喰《た》べず、じっと膝《ひざ》に手を置いてうつむいて居《お》りました。

とうとうひるすぎの一時から、かま猫はしくしく泣きはじめました。そして晩方《ばんがた》まで三時間ほど泣いたりやめたりまた泣きだしたりしたのです。

それでもみんなはそんなこと、一向知らないというように面白そうに仕事をしていました。


ここまでいじめが昂進すると、もうおしまいだ。


その時です。猫どもは気が付きませんでしたが、事務長のうしろの窓の向うにいかめしい獅子《しし》の金いろの頭が見えました。

獅子は不審《ふしん》そうに、しばらく中を見ていましたが、いきなり戸口を叩《たた》いてはいって来ました。

猫どもの愕《おどろ》きようといったらありません。うろうろうろうろそこらをあるきまわるだけです。かま猫だけが泣くのをやめて、まっすぐに立ちました。

獅子が大きなしっかりした声で云いました。

「お前たちは何をしているか。そんなことで地理も歴史も要《い》ったはなしでない。やめてしまえ。えい。解散を命ずる」

こうして事務所は廃止になりました。


獅子すなわちライオンはネコ科動物の王者である。きっぱり事務所の解散を命じた。それでおしまい。しかし最後に「ぼく（作者）は半分獅子に同感です」というのは、どういう意味だろう。解散させなくてもよかったのに、という気もするということだろうか。そこは読者諸賢に解答をゆだねたい。

なお、登場する地名や人名は、なにしろ猫の地理と歴史によるものなので、かなりいいかげんである。

「ツェ」ねずみ～暴露する者の末路～

賢治に「ネズミ三部作」と呼ばれる三つの作品がある。「ツェねずみ」「鳥箱先生とフウねずみ」「クンねずみ」である。その語り口は軽妙でコミカルなのだが、主人公のネズミたちはみんな殺されてしまう。まず、「ツェねずみ」から。

ある古い家の、まっくらな天井《てんじょう》うらに、「ツェ」という名まえのねずみがすんでいました。

ある日ツェねずみは、きょろきょろ四方を見まわしながら、床下街道《ゆかしたかいどう》を歩いていますと、向こうからいたち［イタチ］が、何かいいものを、沢山《たくさん》もって、風のように走って参りました。そして「ツェ」ねずみを見て、一寸《ちょっと》たちどまって、早口に云《い》いました。

「おい、ツェねずみ。お前んとこの戸棚《とだな》の穴から、金米糖《こんぺいとう》がばらばらこぼれているぜ。早く行ってひろいな。」

ツェねずみは、もうひげもぴくぴくするくらいよろこんで、いたちにはお礼も云わずに、一《いっ》さんにそっちへ走って行きました。

ところが、戸棚の下まで来たとき、いきなり足がチクリとしました。そして、「止まれ。誰《たれ》かっ。」という小さな鋭《するど》い声がします。

ツェねずみはびっくりして、よく見ますと、それは蟻《あり》でした。蟻の兵隊は、もう金米糖のまわりに四重の非常線を張って、みんな黒いまさかりをふりかざしています。二三十疋《ぴき》は、金米糖を片っぱしから砕《くだ》いたり、とかしたりして、巣へはこぶ仕度《したく》です。「ツェ」ねずみはぶるぶるふるえてしまいました。

「ここから内へはいってならん。早く帰れ。帰れ、帰れ。」蟻の特務曹長《とくむそうちょう》［上級の下士官］が、低い太い声で言いました。

鼠《ねずみ》はくるっと一つまわって、一目散《いちもくさん》に天井裏へかけあがりました。そして巣の中へはいって、しばらくねころんでいましたが、どうも面白《おもしろ》くなくて、面白くなくて、たまりません。蟻はまあ兵隊だし、強いから仕方もないが、あのおとなしいいたちめに教えられて、戸棚の下まで走って行って蟻の曹長にけんつくを食うとは何たるしゃくにさわることだとツェねずみは考えました。

そこでねずみは巣から又《また》ちょろちょろはい出して、木小屋の奥のいたちの家にやって参りました。いたちは、ちょうど、とうもろこしのつぶを、歯でこつこつ噛《か》んで粉にしていましたが、ツェねずみを見て云いました。

「どうだ。金米糖がなかったかい。」

「いたちさん。ずいぶんお前もひどい人だね、私のような弱いものをだますなんて。」

「だましゃせん。たしかにあったのや。」

「あるにはあってももう蟻が来てましたよ。」

「蟻が。へい。そうかい。早いやつらだね。」

「みんな蟻がとってしまいましたよ。私のような弱いものをだますなんて、償《まど》うて下さい［弁償してください］。償うて下さい。」

「それは仕方ない。お前の行きようが少し遅《おそ》かったのや。」

「知らん知らん。私のような弱いものをだまして。償うて下さい、償うて下さい。」

「困ったやつだな。ひとの親切をさかさまにうらむとは。よしよし。そんならおれの金米糖をやろう。」

「まどうて下さい。まどうて下さい。」

「えい。それ。持って行け。てめいの持てるだけ持ってうせちまえ。てめいみたいな、ぐにゃぐにゃした、男らしくもねいやつは、つらも見たくねい。早く持てるだけ持って、どっかへうせろ。」

いたちはプリプリして、金米糖を投げ出しました。ツェねずみはそれを持てるだけ沢山ひろって、おじぎをしました。いたちはいよいよ怒《おこ》って叫《さけ》びました。

「えい、早く行ってしまえ。てめいの取ったのこりなんかうじむしにでも呉《く》れてやらあ。」

ツェねずみは、一目散《いちもくさん》にはしって、天井裏の巣へもどって、金米糖をコチコチたべました。

イタチは猫と同じくネズミを補食する肉食動物だが、このイタチは「とうもろこしのつぶを、歯でこつこつ噛んで粉にして」、つましく暮らしているらしい。

このイタチは風のように疾《はや》く走ることができるけれど、金米糖をみんな自分の家に運んでくるようなことはしない。その後、金米糖を独占した蟻たちを非難することもなく、「早いやつらだね」と容認したうえ、ツェねずみの「償《まど》うて下さい」には「よしよし。そんならおれの金米糖をやろう」と心やさしい。

しかし、ツェねずみが「私のような弱いもの」と言い立て、しつこく「償うて下さい」をやるから、とうとう怒って金平糖を投げ捨てた。ツェねずみは、「てめいみたいな、ぐにゃぐにゃした、男らしくもねいやつ」となじられても恥じるようすはなく、金平糖を「持てるだけ沢山ひろって、おじぎをしました」という。

厚顔無恥《こうがんむち》もここまでくれば、これにかなう者はいない。イタチの善意なんて、無に等しい。はじめは「だましゃせん。たしかにあったのや」と穏やかな関西弁を装っていたけれど、しまいには、「てめいの取ったのこりなんかうじむしにでも呉れてやらあ」と江戸弁で啖呵《たんか》をきってしまった。

肉食動物であることさえやめてビジテリアンとして生きたいイタチらしいのに、瞋恚《しんに》（怒り）にとらわれたのは、残念であった。

こんな工合《ぐあい》ですから、ツェねずみはだんだん嫌《きら》われて、たれもあんまり相手にしなくなりました。そこでツェねずみは、仕方なしに、こんどは、はしらだの、こわれたちりとりだの、ばけつだの、ほうきだのと交際をはじめました。

中でもはしらとは、一番仲よくしていました。柱がある日、ツェねずみに云いました。

「ツェねずみさん、もうじき冬になるね。ぼくらは又乾《またかわ》いてミリミリ云わなくちゃならない。お前さんも今のうちに、いい夜具のしたくをして置いた方がいいだろう。幸い、ぼくのすぐ頭の上に、すずめが春持って来た鳥の毛やいろいろ暖かいものが沢山あるから、いまのうちに、すこしおろして運んで置いたらどうだい。僕《ぼく》の頭は、まあ少し寒くなるけれど、僕は僕で又工夫《くふう》をするから。」

ツェねずみはもっともと思いましたので、早速《さっそく》、その日から運び方にかかりました。

柱が「又工夫をする」といっても、「もうじき冬になる」季節、スズメが巣の材料を運んでくるのは春になってからだから、この冬は寒さに耐えるしかなさそうである。そんなことは意に介さぬツェねずみは、柱の親切をいいことに、早速、暖かいものを運びにかかったのだが……。

ところが、途中《とちゅう》に急な坂が一つありましたので、鼠《ねずみ》は三度目に、そこからストンところげ落ちました。

柱もびっくりして、

「鼠さん、けがはないかい。けがはないかい。」と一生けん命、からだを曲げながら云いました。

鼠はやっと起きあがって、それからかおをひどくしかめながら云いました。

「柱さん。お前もずいぶんひどい人だ。僕のような弱いものをこんな目にあわすなんて。」

柱はいかにも申しわけがないと思ったので、

「ねずみさん、すまなかった。ゆるしてください。」と一生けん命わびました。

ツェねずみは図《ず》にのって、

「許《ゆる》して呉《く》れもないじゃないか。お前さえあんなこしゃくな指図《さしず》をしなければ、私はこんな痛い目にもあわなかったんだよ。償《まど》ってお呉れ。償ってお呉れ。さあ、償ってお呉れよ。」

「そんなことを云ったって困るじゃありませんか。許して下さいよ。」

「いいや、弱いものをいじめるのは私はきらいなんだから、まどってお呉れ。まどってお呉れ。さあ、まどってお呉れ。」

柱は困ってしまって、おいおい泣きました。そこで鼠も、仕方なく、巣へかえりました。それからは、柱はもう恐がって、鼠に口を利《き》きませんでした。


柱が「急な坂」なのはしかたのないことだ。それを責められては泣いて謝るしかない。

次は、ちりとり。


さてそののちのことですが、ちりとりはある日、ツェねずみに半分になった最中《もなか》を一つやりました。すると丁度《ちょうど》その次の日、ツェねずみはおなかが痛くなりました。さあ、いつものとおりツェねずみは、まどってお呉れを百ばかりもちりとりに云いました。ちりとりももうあきれてねずみとの交際はやめました。

ちりとりが持っている最中など、腐って捨てられたものに決まっている。それを食べてお腹が痛くなったからといって「まどっておくれ」を百回も言われてもなあ。次はバケツ。

又《また》、そののちのことですが、ある日、バケツは、ツェねずみに、洗濯曹達《せんたくソーダ》のかけらをすこしやって、「これで毎朝お顔をお洗いなさい。」と云いましたら、鼠はよろこんで、次の日から、毎日それで顔を洗っていましたが、そのうちに、ねずみのおひげが十本ばかり抜《ぬ》けました。さあツェねずみは、さっそくバケツへやって来てまどってお呉れまどってお呉れを、二百五十ばかり云いました。しかしあいにくバケツにはおひげもありませんでしたし、まどうというわけにも行かずすっかり参ってしまって、泣いてあやまりました。そして、もうそれからは、一寸《ちょっと》も口を利きませんでした。

道具仲間は、みんな順ぐりにこんなめにあって、こりてしまいましたので、ついには誰《たれ》もツェねずみの顔を見ると、いそいでわきの方を向いてしまうのでした。

せんたくソーダ（炭酸ナトリウム）は今も強力な洗剤として使われている。バケツが親切にツェねずみにやったら、それで顔を洗いすぎたのか、ヒゲが十本ほど脱けてしまい、「償っておくれ」を二百五十回も言われる羽目になった。

親切を心掛けても、それぞれの生来の性格までは変えられない。それを暴いてしまうツェねずみは、じつに不愉快なやつだ。それで道具仲間たちはツェねずみと顔を合わさないようになったのだ。

ところがその道具仲間に、ただ一人だけ、まだツェねずみとつきあって見ないものがありました。

それは針がねを編んでこさえた鼠捕《ねずみと》りでした。

鼠捕りは全体、人間の味方なはずですが、ちかごろは、どうも毎日の新聞にさえ、猫といっしょにお払《はら》い物という札をつけた絵にまでして、広告されるのですし、そうでなくても、元来、人間は、この針金の鼠とりを、一ぺんも優待したことはありませんでした。ええ、それはもうたしかにありませんとも。それに、さもさわるのさえきたないようにみんなから思われています。それですから、実は、鼠とりは、人間よりは、鼠の方に、よけい同情があるのです。

鼠捕り器は板につけたバネで餌を取りにきたネズミをバタンと挟《はさ》むもの、針金の籠の中に餌をつるしてネズミが触れると扉がバネ仕掛けでバタンと閉じるものなどがある。いずれもトラップ式の鼠捕り器

「猫イラズ」の新聞広告（『岩手日報』大正９年〈1920〉10月22日付）

右下に「オハライモノ」の札をつけられた鼠捕り、「免職」と書かれた猫が描かれている。

大正９年は賢治が24歳で盛岡高等農林学校研修生を修了した年。このころから賢治は童話を書きはじめた。［鈴木嘉子「猫といっしょにお払ひ箱」（「千葉賢治の会『雲の信号』第３号・特集「ねずみ三部作」2002より］

で、この物語の針金製鼠捕り器は籠型だ。

薬剤の殺鼠剤《さつそざい》は江戸時代にヒ素を含む「石見銀山ねずみ捕り」が「猫いらず」とも呼ばれて広まった。明治時代には黄燐を含む強力な殺鼠剤がつくられ、成毛英之助商店（現・成毛製薬）が「猫イラズ」の名で売り出して大正時代にはさかんに新聞広告を出した。それで針がね製ねずみ捕りの存在意義も希薄になってしまった。ネズミを捕るために作られた器具なのに、人間よりネズミのほうが好きだという。

　けれども、大抵《たいてい》の鼠は、仲々《なかなか》こわがって、そばへやって参りません。鼠とりは、毎日、やさしい声で、「ねずちゃん。おいで。今夜のごちそうはあじのおつむだよ。お前さんの食べる間、わたしはしっかり押《お》さえておいてあげるから。ね、安心しておいで。入り口をパタンとしめるようなそんなことをするもんかね。わたしも人間にはもうこりこりしてるんだから。おいでよ。そら。」

なんて鼠を呼びかけますが、鼠はみんな、

「へん、うまく云ってらあ。」とか、「へい、へい。よくわかりましてございます。いずれ、おやじやせがれとも相談の上で。」とか云ってそろそろ逃《に》げて行ってしまいます。

そして朝になると、顔のまっ赤な下男《げなん》が来て見て、

「又《また》はいらない。ねずみももう知ってるんだな。鼠の学校で教えるんだな。しかしまあもう一日だけかけてみよう。」と云いながら新しい餌《えさ》ととりかえるのでした。

ネズミたちは鼠捕りの餌がわなだと知っていて逃げてしまう。しかし強欲で自己中心の妄見にとらわれたツェねずみは少しもそうは思わない。

今夜も、ねずみとりは、叫びました。

「おいでおいで。今夜はやわらかな半ぺんだよ。えさだけあげるよ。大丈夫《だいじょうぶ》さ。早くおいで。」

ツェねずみが、丁度《ちょうど》、通りかかりました。そして、

「おや、鼠捕りさん、ほんとうにえさだけをくださるんですか。」と云いました。

「おや、お前は珍しい鼠だね。そうだよ。餌だけあげるんだよ。そら、早くお食べ。」

ツェねずみはプイッと中へはいって、むちゃむちゃむちゃっと半ぺんをたべて、又プイッと外へ出て云いました。

「おいしかったよ。ありがとう。」

「そうかい。よかったね。又あすの晩おいで。」

次の朝下男が来て見て怒って云いました。

「えい。餌だけとって行きやがった。ずるい鼠だな。しかしとにかく中へはいったというのは感心だ。そら、きょうは鰯《いわし》だぞ。」

そして鰯を半分つけて行きました。

ねずみとりは、鰯をひっかけて、折角《せっかく》ツェねずみの来るのを待っていました。

夜になって、ツェねずみは、すぐ出て来ました。そしていかにも恩に着せたように、

「今晩は、お約束通り来てあげましたよ。」と云いました。

鼠とりは少しむっとしましたが、無理にこらえて、

「さあ、たべなさい。」とだけ云いました。

ツェねずみはプイッと入って、ピチャピチャピチャッと喰《た》べて、又プイッと出て来て、それから大風《おおふう》に云いました。

「じゃ、あした、来てたべてあげるからね。」

「ブウ。」と鼠とりは答えました。

次の朝、下男が来て見て、ますます怒って云いました。

「えい。ずるい鼠だ。しかし、毎晩、そんなにうまくえさだけ取られる筈《はず》がない。どうも、このねずみとりめは、ねずみからわいろを貰《もら》ったらしいぞ。」

「貰わん。貰わん。あんまり人を見そこなうな。」と鼠とりはどなりましたが、勿論《もちろん》、下男の耳には聞こえません。きょうも腐《くさ》った半ぺんをくっつけていきました。


ツェねずみは毎晩、餌を食べにくるようになった。孤独な鼠捕りにもうれしいことだから、体を張って、餌を与えつづけた。というのも、そのころ殺鼠剤が盛んに宣伝されて、針金製の鼠捕りはお払い箱の雲行きなのだ。それでも、「下男」は毎晩餌がなくなるので、そのうち鼠がつかまると期待する。鼠捕りはツェねずみとの友情にかけて、その期待を裏切りつづけた。ついには「わいろをもらったらしい」と疑われるようになるが、自分勝手なツェねずみはそんな事情も意に介さない。


ねずみとりは、とんだ疑いを受けたので、一日ぷんぷん怒っていました。

夜になりました。ツェねずみが出て来て、さも大儀《たいぎ》らしく、云いました。

「あああ、毎日ここまでやって来るのも、並大抵《なみたいてい》のこっちゃない。それにごちそうといったら、せいぜい魚の頭だ。いやになっちまう。しかしまあ、折角《せっかく》来たんだから仕方ない。食ってやるとしようか。ねずみとりさん。今晩は。」

　ねずみとりははりがねをぷりぷりさせて怒っていましたので、ただ一《ひと》こと、

「おたべ。」と云いました。ツェねずみはすぐプイッと飛びこみましたが、半ぺんのくさっているのを見て、怒って叫びました、。

「ねずみとりさん。あんまりひどいや。この半ぺんはくさってます。僕のような弱いものをだますなんて、あんまりだ。まどって下さい。まどって下さい。」

　ねずみとりは、思わず、はり金をリウリウと鳴らす位、怒ってしまいました。

　そのリウリウが悪かったのです。

「ピシャッ。シインン。」餌についていた鍵《かぎ》がはずれて、鼠とりの入口が閉じてしまいました。さあもう大へんです。

　ツェねずみはきちがいのようになって、

「ねずみとりさん。ひどいや。ひどいや。うう、くやしい。ねずみとりさん。あんまりだ。」と云いながら、はりがねをかじるやら、くるくるまわるやら、地だんだふむやら、わめくやら、泣くやら、それはそれは大さわぎです。それでも償《まど》って下さい償って下さいは、もう云う力がありませんでした。ねずみとりの方も、痛いやら、しゃくにさわるやら、ガタガタ、ブルブル、リウリウとふるえました。一晩そうやってとうとう朝になりました。

　顔のまっ赤な下男が来て見て、こおどりして云いました。

「しめた。しめた。とうとうかかった。意地の悪そうなねずみだな。さあ、出て来い。小僧《こぞう》。」

物語はここで終わり、ツェねずみがどうなったかは記されていない。しかし、とうとうつかまったツェねずみが助かる見込みはない。

鼠捕りはネズミを捕りたくなかったのに、そうなってしまった。ネズミに同情しても、人間によってネズミを捕るしくみに作られた道具であることはまぬかれない。

イタチや柱など、心優しく親切に生きようとした者たちの本性を次々に暴いたツェねずみは、ついに自分も、ネズミはネズミ捕りに捕らえられるものだという世間の通念に殉じたのであった。

鳥箱先生とフウねずみ～虚妄の果てに～

ネズミ三部作のうち「ツェねずみ」の物語は人間によって幕が引かれ、他の二篇は猫大将がその役割をする。

いずれにせよ、〈ネズミは人に駆除されるもの〉〈猫に捕られるもの〉という通念に沿った結末に落としこまれるのだが、イタチが親切だったりする逆転した物語なのに、なぜ、そうする必要があったのか。そんな常識にとらわれない別の結末が用意されてもよかったのではないか。

そう思えるところに不気味に浮上してくるのは、〈説明されない死〉〈理由の見いだせない不条理な死〉である。なかでも、フウねずみの死は理不尽だ。彼がチョロチョロしているのはネズミだからしかたがないのに、死のペナルティを課せられてしまう。その死にざまといったら、つかんで地べたにたたきつけられるという惨《みじ》めさだ。

「鳥箱先生とフウねずみ」の物語は、冒頭から不条理な悲劇で語り出される。

あるうちに一つの鳥かごがありました。

鳥かごと云《い》うよりは、鳥箱《とりばこ》という方が、よくわかるかもしれません。それは、天井《てんじょう》と、底と、三方の壁《かべ》とが、無暗《むやみ》に厚い板でできていて、正面丈《だ》けが、針がねの網《あみ》でこさえた戸になっていました。

そして小さなガラスの窓が横の方についていました。ある日一疋《ぴき》の子供のひよどりがその中に入れられました。ひよどりは、そんなせまい、くらいところへ入れられたので、いやがってバタバタバタバタしました。

鳥かごは、早速《さっそく》、

「バタバタ云っちゃいかん。」と云いました。ひよどりは、それでも、まだ、バタバタしていましたが、つかれてうごけなくなると、こんどは、おっかさんの名を呼んで、泣きました。鳥かごは、早速、「泣いちゃいかん。」と云いました。この時、とりかごは、急に、はは
あおれは先生なんだなと気がつきました。なるほど、そう気がついて見ると、小さなガラスの窓は、鳥かごの顔、正面の網戸が、立派なチョッキと云うわけでした。

いよいよそうきまって見ると、鳥かごは、もう、一分もじっとしていられませんでした。そこで
「おれは先生なんだぞ。鳥箱先生というんだぞ。お前を教育するんだぞ。」と云いました。ひよどりも仕方なく、それからは、鳥箱先生と呼んでいました。

けれども、ひよどりは、先生を大嫌《だいきら》いでした。毎日、じっと先生の腹の中に居るのでしたが、もう、それを見るのもいやでしたから、いつも目をつぶっていました。目をつぶっても、もしか、ひょっと、先生のことを考えたら、もうむねが悪くなるのでした。ところが、そのひよどりは、ある時、七日というもの、一つぶの粟《あわ》も貰《もら》いませんでした。みんな忘れていたのです。そこで、もうひもじくって、ひもじくって、とうとう、くちばしをパクパクさせながら、死んでしまいました。

野鳥の捕獲や飼育は法律で禁じられているが、昔の子どもはよく野鳥をつかまえて飼ったものである。この話でもヒヨドリの子をつかまえた人間の子どもが板の箱で鳥箱（鳥かご）をつくって飼っているのだろう。四角い箱の一面に金網を張り、開閉式になっている。

粗末な手づくりの鳥箱だろうが、小さなガラスの窓もあり、正面の網戸がチョッキだと思えば、立派な紳士である。泣いてバタバタしているヒヨドリの子に手を焼いた鳥かごは「おれは先生なんだぞ。鳥箱先生というんだぞ」と思いつき、捕らわれたヒヨドリを訓導しておとなしくさせる教育者なんだという自意識に急に目覚めた。

ところが、飼っている人間の子は飽きて餌をやらなくなり、その家の人たちもみんな、ヒヨドリのことなんか忘れていて、ヒヨドリは死んでしまう。

これはまったく自己に責任のない理不尽な死である。宮沢賢治が無償で肥料の指導をして助けようとした農民の歴史にも、そういうところがあった。寒さの夏はどうしようもない。山の神や田の神、村境の魔除けの神様などに祈っても、「みんな忘れていた」ような年がある。
いっぽう、飼っている人間の子どもにとってはヒヨドリが一匹死んでも、なんでもない。また、ヒヨドリをつかまえてくる。そうして鳥箱に入れられたヒヨドリは次々に死んでいく。

鳥箱先生も
「ああ哀《あわ》れなことだ」と云いました。その次に来たひよどりの子供も、丁度《ちょうど》その通りでした。ただ、その死に方が、すこし変っていただけです。それは腐《くさ》った水を貰《もら》った為《ため》に、赤痢《せきり》になったのでした。
その次に来たひよどりの子供は、あんまり空や林が恋しくて、とうとう、胸がつまって死んでしまいました。
四番目のは、先生がある夏、一寸油断《ちょっとゆだん》をして網のチョッキを大きく開けたまま、睡《ねむ》っているあいだに、乱暴な猫大将が来て、いきなりつかんで行ってしまったのです。鳥箱先生も目をさまして、
「あっ、いかん。生徒をかえしなさい。」と云いましたが、猫大将はニヤニヤ笑って、向こうへ走って行ってしまいました。鳥箱先生も
「あゝ、哀れなことだ。」と云いました。しかし鳥箱先生は、それからはすっかり信用をなくしました。そしていきなり物置の棚《たな》へ連れて来られました。

二番目のヒヨドリの子は、前と同じように迫害されたうえ、赤痢菌が混じった腐った水をもらった。

いったい何の因果なのか。それは説明されず、ひたすら不条理な死である。

三番目のヒヨドリの子は、あんまり空や林が恋しくて、鬱《うつ》になって死んだ。

四番目のヒヨドリの子は、抗《あらが》えない暴力によって突然に生命を断たれてしまった。

鳥箱先生も哀れである。最初のヒヨドリの子には「バタバタ云っちゃいかん」と諫《いさ》め、母鳥を恋しがるのを「泣いちゃいかん」となだめた。野鳥の子を閉じこめる役目なんかしたくない鳥箱なのだ。しかし、それを否定しては存在する意味が失われるから、心理的な転移行動をとった。〈ヒヨドリの子を捕らえておくのは教育のためだ〉という新たな自己の発見によって負荷から逃れたのである。

そんな事情で「先生」になった次第だから、鳥箱先生は生徒に愛されない宿命をもつ教師である。それでも、死んでいった「生徒」に「ああ哀れなことだ」と同情し、四番目の子が猫大将に盗られたときには「あっ、いかん。生徒をかえしなさい」と体を張ってみせる。

けれど、そんな虚構は猫大将にとっては「ニヤニヤ笑って」しまうくらい見え透いていて、せっかくの抗議もあえなく無視されてしまう。

この四番目のヒヨドリの死については「一寸油断をして網のチョッキを大きく開けたまま」だったことに責任がなきにしもあらずだ。役立たずだと信用をなくして物置に入れられた鳥箱先生は……。

「ははあ、ここは、大へん、空気の流通が悪いな。」と鳥箱先生は云いながら、あたりを見まわしました。棚の上には、こわれかかった植木鉢《うえきばち》や、古い朱塗《しゅぬ》りの手桶《ておけ》や、そんながらくたが一杯《いっぱい》でした。そして鳥箱先生のすぐうしろに、まっくらな小さな穴がありました。

「はてな。あの穴は何だろう。獅子《しし》のほらあなかも知れない。少くとも竜《りゅう》のいわやだね。」と先生はひとりごとを言いました。

それから、夜になりました。鼠《ねずみ》が、その穴から出て来て、先生を一寸《ちょっと》かじりました。先生は大へんびっくりしましたが、無理に心をしずめてこう云いました。

「おいおい。みだりに他人をかじるべからずという、カマジン国の王様の格言を知らないか。」

鼠はびっくりして、三歩ばかりあとへさがって、ていねいにおじぎをしてから申しました。

「これは、まことにありがたいお教えでございます。実に私の肝臓《かんぞう》までしみとおります。みだりに他人をかじるということは、ほんとうに悪いことでございます。私は、去年、みだりに金づちさまをかじりましたので、前歯を二本欠きました。又《また》、今年の春は、みだりに人間の耳を噛《か》じりましたので、あぶなく殺されようとしました。実にかたじけないおさとしでございます。ついては、私のせがれ、フウと申すものは、誠におろかものでございますが、どうか毎日、お教えを戴《いただ》くように願われませんでございましょうか。」


物置に入れられた鳥箱は、もう鳥箱であることもやめさせられ、無意味・無価値の境遇に堕ちた。しかし子ネズミのフウに教えてほしいという申し出に、ふたたび自己を肯定する道が開かれた。それがいけない。自分は教師だという虚妄《こもう》にいっそう強くしがみついた鳥箱先生の心は非常にゆがん

でしまう。

「うん。とにかく、その子をよこしてごらん。きっと、立派にしてあげるから。わしはね。今そこんな処《ところ》へ来ているが、前は、それはもう、硝子《ガラス》でこさえた立派な家の中に居たんだ。ひよりを、四人も育てて教えてやったんだ。どれもみんな、はじめはバタバタ云って、手もつけられない子供らばかりだったがね、みんな、間もなく、わしの感化で、おとなしく立派になった。そして、それはそれは、安楽に一生を送ったのだ。栄耀栄華《ういようえいが》をきわめたもんだ。」

これほどあからさまな虚言をはくようでは、もはや同一性がこわれて人格の解離をきたしている。そこに新たに出現した人格は、自身が立派な教師であることに一点の疑いもなく、自信に満ちあふれた鳥箱先生である。親ネズミは喜んで子ネズミの教育を託すのだが、鳥箱先生のうるさいのなんのって、ネズミがネズミらしくあることも許さない。

親ねずみは、あんまりうれしくて、声も出ませんでした。そして、ペコペコ頭をさげて、急いで自分の穴へもぐり込んで、子供のフウねずみを連れ出して、鳥箱先生の処へやって参りました。

「この子供でございます。どうか、よろしくおねがい致《いた》します。どうかよろしくおねがい致します。」

二人は頭をぺこぺこさげました。

するよ、先生は、

「ははあ、仲々《なかなか》賢こそうなお子さんですな。頭のかたちが大へんよろしい。いかにも承知しました。きっと教えてあげますから。」

ある日、フウねずみが先生のそばを急いで通って行こうとしますと、鳥箱先生があわてて呼びとめました。

「おい。フウ。ちょっと待ちなさい。なぜ、おまえは、そう、ちょろちょろ、つまだてしてあるくんだ。男というものは、もっとゆっくり、もっと大股《おおまた》にあるくものだ。」

「だって先生。僕《ぼく》の友だちは、誰《たれ》だってちょろちょろ歩かない者はありません。僕はその中で、一番威張《いば》って歩いているんです。」

「お前の友だちというのは、どんな人だ。」

「しらみに、くもに、だにです。」

「そんなものと、お前はつきあっているのか。なぜもう少し、りっぱなものとつきあわん。なぜもっと立派なものとくらべないか。」

「だって、僕は、猫や、犬や、獅子《しし》や、虎《とら》は、大嫌いなんです。」

「そうか。それなら仕方ない。が、もう少しりっぱにやって貰《もら》いたい。」

「もうわかりました。先生。」フウねずみは一目散《いちもくさん》に逃げて行ってしまいました。

それから又《また》五六日たって、フウねずみが、いそいで鳥箱先生のそばをかけ抜けようとしますと、先生が叫びました。

「おい。フウ。一寸《ちょっと》待ちなさい。なぜお前は、そんなにきょろきょろあたりを見てあるくのです。男はまっすぐに行く方を向いて歩くもんだ。それに決して、よこめなんかはつかうものではない。」

「だって先生。私の友達はみんなもっときょろきょろしています。」

「お前の友だちというのは誰だ。」

「たとえばくもや、しらみや、むかでなどです。」

「お前は、また、そんなつまらないものと自分をくらべているが、それはよろしくない。お前はりっぱな鼠《ねずみ》になる人なんだからそんな考えはよさなければいけない。」

「だって私《わたくし》の友達は、みんなそうです。私はその中では一番ちゃんとしているんです。」

そしてフウねずみは一目散に逃げて穴の中へはいってしまいました。

それから又五六日たって、フウねずみが、いつものとおり、大いそぎで鳥箱先生のそばを通りすぎようとしますと、先生が網のチョッキをがたっとさせながら、呼びとめました。

「おい。フウ、ちょっと待ちなさい。おまえはいつでもわしが何か云おうとすると、早く逃げてしまおうとするが、今日は、まあ、すこしおちついて、ここへすわりなさい。お前はなぜそんなにいつでも首をちぢめて、せなかを円くするのです。」

「だって、先生。私の友達は、みんな、もっとせなかを円くして、もっと首をちぢめていますよ。」

「お前の友達といっても、むかでなどはせなかをすっくりとのばしてあるいているではないか。」

「いいえ。むかではそうですけれども、ほかの友だちはそうではありません。」

「ほかの友だちというのは、どんな人だ。」

「けしつぶや、ひえつぶや、おおばこの実などです。」

「なぜいつでも、そんなつまらないものとだけ、くらべるのだ。ええ。おい。」

フウねずみは面倒臭《めんどうくさ》くなったので一目散に穴の中へ逃げ込みました。

鳥箱先生も、今度という今度は、すっかり怒ってしまって、ガタガタガタガタふるえて叫びました。

「フウの母親、こら、フウの母親。出て来い。おまえのむすこは、もうどうしても退校だ。引き渡すから早速出て来い。」

フウのおっかさんねずみは、ブルブルふるえているフウねずみのえり首をつかんで、鳥箱先生の前に連れて来ました。

鳥箱先生は怒って、ほてって、チョッキをばたばたさせながら云いました。

「おれは四人もひよどりを教育したが、今日までこんなひどいぶじょくを受けたことはない。実にこの生徒はだめなやつだ。」

その時、まるで、嵐のように黄色なものが出て来て、フウをつかんで地べたへたたきつけ、ひげをヒクヒク動かしました。それは猫大将でした。

猫大将は、

「ハッハッハ、先生もだめだし、生徒も悪い。先生はいつでも、もっともらしいうそばかり云っている。生徒は志がどうもけしつぶより小さい。これではもうとても国家の前途《ぜんと》が思いやられる。」と云いました。

フウねずみをさんざんしかりつけているとき、またもや猫大将に生徒を奪われてしまった。ゆがんだ心の報いを受けたわけだが、もっともひどい報いは、彼の虚構の一方的な被害者だったフウねずみに現れた。フウを呼んでお説教なんかしなければ猫につかまることもなかったかもしれないのに……。

はじめのヒヨドリの子らの死は彼の責任とはいえないけれど、鳥箱という存在自体が、もともと罪深いのである。生まれながらに罪を負った鳥箱先生は、「うそばかり云っている」と猫大将に虚構を暴かれたうえ、若いネズミの死を招いてしまった。まこと虚妄《こもう》の罪は恐ろしや。

しかし、所詮は鳥箱とネズミのことである。「国家の前途が思いやられる」といわれるほどの罪があるのかどうか……。

クンねずみ〜ネズミは猫に食われる〜

クンねずみはネズミ競争社会のエリートであるらしい。虚栄心はとどまるところを知らない。それが身を亡ぼすことになる。

クンねずみのうちは見はらしのいいところにありました。すぐ前に下水川があって、春はすももの花びらをうかべ、冬はときどきはみかんの皮を流しました。

下水川の向こうには、通りの野原がはるかにひろがっていて、つちけむりの霞《かすみ》がたなびいたり、黄いろな霧《きり》がかかったり、その又《また》向こうには、酒屋の土蔵《くら》がそら高くそびえて居《お》りました。

その立派な、クンねずみのおうちへ、ある日、友達の夕ねずみがやって来ました。

全体ねずみにはいろいろくしゃくしゃな名前があるのですからいちいちそれをおぼえたらとてももう大へんです。一生ねずみの名前だけのことで頭が一杯《いっぱい》になってしまいますからみなさんはどうかクンという名前のほかはどんなのが出て来てもおぼえないで下さい。

家の天井や床下にネズミの町がある。この町には床下通二十九番地、天井うら街一番地など街区があり、ネズミに似合わずしゃれている。

住民も多くて、その名前をおぼえようとすると一生かかってしまう。この町のネズミたちはみな見栄っ張りだから、「クン」とか「タ」とかいうのは略称で、「いろいろくしゃくしゃな名前」を勝手に名乗っているのだろう。

クンは下水の河畔の見はらしのいいところに暮らしている。立派な家であるらしい。しかし、クンの浅はかなことといったら、あきれて物が言えないくらいだ。

さて夕ねずみはクンねずみに云いました。

「今日は、クンねずみさん。いいお天気ですね。」

「いいお天気です。何かいいものを見附《みつ》けましたか。」

「いいえ。どうも不景気ですね。どうでしょう。これからの景気は。」

「さあ、あなたはどう思いますか。」

「そうですね。しかしだんだんよくなるのじゃないでしょうか。オウベイのキンユウはしだいにヒッパクをテイしなそう……。」

「エヘン、エヘン。」いきなりクンねずみが大きなせきばらいをしましたので、夕ねずみはびっくりして飛びあがりました。クンねずみは横を向いたまま、ひげを一つぴんとひねって、それから口の中で、

「へい、それから。」と云いました。

夕ねずみはやっと安心して又お膝《ひざ》に手を置いてすわりました。

クンねずみもやっとまっすぐを向いて云いました。

「先《せん》ころの地震にはおどろきましたね。」

「全くです。」

「あんな大きいのは私もはじめてですよ。」

「ええ、ジョウカドウ〔上下動〕でしたねも。シンゲンは何でもトウケイ四十二度二分ナンイ」

「エヘンエヘン」

クンねずみは又どなりました。

夕ねずみは又全く面くらいましたがさっきほどではありませんでした。クンねずみはやっと気を直して云いました。

「天気もよくなりましたね。あなたは何かうまい仕掛《しか》けをして置きましたか。」

「いいえ、なんにもして置きません。しかし、今度天気が永くつづいたら、私は少し畑の方へ出て見ようと思うんです。」

「畑には何かいいことがありますか。」

「秋ですからとにかく何かこぼれているだろうと思います。天気さえよければいいのですがね。」

「どうでしょう。天気はいいでしょうか。」

「そうですね。新聞に出ていましたが、オキナワレットウ［沖縄列島］にハッセイしたテイキアツは次第《しだい》にホクホクセイのほうへシンコウ……。」

「エヘン、エヘン。」クンねずみは又いやなせきばらいをやりましたので、タねずみはこんどというこんどはすっかりびっくりして半分立ちあがって、ぶるぶるふるえて眼《め》をパチパチさせて、黙りこんでしまいました。

クンねずみは横の方を向いて、おひげをひっぱりながら、横目でタねずみの顔を見ていましたがずうっとしばらくたってから、あらんかぎり声をひくくして、

「へい。そして。」と云いました。ところがタねずみは、もうすっかりこわくなって物が云えませんでしたから、にわかに一つていねいなおじぎをしました。そしてまるで細いかすれた声で、「さよなら。」と云ってクンねずみのおうちを出て行きました。

クンねずみは「欧米の金融はしだいに逼迫を呈しそう」と小難しいことを言われても、その小さな頭脳では理解できない。そこで「オウベイのキンユウは」と漢字がカタカナになるのだが、見栄っ張りな性格のため、自分より知識がありそうな者をけっして許さず、「エヘンエヘン」と咳払いして話をさえ

ぎる。その「エヘンエヘン」をやられた夕ねずみは「さよなら」と帰ってしまった。

バカで見栄っ張りなところは他のネズミも同様なのだが、クンは度を超していて、次第に孤立が深まっていく。


クンねずみは、そこで、あおむけにねころんで、「ねずみ競争新聞」を手にとってひろげながら、

「ヘッ。夕などはなってないんだ。」とひとりごとを云いました。

さて、「ねずみ競争新聞」というのは実にいい新聞です。これを読むと、ねずみ仲間の競争のことは何でもわかるのでした。ぺねずみが、沢山《たくさん》とうもろこしのつぶをぬすみためて、大砂糖持ちのパねずみと意地ばりの競争をしていることでも、ハ鼠ヒ鼠フ鼠の三疋《びき》のむすめねずみが学問の競争をやって、比例の問題まで来たとき、とうとう三疋共頭がペチンと裂《さ》けたことでも何でもすっかり出ているのでした。さあ、さあ、みなさん。失敬ですが、クンねずみの、今日の新聞を読むのを、お聴《き》きなさい。

「ええと、カマジン国の飛行機、プハラを襲《おそ》うと。なるほどえらいね。これは大へんだ。まあしかし、ここまでは来ないから大丈夫だ。ええと、ツェねずみの行衛《ゆくえ》不明。ツェねずみというのはあの意地わるだな。こいつはおもしろい。

天井うら街一番地、ツェ氏は昨夜行衛不明となりたり、本社のいちはやく探知するところによればツェ氏は数日前よりはりがねせい、ねずみとり氏と交際を結び居りしが一昨夜に至りて両氏

の間に多少感情の衝突《しょうとつ》ありたるものの如し。台所街四番地ネ氏の談によれば昨夜もツェ氏は、はりがねせい、ねずみとり氏を訪問したるが如しと。尚《なお》床下通二十九番地ポ氏は、昨夜深更《しんこう》より今朝にかけて、ツェ氏並《ならび》にはりがねせい、ねずみとり氏の、烈《はげ》しき争論、時に格闘《かくとう》の声を聞きたりと。以上を綜合《そうごう》するに、本事件には、はりがねせい、ねずみとり氏、最も深き関係を有するが如し。本社は更《さら》に深く事件の真相を探知の上、大にはりがねせい、ねずみとり氏に筆誅《ひっちゅう》を加えんと欲す、と。ははあ、ふん、これはもう疑いもない。ツェのやつめ、ねずみとりに喰《く》われたんだ。おもしろい、そのつぎはと。何だ、ええと、新任鼠会議員テ氏。エヘン。エヘン。エン。エッヘン。ヴェイ、ヴェイ、何だ。畜生《ちくしょう》。テなどが鼠会議員だなんて。えい、面白《おもしろ》くない。おれでもすればいいんだ。えい。面白くない、散歩に出よう。」

針金製ネズミ捕りにつかまったというツェねずみは「ネズミ三部作」の他の一篇の主人公だ。そのネズミはあまりに自分勝手な性格のために友だちといえば針金製ネズミ捕りしかいなくなり、ついに捕らえられてしまう。そのニュースにクンねずみは「こいつはおもしろい」と快哉を叫んだのだが、テ氏が新任鼠会議員に選ばれたというニュースは不愉快きわまる。いつもの「エヘンエヘン」ではたりず「エヘン。エヘン。エン。エッヘン。ヴェイ、ヴェイ」とやったのだった。

そこでクンねずみは散歩に出ました。そしてプンプン怒りながら、天井うら街の方へ行く途中で、二疋のむかでが親孝行の蜘蛛《くも》のはなしをしているのを聞きました。

「ほんとうにね。そうはできないもんだよ。」

「ええ、ええ、全くですよ。それにあの子は、自分もどこかからだが悪いんですよ。それだのにね。朝は二時ころから起きて薬を飲ませたりおかゆをたいてやったり、夜だって寝るのはいつも晩《おそ》いでしょう。大抵《たいてい》三時ころでしょう。ほんとうにからだがやすまるってないんでしょう。感心ですねい。」

「ほんとうにあんな心掛けのいい子は今頃あり……。」

「エヘン、エヘン。」と、いきなりクンねずみはどなって、おひげを横の方へひっぱりました。むかではびっくりして、はなしもなにもそこそこに別れて逃げて行ってしまいました。


クンねずみは、ムカデが親孝行な蜘蛛《くも》の子どもの話をするのも不愉快で、「エヘン、エヘン」と怒鳴って追い払う。品性下劣なネズミである。


クンねずみはそれからだんだん天井うら街の方へのぼって行きました。天井うら街のガランとした広い通りでは鼠会議員のテねずみがもう一ぴきの鼠とはなしていました。クンねずみはこわれたちり取のかげで立ちぎきをして居《お》りました。

テねずみが、

「それで、その、わたしの考ではね、どうしても、これは、その、共同一致、団結、和睦《わぼく》の、セイシンで、やらんと、いかんね。」と云いました。

クンねずみは

「エヘン、エヘン。」と聞えないようにせきばらいをしました。相手のねずみは、「へい。」と云って考えているようすです。

テねずみははなしをつづけました。

「もしそうでないとすると、つまりその、世界のシンポハッタツカイゼンカイリャウがそのつまりテイタイするね。」

「エン、エン、エイ、エイ。」クンねずみは又ひくくせきばらいをしました。相手のねずみは「へい。」と云って考えています。

「そこで、その、世界文明のシンポハッタツカイリャウカイゼンがテイタイすると、政治は勿論《もちろん》ケイザイ、ノウギョウ、ジツギョウ、コウギョウ、キョウイクビジュツそれからチョウコク、カイガそれからブンガク、シバイ、ええとエンゲキ、ゲイジュツ、ゴラク、そのほかタイイクなどが、ハッハッハ、大へんそのどうもわるくなるね。」テねずみは六ケ敷《むつかし》い言《こと》をあまり沢山《たくさん》云ったのでもう愉快《ゆかい》でたまらないようでした。クンねずみはそれが又無暗《むやみ》にしゃくにさわって「エン、エン」と聞えないようにそしてできるだけ高くせきばらいをやってにぎりこぶしをかためました。相手のねずみはやはり「へい。」と云って居ります。テねずみは又はじめました。

「そこでそのケイザイやゴラクが悪くなるというと、不平を生じてブンレツを起すというケッカにホウチャクするね。そうなるのは実にそのわれわれのシンガイで、フホンイであるから、やはりその、ものごとは共同一致団結和睦のセイシンでやらんといかんね。」

クンねずみはあんまりテねずみのことばが立派で、議論がうまく出来ているのがしゃくにさわって、とうとうあらんかぎり、

「エヘン、エヘン。」とやってしまいました。するとテねずみはぶるるっとふるえて、目を閉じて、小さく小さくちぢまりましたが、だんだんそろりそろりと延びて、そおっと目をあいて、それから大声で叫びました。

「こいつはブンレツだぞ。ブンレツ者だ。しばれ、しばれ。」と叫びました。

するとと相手のねずみはまるでつぶてのようにクンねずみに飛びかかって鼠のとり縄を出してクルクルしばってしまいました。

テねずみは「シンポハッタツカイゼンカイリャウ……」と「六ケ敷《むつかし》い言《こと》」をたくさん言い、相手のネズミが「へい」と神妙なので、テねずみは愉快でたまらない。その蘊蓄《うんちく》の怪しげなことはクンねずみと同様だが、このテねずみにはクンも「ねずみ競争社会」の意地ばり競争で分が悪いらしく、最初は物陰に隠れて小さく「エン、エン」とやったのだが、そのうち、とうとうしゃくに障って、あらんかぎり大きく「エヘン、エヘン」とやってしまった。そのタイミングが悪すぎる。それはテねずみが「ブンレツ

（分裂）」を防ぐには「共同一致団結和睦のセイシンでやらんいかん」ともっともらしく主張したときだった。クンねずみは、おあつらえむきにブンレツ者として告発され、縛りあげられた。

クンねずみはくやしくてくやしくてなみだが出ましたがどうしてもかないそうがありませんでしたからしばらくじっとして居りました。するとテねずみは紙切れを出してするするするっと何か書いて捕り手《とて》のねずみに渡しました。

捕り手のねずみは、しばられてごろごろころがっているクンねずみの前に来て、すてきに厳《おごそ》かな声でそれを読みはじめました。

「クンねずみはブンレツ者によりて、みんなの前にて暗殺すべし。」

クンねずみは声をあげてチウチウなきました。

「さあ、ブンレツ者。あるけ、早く。」と捕りてのねずみは云いました。さあ、そこでクンねずみはすっかり恐れ入ってしおしおと立ちあがりました。あっちからもこっちからもねずみがみんな集って来て、

「どうもいい気味だね、いつでもエヘンエヘンと云ってばかり居たやつなんだ。」

「やっぱり分裂《ぶんれつ》していたんだ。」

「あいつが死んだらほんとうにせいせいするだろうね。」というような声ばかりです。

このネズミたちの社会は、とうもろこしのつぶをぬすみためたペねずみと大砂糖持ちのパねずみが「意地ばりの競争」をしているようなところである。まともに学問の競争なんかしたら、頭がペチンと裂けてしまうような連中だ。

そのなかでクンは〈まあそれなり〉のネズミではあるまいか。家は立派で友達のタねずみが訪ねてくることもあったのだから、完全に孤立していたわけではない。しかし、虚勢を張ってむやみに「エヘン、エヘン」を連発するクンねずみに同情する者は誰もいない。ついに、みんなの前で暗殺されることになった。暗殺を公開でやろうというのも、ネズミ競争社会の愚かしいところだ。

捕り手のねずみは、いよいよ白いたすきをかけて、暗殺のしたくをはじめました。

その時みんなのうしろの方で、フウフウというひどい音がきこえ、二つの眼玉が火のように光って来ました。それは例の猫大将でした。

「ワーッ。」とねずみはみんなちりぢり四方に逃げました。

「逃がさんぞ。コラッ。」と猫大将はその一疋を追いかけましたがもうせまいすきまへずうっと深くもぐり込んでしまったのでいくら猫大将が手をのばしてもとどきませんでした。

猫大将は「チェッ」と舌打ちをして戻って来ましたが、クンねずみのただ一疋しばられて残っているのを見て、びっくりして云いました。

「貴様《きさま》は何というものだ。」

クンねずみはもう落ち着いて答えました。

「クンと申します。」

「フ、フ、そうか。なぜこんなにしているんだ。」

「暗殺される為です。」

「フ、フ、フ。そうか。それはかあいそうだ。よしよし、おれが引き受けてやらう。おれのうちへ来い。丁度《ちょうど》おれの家《うち》では、子供が四人できて、それに家庭教師がなくて困っている所なんだ。来い。」

猫大将はのそのそ歩き出しました。


猫大将の前で、縛られたクンねずみは絶体絶命。なのに、もう落ち着いていたというところがクンねずみの笑えるキャラだ。

すっかり観念しているようなのは、仲間に暗殺されるより猫に食われたほうがまし、ということだろうか。そのほうがネズミらしい最期ではあるけれど、下劣で軽薄なクンのことだから、そんな覚悟は似合わない。自分の生命の危機にも無頓着なところがある。

ともかくクンは子猫の家庭教師にさせられた。


クンねずみはこわごわあとについて行きました。猫のおうちはどうもそれは立派なもんでした。紫色の竹で編んであって中は藁《わら》や布きれでホクホクしていました。おまけにちゃあんとご飯を入れる道具さえあったのです。

そしてその中に、猫大将の子供が四人、やっと目をあいて、にゃあにゃあと鳴いて居《お》りました。

猫大将は子供らを一つずつ嘗《な》めてやってから云いました。

「お前たちはもう学問をしないといけない。ここへ先生をたのんで来たからな。よく習うんだよ。決《けっ》して先生を喰《た》べてしまったりしてはいかんぞ。」子供らはよろこんでニヤニヤ笑って口口に、

「お父さん、ありがとう。きっと習うよ。先生を喰べてしまったりしないよ。」と云いました。

クンねずみはどうも思わず脚《あし》がブルブルしました。猫大将が云いました。

「教えてやって呉《く》れ。主に算術をな。」

「へい。しょう、しょう、承知いたしました。」とクンねずみが答えました。猫大将は機嫌《きげん》よくニャーと鳴いてするりと向こうへ行ってしまいました。


クンが家庭教師にさせられたのは、ネズミの捕りかたを学習する教材のためだ。猫大将が「先生を喰べてしまったりしてはいかんぞ」と言い、子猫らがニヤニヤ笑って「先生を喰べてしまったりしないよ」というところに、じっくりと獲物をいたぶろうという底意がうかがえる。それでクンねずみは、どうも思わず脚がブルブル震えたのだ。それでも、なんとか教師の役を務めれば、助かる道もあるかもしれない。

子供らが叫びました。

「先生、早く算術を教えて下さい。先生。早く。」

　クンねずみはさあ、これはいよいよ教えないといかんと思いましたので、口早に云いました。

「一に一をたすと二です。」

「わかってるよ。」子供らが云いました。

「一から一を引くとなんにも無くなります。」

「わかったよ。」子供らが叫びました。

「一に一をかけると一です。」

「わかりました。」と猫の子供らが悧口《りこう》そうに眼をパチパチさせて云いました。

「一を一で割ると一です。」

「先生、わかりました。」と猫の子供らがよろこんで叫びました。

「一に二をたすと三です。」

「わかりました。先生。」

「一から二は引かれません。」

「わかりました。先生。」

「一に二をかけると二です。」

「わかりました。先生。」

「一を二でわると半かけです。」

「わかりました。先生」

ところがクンねずみはあんまり猫の子供らがかしこいのですっかりしゃくにさわりました。そうでしょう。クンねずみは一番はじめの一に一をたして二をおぼえるのに半年かかったのです。

そこで思わず、「エヘン。エヘン。エイ。エイ。」とやりました。すると猫の子供らは、しばらくびっくりしたように、顔を見合せていましたが、やがてみんな一度に立ちあがって、

「何だい。ねずめ。人をそねみやがったな。」と云いながらクンねずみの足を一ぴきが一つずつかじりました。

クンねずみは非常にあわててばたばたして、急いで「エヘン、エヘン、ヱイ、ヱイ。」とやりましたがもういけませんでした。

クンねずみはだんだん四方の足から食われて行ってとうとうおしまいに四ひきの子猫はクンねずみのおへその所で頭をこつんとぶっつけました。

そこへ猫大将が帰って来て、

「何か習ったか。」とききました。

「鼠をとることです。」と四ひきが一諸に答えました。


こうして「クンねずみ」の物語は、クンが子猫の食育の教材にすぎなかったことが暴かれて終わる。しかし、四匹の子猫に足を四方から食われるという残酷な結末を直接に招き寄せたのは、クン自身のね

たみぶかい性格で、思わず「エヘン。エヘン」をやってしまったことだった。

ねたみ・そねみは、仏教でもっとも重大な煩悩とされる三毒のうち愚痴《ぐち》（愚かさ・心の暗がり）の表れである。この物語はそれを戒める寓話として読むこともできるけれど、それよりも、たいへんユーモラスで笑えるネズミどもだ。

ネズミ三部作の他の二作品の主人公、ツェねずみもフウねずみも、ネズミ捕りにかかったり猫につかまったりして殺される。その語りがコミカルなのは、なにしろ、ろくでもないネズミどもの話だから荘重な悲劇というわけにはいかないのである。哀れなネズミたちの小さな魂に幸いがありますように。

蜘蛛となめくじと狸～ゴールは地獄だ～

この作品は自身の欲望によって亡びた者たちの物語である。


蜘蛛《くも》と、銀色のなめくじとそれから顔を洗ったことのない狸とはみんな立派な選手でした。

けれども一体何の選手だったのか私はよく知りません。

山猫が申しましたが三人はそれはそれは実に本気の競争をしていたのだそうです。

一体何の競争をしていたのか、私は三人がならんでかける所も見ませんし学校の試験で一番二番三番ときめられたことも聞きません。

一体何の競争をしていたのでしょう、蜘蛛は手も足も赤くて長く、胸には「ナンペ」と書いた蜘蛛文字のマークをつけていましたしなめくじはいつも銀いろのゴムの靴をはいていました。又《また》狸は少しこわれてはいましたが運動シャッポをかぶっていました。

けれどもとにかく三人とも死にました。

蜘蛛は蜘蛛暦《くもれき》三千八百年の五月に没《な》くなり銀色のなめくじがその次の年、狸が又その次の年死にました。三人の伝記をすこしよく調べて見ましょう。

「蜘蛛暦」はクモの世界の暦で、クモの初代天皇神武の即位の年かクモのキリスト生誕の年から数えて三千八百年のことである。ナメクジにはナメクジ暦、狸には狸暦があるのだろうが、この物語は蜘蛛暦で進む。

一、赤い手長の蜘蛛

蜘蛛の伝記のわかっているのは、おしまいの一ヶ年間だけです。

蜘蛛は森の入口の楢《なら》の木に、どこからかある晩、ふっと風に飛ばされて来てひっかかりました。蜘蛛はひもじいのを我慢して、早速お月様の光をさいわいに、網をかけはじめました。

あんまりひもじくておなかの中にはもう糸がない位でした。けれども蜘蛛は「うんとこせうんとこせ」と云いながら、一生けん命糸をたぐり出して、それはそれは小さな二銭銅貨位の網をかけました。

夜あけごろ、遠くから蚊がくうんとうなってやって来て網につきあたりました。けれどもあんまりひもじいときかけた網なので、糸に少しもねばりがなくて、蚊はすぐ糸を切って飛んで行こうとしました。

蜘蛛はまるできちがいのように、葉のかげから飛び出してむんずと蚊に食いつきました。蚊は「ごめんなさい。ごめんなさい。ごめんなさい。」と哀れな声で泣きましたが、蜘蛛は物も云わずに頭から羽からあしまで、みんな食ってしまいました。そしてホッと息をついてしばらくそらを向いて腹をこすってから、又少し糸をはきました。そして網が一《ひと》まわり大きくなりました。

そして葉のかげに戻って、六つの眼をギラギラ光らせてじっと網をみつめて居《お》りました。

一年前、蜘蛛はまだ小さくて巣も弱々しく、蚊を一匹つかまえるのもやっとだった。しかし、この蜘蛛は言葉が巧みで、近寄る虫どもをうまくひっかけ、ぐんぐん大きくなっていく。

「ここはどこでござりまするな。」と云いながらめくらのかげろうが杖をついてやって参りました。

「ここは宿屋ですよ。」と蜘蛛が六つの眼を別々にパチパチさせて云いました。

かげろうはやれやれというように、巣へ腰をかけました。蜘蛛は走って出ました。そして「さあ、お茶をおあがりなさい。」と云いながらかげろうの胴中《どうなか》にむんずと噛みつきました。

かげろうはお茶をとろうとして出した手を空にあげて、バタバタもがきながら、

「あわれやむすめ、父親が、

旅で果てたと聞いたなら」

と哀れな声で歌い出しました。
「えい。やかましい。じたばたするな。」と蜘蛛が云いました。するとかげろうは手を合せて
「お慈悲でございます。遺言のあいだ、ほんのしばらくお待ちなされて下されませ。」とねがいました。
蜘蛛もすこし哀れになって「よし早くやれ。」といってかげろうの足をつかんで待っていました。
かげろうはほんとうにあわれな細い声ではじめから歌い直しました。
「あわれやむすめちちおやが、
旅ではてたと聞いたなら、
ちさいあの手に白手甲《しろてこう》、
いとし巡礼《じゅんれ》の雨とかぜ。
もうしご冥加《みょうが》ご報謝と、
かどなみなみに立つとても、
非道の蜘蛛の網ざしき、
さわるまいぞや。よるまいぞ。」
「小しゃくなことを。」と蜘蛛はただ一息に、かげろうを食い殺してしまいました。そしてしばらくそらを向いて、腹をこすってからちょっと眼をぱちぱちさせて
「小しゃくなことを言うまいぞ。」とふざけたように歌いながら又糸をはきました。

かげろうは昆虫の一種で、幼虫は川で育ち、羽化すると数日で死んでしまう。命のはかなさの喩《たと》えとして語られてきた。ここでは蜘蛛につかまったかげろうが娘に遺言の歌をうたう。

自分が旅で死んだと聞いたなら、娘は巡礼に出るだろう。人形浄瑠璃『傾城阿波鳴門《けいせいあわのなると》』のおつるのように、白手甲の小さな手で鈴をチリンチリンと鳴らして「申しご冥加ご報謝」と門付けしながら歩いて行く。「かどなみなみに立つとても（どんなに多く家々の門に立っても）」、蜘蛛の網座敷には近寄るな。さわるまいぞや。よるまいぞ。

このように哀れに歌ったかげろうを蜘蛛は「小しゃくなことを」と一気に食い殺してしまった。

網は三《み》まわり大きくなって、もう立派な蜘蛛の巣です。蜘蛛はすっかり安心して、又《また》葉のかげにかくれました。その時下の方でいい声で歌うのをききました。

「赤いてながのくぅも、
天のちかくをはいまわり、
スルスル光のいとをはき、
きぃらりきぃらり巣をかける。」

見るとそれはきれいな女の蜘蛛でした。

「ここへおいで。」と手長の蜘蛛が云って糸を一本すうっとさげてやりました。

大きくなった蜘蛛は手も赤く長く伸び、胸の「ナンペ」のマークも鮮やかだ。成長した雄蜘蛛の魅惑的な性徴なのだろう。そのとき、巣の下のほうから美女の蜘蛛の恋の歌さえ聞こえてきたので、糸を一本、下げてやったのだ。

女の蜘蛛がすぐそれにつかまってのぼって来ました。そして二人は夫婦になりました。網には毎日沢山《たくさん》食べるものがかかりましたのでおかみさんの蜘蛛は、それを沢山たべてみんな子供にしてしまいました。そこで子供が沢山生まれました。ところがその子供らはあんまり小さくてまるですきとおる位です。

子供らは網の上ですべったり、相撲《すもう》をとったり、ぶらんこをやったり、それはそれはにぎやかです。おまけにある日とんぼが来て今度蜘蛛を虫けら会の相談役にするというみんなの決議をつたえました。

ある日夫婦のくもは、葉のかげにかくれてお茶をのんでいますと、下の方でへらへらした声で歌うものがあります。

「あぁかい手ながのくぅも、
　できたむすこは二百疋、
めくそ、はんかけ、蚊のなみだ、

大きいところで稗《ひえ》のつぶ。」

見るとそれは大きな銀色のなめくじでした。

蜘蛛のおかみさんはくやしがって、まるで火がついたように泣きました。

けれども手長の蜘蛛は云いました。

「ふん。あいつはちかごろ、おれをねたんでるんだ。やい、なめくじ。おれは今度は虫けら会の相談役になるんだぞ。へっ。くやしいか。へっ。てまえなんかいくらからだばかりふとっても、こんなことはできまい。へっへっ。」

なめくじはあんまりくやしくて、しばらく熱病になって、

「うう、くもめ、よくもぶじょくしたな。うう。くもめ。」といっていました。

網は時々風にやぶれたりごろつきのかぶとむしにこわされたりしましたけれどもくもはすぐすうすう糸をはいて修繕しました。

二百疋の子供は百九十八疋まで蟻に連れて行かれたり、行衛不明になったり、赤痢《せきり》にかかったりして死んでしまいました。

けれども子供らは、どれもあんまりお互いに似ていましたので、親ぐもはすぐ忘れてしまいました。

そして今はもう網はすばらしいものです。虫がどんどんひっかかります。

二百匹も子どもを生んだといっても、蜘蛛の子は小さい。「めくそ、はんかけ、蚊のなみだ、大きいところで稗のつぶ」となめくじがからかった。今や虫けら会の相談役に就任するに至った蜘蛛は、それをなめくじに言って、「へっ。くやしいか。へっ」、おまえなんか「こんなことはできまい。へっへっ」とやり返した。そうしてみると、何かの競争をしているというのは、威張りっこの競争らしい。二百足の子はほとんど死んで二匹しか残らなくても、そこは蜘蛛のことだから気にしない。蜘蛛はカブトムシに網を壊されたりしても、ただちに修理して虫をどんどんひっかけた。しかし、それが恐怖の競争であることにはまだ気づいていない。

ある日夫婦の蜘蛛は、葉のかげにかくれてお茶をのんでいますと、一疋の旅の蚊がこっちへ飛んで来て、それから網を見てあわてて飛び戻って行きました。

すると下の方で

「ワッハッハ。」と笑う声がしてそれから太い声で歌うのが聞えました。

「あぁかいてながのくぅも、
あんまり網がまずいので、
八千二百里旅の蚊も、
くうんとうなってまわれ右。」

見るとそれは顔を洗ったことのない狸でした。蜘蛛はキリキリキリキリッとはがみをして云いました。

「何を。狸め。一生のうちにはきっとおれにおじぎをさせて見せるぞ。」

それからは蜘蛛は、もう一生けん命であちこちに十も網をかけたり、夜も見はりをしたりしました。ところが困ったことは腐敗したのです。食物がずんずんたまって、腐敗したのです。そして蜘蛛の夫婦と子供にそれがうつりました。そこで四人《よったり》は足のさきからだんだん腐れてべとべとになり、ある日とうとう雨に流れてしまいました。

それは蜘蛛暦三千八百年の五月の事です。


こうして蜘蛛は無惨な最期を遂げた。次に、なめくじは？　話は一年前、蜘蛛が最初の巣をかけた頃にさかのぼる。

二、銀色のなめくじ

丁度《ちょうど》蜘蛛が林の入口の楢の木に、二銭銅貨の位の網をかけた頃、銀色のなめくじの立派なおうちへかたつむりがやって参りました。

その頃なめくじは林の中では一番親切だという評判でした。かたつむりは「なめくじさん。今度は私もすっかり困ってしまいましたよ。まるで食べるものはなし、水はなし、すこしばかりお前さんのためてあるふきのつゆを呉《く》れませんか。」と云いました。

ナメクジとカタツムリは陸生の巻き貝の一種である。殻が退化したナメクジは樹の根元や石の下などのじめじめしたところにいる。その水気はナメクジが勤勉にも蕗の露をためたものだという。しかも、林の中では一番親切だという評判だ。ところが、その親切は罠《わな》である。

するとなめくじが云いました。

「あげますともあげますとも。さあ、おあがりなさい。」

「ああありがとうございます。助かります。」と云いながらかたつむりはふきのつゆをどくどくのみました。

「もっとおあがりなさい。あなたと私《わたくし》とは云わば兄弟。ハッハハ。さあ、さあ、も少しおあがりなさい。」となめくじが云いました。

「そんならも少しいただきます。ああありがとうございます。」と云いながらかたつむりはも少しのみました。

「かたつむりさん。気分がよくなったら一つ相撲をとりましょうか。ハッハハ。久しぶりです。」となめくじが云いました。

「おなかがすいて力がありません。」とかたつむりが云いました。

「そんならたべ物をあげましょう。さあ、おあがりなさい。」となめくじはあざみの芽やなんか出しました。

「ありがとうございます。それではいただきます。」といいながらかたつむりはそれを喰《た》べました。

「さあ、すもうをとりましょう。ハッハハ。」となめくじがもう立ちあがりました。かたつむりも仕方なく、

「私《わたし》はどうも弱いのですから強く投げないで下さい。」と云いながら立ちあがりました。

「よっしょ。そら。ハッハハ。」かたつむりはひどく投げつけられました。

「もう一ぺんやりましょう。ハッハハ。」

「もうつかれてだめです。」

「まあもう一ぺんやりましょうよ。ハッハハ。よっしょ。そら。ハッハハ。」かたつむりはひどく投げつけられました。

「もう一ぺんやりましょう。ハッハハ。」

「もうだめです。」

「まあもう一ぺんやりましょうよ。ハッハハ。よっしょ、そら。ハッハハ。」かたつむりはひどく投げつけられました。

「もう一ぺんやりましょう。ハッハハ。」

「もうだめ。」

「まあもう一ぺんやりましょうよ。ハッハハ。よっしょ。そら。ハッハハ。」かたつむりはひどく投げつけられました。

「もう死にます。さよなら。」

「まあもう一ぺんやりましょうよ。ハッハハ。さあ。お立ちなさい。起こしてあげましょう。よっしょ。そら。ヘッヘッヘ。」かたつむりは死んでしまいました。そこで銀色のなめくじはかたつむりをペロリと喰べてしまいました。


ナメクジとカタツムリが相撲をとるというのは奇体な空想だ。ナメクジは強く、「もう一ぺんやりましょう。ハッハハ」と相手が死ぬまで強要して食べてしまう。「ハッハハ」「ハッハハ」と笑いながら捕食する肉食系ナメクジだ。


それから一ヶ月ばかりたって、とかげがなめくじの立派なおうちへびっこをひいて来ました。そして「なめくじさん。今日は。お薬を少し呉《く》れませんか。」と云いました。

「どうしたのです。」となめくじは笑って聞きました。

「へびに噛《か》まれたのです。」ととかげが云いました。

「そんならわけはありません。私《わたし》が一寸《ちょっと》そこを嘗《な》めてあげましょう。なあにすぐなおりますよ。ハッハハ。」となめくじは笑って云いました。

「どうかお願い申します。」ととかげは足を出しました。

「ええ。よござんすとも。私《わたくし》とあなたとは云わば兄弟。ハッハハ。」となめくじは云いました。

そしてなめくじはとかげの傷に口をあてました。

「ありがとう。なめくじさん。」ととかげは云いました。

「も少しよく嘗めないとあとで大変ですよ。今度又来てももう直してあげませんよ。ハッハハ。」となめくじはもがもが返事をしながらやはりとかげを嘗めつづけました。

「なめくじさん。何だか足が溶《と》けたようですよ。」ととかげはおどろいて云いました。

「ハッハハ。なあに。それほどじゃありません。ハッハハ。」となめくじはやはりもがもが答えました。

「なめくじさん。おなかが何だか熱くなりましたよ。」ととかげは心配して云いました。

「ハッハハ。なあにそれほどじゃありません。ハッハハ。」となめくじはやはりもがもが答えました。

「なめくじさん。からだが半分とけたようですよ。もうよして下さい。」ととかげは泣き声を出しました。

「ハッハハ。なあにそれほどじゃありません。ほんのも少しです。も一分五厘ですよ。ハッハハ。」となめくじが云いました。

それを聞いたとき、とかげはやっと安心しました。丁度心臓がとけたのです。

そこでなめくじはペロリととかげをたべました。そして途方もなく大きくなりました。

あんまり大きくなったので嬉《うれ》しまぎれについあの蜘蛛をからかったのでした。

そしてかえって蜘蛛からあざけられて、熱病を起したのです。そればかりではなく、なめくじの評判はどうもよくなくなりました。

なめくじはいつでもハッハハと笑って、そしてヘラヘラした声で物を言うけれども、どうも心がよくなくて蜘蛛やなんかよりは却《かえ》って悪いやつだというのでみんなが軽べつをはじめました。

殊《こと》に狸はなめくじの話が出るといつでもヘンと笑って云いました。

「なめくじなんてまずいもんさ。ぶま加減は見られたもんじゃない。」

なめくじはこれを聞いて怒って又病気になりました。そのうちに蜘蛛は腐敗して雨で流れてしまいましたので、なめくじも少しせいせいしました。


こんなに自尊心ばかり強くて悪道のナメクジが無事でいられるはずがない。その末路は……。


次の年ある日雨蛙《あまがえる》がなめくじの立派なおうちへやって参りました。

そして、

「なめくじさん。こんにちは。少し水を呑ませませんか。」と云いました。

なめくじはこの雨蛙もペロリとやりたかったので、思い切っていい声で申しました。

「蛙さん。これはいらっしゃい。水なんかいくらでもあげますよ。ちかごろはひでりですけれどもなあに云わばあなたと私《わたくし》は兄弟。ハッハハ。」そして水がめの所へ連れて行きました。

蛙はどくどくどくどく水を呑んでからとぼけたような顔をしてしばらくなめくじを見てから云いました。

「なめくじさん。ひとつすもうをとりましょうか。」

なめくじはうまいと、よろこびました。自分が云おうと思っていたのを蛙の方が云ったのです。こんな弱ったやつならば五へん投げつければ大ていペロリとやれる。

「とりましょう。よっしょ。そら。ハッハハ。」かえるはひどく投げつけられました。

「もう一ぺんやりましょう。ハッハハ。よっしょ。そら。ハッハハ。」かえるは又投げつけられました。するとかえるは大へんあわててふところから塩のふくろを出して云いました。

「土俵へ塩をまかなくちゃだめだ。そら。シュウ。」塩がまかれました。

なめくじが云いました。

「かえるさん。こんどはきっと私《わたくし》なんかまけますね。あなたは強いんだもの。ハッハハ。よっしょ。そら。ハッハハ。」蛙はひどく投げつけられました。

そして手足をひろげて青じろい腹を空に向けて死んだようになってしまいました。銀色のなめくじは、すぐペロリとやろうと、そっちへ進みましたがどうしたのか足がうごきません。見るともう足が半分とけています。

「あ、やられた。塩だ。畜生。」となめくじが云いました。

蛙はそれを聞くと、むっくり起きあがってあぐらをかいて、かばんのような大きな口を一ぱいにあけて笑いました。そしてなめくじにおじぎをして云いました。

「いや、さよなら。なめくじさん。とんだことになりましたね。」

なめくじが泣きそうになって、

「蛙さん。さよ……。」と云ったときもう舌がとけました。雨蛙はひどく笑いながら「さよならと云いたかったのでしょう。本当にさよならさよなら。暗い細路《ほそみち》を通って向うへ行ったら私《わたし》の胃袋にどうかよろしく云って下さいな。」と云いながら銀色のなめくじをペロリとやりました。


「ハッハハ」「ハッハハ」と親切を装って相撲を仕掛けて食べるのを手口にしていたナメクジは、相撲の土俵には塩を撒《ま》くものだという罠にかかった。

三、顔を洗わない狸

狸は顔を洗いませんでした。

それもわざと洗わなかったのです。

狸は丁度蜘蛛が林の入口の楢の木に、二銭銅貨位の巣をかけた時、すっかりお腹《なか》が空《す》いて一本の松の木によりかかって目をつぶっていました。すると兎《うさぎ》がやって参りました。

「狸さま。こうひもじくては全く仕方ございません。もう死ぬだけでございます。」

狸がきもののえりを掻《か》き合せて云いました。

「そうじゃ。みんな往生じゃ。山猫大明神さまのおぼしめしどおりじゃ。な。なまねこ。なまねこ。」

兎も一緒に念猫《ねんねこ》をとなえはじめました。

「なまねこ、なまねこ、なまねこ、なまねこ。」


狸は猫みたいに前足で顔を洗うものらしい。しかし、この狸はわざと洗わずにいる。そして猫に畏敬《いけい》をもっているらしい。山猫ならば大明神だ。だれもが山猫を畏れ敬うはずだと考えたのか、それを悪業に利用する。「山猫大明神さまのおぼしめしどおりじゃ。な。なまねこ。なまねこ」「な、」「な、」と往生を説く手口で相手を食べてしまうのだ。


狸は兎の手をとってもっと自分の方へ引きよせました。

「なまねこ、なまねこ、みんな山猫さまのおぼしめしどおり、なまねこ。なまねこ。」と云いながら兎の耳をかじりました。兎はびっくりして叫びました。

「あ痛っ。狸さん。ひどいじゃありませんか。」

狸はむにゃむにゃ兎の耳をかみながら、

「なまねこ、なまねこ、みんな山猫さまのおぼしめしどおり。なまねこ。」と云いながら、とうとう兎の両方の耳をたべてしまいました。

兎もそうきいていると、たいへんうれしくてボロボロ涙をこぼして云いました。

「なまねこ、なまねこ。ああありがたい、山猫さま。私《わたし》のような悪いものでも助かりますなら耳の二つやそこらなんでもございませぬ。なまねこ。」

狸もそら涙をボロボロこぼして
「なまねこ、なまねこ、私《わたくし》のようなあさましいものでも助かりますなら手でも足でもさしあげまする。ああありがたい山猫さま。みんなおぼしめしのまま。」と云いながら兎の手をむにゃむにゃ食べました。

兎はますますよろこんで、「ああありがたや、山猫さま。私《わたくし》のようないくじないものでも助かりますなら手の二本やそこらはいといませぬ。なまねこ、なまねこ。」

狸はもうなみだで身体《からだ》もふやけそうに泣いたふりをしました。

「なまねこ、なまねこ。私《わたし》のようなとてもかなわぬあさましいものでも、お役にたてて下されますか。ああありがたや。なまねこなまねこ。おぼしめしのとおり。むにゃむにゃ。」

兎はすっかりなくなってしまいました。

そこで狸のおなかの中で云いました。

「すっかりだまされた。お前の腹の中はまっくろだ。ああくやしい。」

狸は怒って云いました。

「やかましい。はやく消化しろ。」

そして狸はポンポコポンポンとはらつづみをうちました。


こうして顔を洗わない狸は山猫大明神教の開祖となり、オオカミさえ救いを求めてやってくる。


それから丁度二ヶ月たちました。ある日、狸は自分の家《うち》で、例のとおりありありがたいごきとう［御祈禱］をしていますと、狼《おおかみ》がお米を三升さげて来て、どうかお説教をねがいますと云いました。

そこで狸は云いました。

「みんな山ねこさまのおぼしめしじゃ。お前がお米を三升もって来たのも、わしがお前に説教するのもじゃ。山ねこさまはありがたいお方じゃ。兎はおそばに参って、大臣になられたげな。お前もものの命をとったことは、五百や千では利《き》くまいに、早うざんげ［懺悔］さっしゃれ。でないと山ねこさまにえらい責苦《せめく》にあわされますぞい。おお恐ろしや。なまねこ。なまねこ。」

狼はおびえあがって、きょろきょろしながらたずねました。

「そんならどうしたら助かりますかな。」

狸が云いました。

「わしは山ねこさまのお身代りじゃで、わしの云うとおりさっしゃれ。なまねこ。なまねこ。」

「どうしたらようございましょう。」と狼があわててききました。狸が云いました。

「それはな。じっとしていさしゃれ。な。わしはお前のきばをぬくじゃ。な。お前の目をつぶすじゃ。な。それから。なまねこ、なまねこ、なまねこ。お前のみみを一寸《ちょっと》かじるじゃ。なまねこ。なまねこ。こらえなされ。お前のあたまをかじるじゃ。むにゃ、むにゃ。なまねこ。堪忍《かんにん》が大事じゃぞえ。なま……。むにゃむにゃ。お前のあしをたべるじゃ。うまい。なまねこ。むにゃ。むにゃ。おまえのせなかを食うじゃ。うまい。むにゃむにゃむにゃ。」

狼は狸のはらの中で云いました。

「ここはまっくらだ。ああ、ここに兎の骨がある。誰が殺したろう。殺したやつは狸さまにあとでかじられるだろうに。」

狸は無理に「ヘン。」と笑っていました。


狼は狸の胃袋で先に食われて消化された兎の骨を発見するのだが、「殺したやつは狸さまにかじられるだろうに」と、まだマインドコントロールが解けていない。そんなオオカミを狸は「ヘン」と笑った。


さて蜘蛛はとけて流れ、なめくじはペロリとやられ、そして狸は病気にかかりました。

それはからだの中に泥や水がたまって、無暗《むやみ》にふくれる病気で、しまいには中に野原や山ができて狸のからだは地球儀のようにまんまるになりました。

そしてまっくろになって、熱にうかされて、
「うう、こわいこわい。おれは地獄行きのマラソンをやったのだ。うう、切ない。」といいながらとうとう焦げて死んでしまいました。

＊

なるほどそうしてみると三人とも地獄行きのマラソン競争をしていたのです。

この物語は冒頭に、蜘蛛と、銀色のなめくじと、顔を洗ったことのない狸はみんな立派な選手で、実に本気の競争をしていたといい、「一体何の競争をしていたのか」という問いかけがある。その競走とは　地位や見かけを争う威張りっこの競争だった。それは地獄行きのマラソン競争だったということである。「なるほど、そうだったのか」という結末だが、このストーリーに賢治は満足できなかったようだ。この作品を賢治は「寓話　山猫学校を卒業した三人」に書き改め、さらに「寓話　洞熊《ほらぐま》学校を卒業した三人」に改めた。まず、その冒頭を挙げる。

寓話　洞熊《ほらぐま》学校を卒業した三人

赤い手の長い蜘蛛《くも》と、銀いろのなめくじと、顔を洗ったことのない狸《たぬき》が、いっしょに洞熊《ほらくま》学校にはいりました。洞熊先生の教えることは三つでした。

一年生のときは、うさぎと亀《かめ》のかけくらのことで、も一つは大きいものがいちばん立派だということでした。それから三人はみんな一番になろうと一生けん命競争しました。一年生のときは、なめくじと狸がしじゅう遅刻して罰《ばつ》を食《く》ったために蜘蛛が一番になった。なめくじと狸とは泣いて口惜《くや》しがった。二年生のときは、洞熊先生が点数の勘定《かんじょう》を間違《まち》ったために、なめくじが一番になり蜘蛛と狸とは歯ぎしりしてくやしがった。三年生の試験のときは、あんまりあたりが明るいために洞熊先生が涙《なみだ》をこぼして眼《め》をつぶってばかりいたものですから、狸は本を見て書きました。そして狸が一番になりました。そこで赤い手長の蜘蛛と、銀いろのなめくじと、それから顔を洗ったことのない狸が、一しょに洞熊学校を卒業しました。三人は上《うわ》べは大へん仲よそうに、洞熊先生を呼んで謝恩会《しゃおんかい》ということをしたりこんどはじぶんらの離別会ということをやったりしましたけれども、お互《たが》いにみな腹のなかでは、へん、あいつらに何ができるもんか、これから誰《たれ》がいちばん大きくえらくなるか見ていろと、そのことばかり考えておりました。さて会も済んで三人はめいめいじぶんのうちに帰っていよいよ習ったことをじぶんでほんとうにやることになりました。洞熊先生の方もこんどはどぶ鼠《ねずみ》をつかまえて学校に入れようと毎日追いかけて居《お》りました。

ちょうどそのときはかたくりの花の咲《さ》くころで、たくさんのたくさんの眼《め》の碧《あお》い蜂《すがる》の仲間が、日光のなかをぶんぶんぶんぶん飛び交《か》いながら、一つ一つの小さな桃《もも》いろの花に挨拶《あいさつ》して蜜《みつ》や香料を貰《もら》ったり、そのお礼に黄金《きん》いろをした円い花粉をほかの花のところへ運んでやったり、あるいは新しい木の芽からいらなくなった蝋《ろう》を集めて六角形の巣を築いたりもういそがしくにぎやかな春の入口になっていました。

以下、「一、蜘蛛はどうしたか。」「二、銀色のなめくぢはどうしたか。」「三、顔を洗わない狸。」の3つの章がある。その内容は「蜘蛛となめくじと狸」とほぼ同じだが、結末は大きく改変されている。顔を洗わない狸に米を供えていた狼が食われてしまって狸の胃の中に落ちてしまったところから掲載する。

「ここはまっくらだ。ああ、ここに兎《うさぎ》の骨がある。誰《たれ》が殺したろう。殺したやつはあとで狸に説教されながららかじられるだろうぜ。」

狸はやかましいやかましい蓋《ふた》をしてやらう。と云いながら狼の持って来た籾《もみ》を三升風呂敷《じょうふろしき》のまま呑《の》みました。

ところが狸は次の日からどうもからだの工合《ぐあい》がわるくなった。どういうわけか非常に腹が痛くて、のどのところへちくちく刺《さ》さるものがある。

はじめは水を呑んだりしてごまかしていたけれども一日一日それが烈《はげ》しくなってきてもう居ても立ってもいられなくなった。

とうとう狼をたべてから二十五日めに狸はからだがゴム風船のようにふくらんでそれからボローンと鳴って裂《さ》けてしまった。

林中《じゅう》のけだものはびっくりして集って来た。見ると狸のからだの中は稲《いね》の葉でいっぱいでした。あの狼の下げて来た籾が芽を出してだんだん大きくなったのだ。

洞熊《ほらくま》先生も少し遅《おく》れて来て見ました。そしてああ三人とも賢《かしこ》いいこどもらだったのにじつに残念なことをしたと云いながら大きなあくびをしました。

このときはもう冬のはじまりであの眼《め》の碧《あお》い蜂《すがる》の群はもうみんなめいめいの蠟《ろう》でこさへた六角形の巣にはひって次の春の夢を見ながらしずかに睡《ねむ》って居《お》りました。


「洞熊《ほらぐま》学校を卒業した三人」は「ちょうどそのときはかたくりの花の咲《さ》くころで、たくさんのたくさんの眼《め》の碧《あお》い蜂《すがる》の仲間が（中略）蝋《ろう》を集めて六角形の巣を築いたりもういそがしくにぎやかな春の入口になっていました」という早春から始まり、「もう冬のはじまりであの眼《め》の碧《あお》い蜂《すがる》の群はもうみんなめいめいの蠟《ろう》でこさへた六角形の巣にはいって次の春の夢を見ながらしずかに睡《ねむ》って居《お》りました」という初冬で終わる。

この物語のフレームは広く知られている童話「やまなし」の「小さな谷川の底を写した二枚の青い幻燈」の話とよく似ている。その二枚の青い幻燈は、初夏の五月と初冬の十二月の情景である。

その谷川の水の中で、かぷかぷわらっていたクラムボンは殺された。おそらく大きな魚に食われたのだろう。それだけでなく、「水中を行ったり来たりして何かをとってる魚も、いきなり飛び込んできたカワセミの嘴《くちばし》のようなものにさらわれてしまった」。食べたり食べられたりする恐ろしい世界であるが、日光の黄金《きん》が夢のように」降って来るし、流れてきたヤマナシの実が自然に発酵しておいしい酒になるところでもある。

そして十二月、「親子の蟹《かに》は三疋自分等《ら》の穴に帰って行きます。／波はいよいよ青じろい焔《ほのお》をゆらゆらとあげました、それは又金剛石《またこんごうせき》の粉をはいているようでした。」というシーンで終わる。

どんなに恐ろしい世界にも日光の黄金《きん》や金剛石《こんごうせき》の粉が降りそそぐ。詩「春と修羅」の言葉では「のばらのやぶや腐植の湿地／いちめんのいちめんの諂曲模様《てんごくもよう》」の中でも「正午の管楽《かんがく》よりもしげく／琥珀《こはく》のかけらがそそぐ」し「れいろうの天の海には／聖玻璃《せいはり》の風」が行き交《か》う。

「寓話　洞熊《ほらぐま》学校を卒業した三人」では、みんなが地獄行きの競争をしていても、眼《め》の碧《あお》い蜂《すがる》の群は、みんなで巣をつくり、厳しい冬には次の春の夢を見ながらしずかに睡《ねむ》っているのである。

このように〈悪〉をも聖なるものに包む世界は悉有仏性《しつうぶっしょう》（だれにも仏性がある）を旨とする日本の仏教全体に通じるものだが、とりわけ法華経によるところが大きい。それについては次の「宮沢賢治の文学と信仰」で述べる。

「蜘蛛となめくじと狸」論　宮沢賢治の文学と信仰

賢治の法華信仰

宮沢賢治は明治29年（1896）に花巻の商家の長男として生まれた。父の政次郎《まさじろう》は銀行や鉄道会社に出資するなど近代資本家の才覚をもつ人だったが、生家は代々、浄土真宗（正確には真宗大谷派）の門徒で、父母とも篤信の人だった。

しかし、賢治は生家が質商を営んでいることをひどく気に病んでいた。貧しい農民などから質草をとって利子つきのお金を貸す行為が許せなかったようだ。暮らしに困っている人がいるなら、お金でも何でもやってしまいたい。そんなことを考える性分《しょうぶん》なのだ。

賢治は18歳のころから法華経を信仰するようになった。22歳の大正7年（1918）の童話「蜘蛛となめくじと狸」を書いたころは賢治の法華信仰への傾きが大きくなった時期である。友人の保阪嘉内《ほさかかない》あて同年6月20日前後の手紙（『新校本宮澤賢治全集』書簡74）には「私の家には一つの信仰〈真宗の信仰〉が満ちてゐます。私はけれどもその信仰をあきたらず思ひます。勿体《もったい》のない申し分ながらこの様《よう》な信仰はみんなの中〈生家の家族〉に居る間だけです」と言っている。また、同6月27日付けの手紙（書簡76）には「保阪さん。諸共《もろとも》に深心《じんしん》に至心《ししん》に立ち上り、敬心《きょうしん》を以《もっ》てかの赤い経巻を手にとり静《しずか》にその方便品《ほうべんぽん》、寿量品《じゅりょうほん》を読み奉《たてまつ》らうではありませんか。南無妙法蓮華経　南無妙法蓮華経」と書いている。

この手紙に「赤い経巻」というのは島地大等《しまじだいとう》の『漢和対照　妙法蓮華経』（1914年刊）のことらしい。経巻といっても普通の造本なのだが、表紙が赤いのである。賢治は18歳のころにそれを読んで感銘をうけた。それが法華経に帰依するきっかけになった。

それが真宗の篤信者だった父＝政次郎との対立につながる。激しく口論したということだが、浄土信仰か法華信仰かという教義をめぐる対立がそれほど激しかったとは思われない。『漢和対照　妙法蓮華経』は父が同信の知人、高橋勘太郎《たかはしかんたろう》から贈られた本だったし、そもそも著者の島地大等は浄土真宗の僧である。また後年、日蓮宗寺院（日蓮宗花巻教会所、現在の身照寺《しんしょうじ》）の建立運動がおこったとき、賢治は母方の叔父、宮沢恒治の求めに応えて「法華堂建立勧進文」を書いた。

恒治は宮沢一族の本家の当主で、宗旨はもちろん真宗大谷派である。その宮沢本家の当主が先頭に立って日蓮宗寺院の建立運動をおこしたのだから、浄土信仰か法華信仰かの対立はない。

ただし賢治は、国柱会に入会した大正9年（1920）の秋から暮れにかけて相当に過激な行動に出た。「南無妙法蓮華経」と声高に唱えながら夜の町を歩いたり、むやみに法論を挑んだりしたという。父の政次郎は「困ったことをするものだ」と歎いた。母イチも心を痛めて高橋勘太郎に相談したところ、「それは少しも差し支えありません。（中略／無量寿経も法華経も）みな釈尊の教え」と言われて安心したという（宮沢清六「兄賢治の生涯」）。

翌年1月に無断上京した賢治は、上野に近い鶯谷にあった国柱会本部を訪れて「私は昨年御入会を許されました岩手県の宮沢と申すものでございますが今度家の帰正《きせい》を願ふ為に俄《にわか》にこちらに参りました」（書簡185／関徳弥あて）と告げたという。

家の帰正、すなわち生家の転宗を賢治は父に迫ったのだ。父子の対立が教義論争であるうちは対立しても言い争いにとどまるだろうが、転宗となれば話は別だ。宮沢家の墓は菩提寺の真宗大谷派安浄寺《あんじょうじ》の境内にあったので、それを移転しなければならない。家の仏壇も取りかえなければならないし、盆や法事のしきたりも変わる。信仰がどうのというより、そうした実際のくささが実にやっかいだ。だから、息子が転宗を言い出したりしたら、当主たる父親が真っ赤になって怒らないほうがおかしい。信仰がどうのという問題ではない。

そういうことがあったけれど、大正10年1月に、いざ無断で上京してみると、強硬な法華信仰はやわらいだ。その年4月には父と一緒に関西方面に旅行し、8月には花巻に戻る。そのころには過激な言動はころりとなくなった。賢治は生涯、国柱会の会員であったけれど、誰かに強く入信を勧めることもなくなった。

賢治が童話を数多く書くようになったのも大正10年に上京してからだった。その作品にはキリスト教色の強いものもあるし土地の風習をふまえたものもあるのだが、賢治は詩や童話の文の底に秘かに沈めおくように、その信仰を織りこんでいる。その童話について賢治は、昭和8年9月21日に病没する前日に「ありがたい仏さんの教えを、一生懸命に書いたものだんすじゃ。だから、いつかはきっと、みんな、よろこんで読むようになるんすじゃ」と母に話したことがあったという（『新校本宮澤賢治全集』「年譜」昭和八年九月二十日）。

賢治の反浄土

しかし、まだ父と激しく対立していた大正10年に書かれた「蜘蛛となめくじと狸」をはじめ、その作品には過激に浄土信仰を否定したものがある。

狸は「なまねこ、なまねこ、みんな山猫さまのおぼしめしどおり」とインチキな「念猫」で兎や狼をマインドコントロールにかけ、食べてしまう。その結果、体に泥や水がたまってふくれあがり、熱にうなされながら「うう、こわいこわい。おれは地獄行きのマラソンをやったのだ」と気づいたときには、もう遅い。「うう、切ない」と言いながら、とうとう焦げて死んでしまった。

蜘蛛もなめくじも狸も、「三人とも地獄行きのマラソン競争をしていた」ということだが、その競争で一等賞をとり、いちばん深い地獄に堕ちたのは狸だ。

狸が罪深いのは、念仏を「念猫」と称し、「南無阿弥陀仏」を「なまねこ、なまねこ」ともじって言い換えていることだ。もしキリスト教の教会で「アーメン」を「ラーメン」、イスラム教のモスクで「アッラー」を「アララー」などと茶化したら、ただではすまない。たとえ信仰を異にしても、神仏を畏《おそ》れる人ならそんな冒瀆《ぼうとく》はしない。仏教では謗法《ほうぼう》の大罪である。賢治も、前掲の保阪あて書簡74では、自分の家の信仰にあきたらないことを「勿体のない申し分ながら」と言っている。しかし、念仏を敢えて「念猫」「なまねこ、なまねこ」と言い換えた「蜘蛛となめくじと狸」には、そうした畏れを超えて賢治の過激な念仏批判が込められている。

もう一編、過激な反浄土の作品は童話「二十六夜」だ。旧暦六月二十四日から二十六日にかけて北上川のほとりの森で梟《ふくろう》たちが夜に念仏講を開く。大僧正《だいそうじょう》か僧正という偉そうな梟の坊さんが「南無疾翔大力《なむしっしょうたいりき》、南無疾翔大力」と念仏もどきをとなえ、蓮如の御文《おふみ》（御文章《ごぶんしょう》）と浄土経典『観無量寿経』のパロディみたいな説法をする。その説法を熱心に聴聞《ちょうもん》していた子梟の穂吉《ほきち》は、人間の子どもにつかまり、二本の脚《あし》をへし折られて捨てられた。それでも説法を聞きたいと願う穂吉は、二十六夜の念仏の夜、「南無疾翔大力、南無疾翔大力」の声を聞きながら息を引き取った。

その念仏講の集まりには、けんかをしたり、ふざけて騒いでばかりいる二疋の子どもの梟がいて、説教にあきあきして逃げだし、実相寺《じっそうじ》の森のほうに遊びに行ってしまう。その子らのほうが罰当たりのようだが、諸法実相《しょほうじっそう》（世界の真実）を説く法華経を思わせる実相寺の森に行った梟はなんともない。穂吉が何も悪いことをしていないのにひどい目にあったのは、罪深いエセ念仏の説法を熱心に聞いていたことが災いしたというほかない。

ただ、この「二十六夜」の物語では、北上川に沿って走る夜汽車の音がいつも遠くにごとんごとんと響いている。そして、澄み切った桔梗色《ききょういろ》の空に黄金《きん》いろの二十六夜の月が静かにかかり、穂吉がかすかに笑ったまま息がなくなったとき、汽車の音がまた聞こえて来た。不幸な穂吉は、まるで銀河鉄道の夜の星空に旅立っていったかのように物語は静かに結ばれている。

山川草木悉皆成仏

初期童話「蜘蛛となめくじと狸」は「三人とも地獄行きのマラソン競争をしていたのです」と結ばれ、救いは乏しい。そのため、前述したように賢治はこの作品を「洞熊《ほらぐま》学校を卒業した三人」に書き改めた。その結びは「もう冬のはじまりであの眼の碧《あお》い蜂の群はもうみんなめいめいの蝋《ろう》でこさえた六角形の巣にはいって次の春の夢を見ながらしずかに睡《ねむ》って居りました」となり、大きな自然の運行の中に静かにつつまれる。

殺し殺される生き物たちの世界にも光が金剛石の粉をはくように降る。このような記述に法華経「如来寿量品」の偈の一節を思い浮かべることができる。

衆生《しゅじょう》劫《こう》尽《つ》きて大火《だいか》に焼《や》かるると見る時《とき》も
我《わ》が此《こ》の土《ど》は安穏《あんのん》にして天人常《てんにんつね》に充満《じゅうまん》せり
園林諸《おんりんもろもろ》の堂閣《どうかく》、種々《しゅじゅ》の宝《たから》をもって荘厳《しょうごん》し

宝樹花果《ほうじゅけかお》多くして衆生《しゅじょう》の遊楽《ゆらく》する所《ところ》なり

［意訳］

この世に苦しみは多く大火が燃え上がっているように思われるときでも、ここは真実には平安な仏の国であり、天の神々や善き人々が満ちている。ここは、いろいろな宝物で飾られた建物が建ち並び、美しい木々が花や果実を多くつけて、生きとし生けるものが幸福に暮らすところである。

前述したように賢治は自分の童話について母に「ありがたい仏さんの教えを一生懸命に書いたものだんすじゃ」と語ったという。そうであれば、たとえ残酷な物語でも、コミカルでふざけた話でも、どこかに救いが込められているはずだ。静かな冬の訪れで終わる「洞熊学校を卒業した三人」のエンディングには、日本の仏教でよく言われる「山川草木悉皆成仏《さんせんそうもくしっかいじょうぶつ》（山も川も草木もみな仏）」という祈りが込められているように思われる。

同様のエンディングは、食うものと食われるものの幻想的な童話「やまなし」など、賢治の作品によく見られるパターンである。

次にあげる童話「フランドン農学校の豚」や「なめとこ山の熊」も同様のエンディングである。

フランドン農学校の豚~友愛と平和の情操を涵養するために~

現在の日本には「動物の愛護及び管理に関する法律（動物愛護管理法）」という法律がある。昭和48年（1973）に議員立法で制定された。その目的は第一条に次のように記されている。

第一条　この法律は、動物の虐待及び遺棄の防止、動物の適正な取扱いその他動物の健康及び安全の保持等の動物の愛護に関する事項を定めて国民の間に動物を愛護する気風を招来し、生命尊重、友愛及び平和の情操の涵養《かんよう》に資するとともに、動物の管理に関する事項を定めて動物による人の生命、身体及び財産に対する侵害並びに生活環境の保全上の支障を防止し、もつて人と動物の共生する社会の実現を図ることを目的とする。

この法律の愛護の対象は家庭動物（ペット）、産業動物（畜産動物）など「人の飼養に係る動物」である。ペットの犬や猫はともかく、牛や豚などは食用に飼われている家畜なのだから、「生命尊重、友愛及び平和の涵養」とか「人と動物の共生」といった文言は大げさすぎて、国家の法律であるにもかかわらず、いささかコミカルではあるまいか。
ところが、この物語のフランドンは、もっと先を進んでいる。家畜撲殺《ぼくさつ》同意調印法があり、家畜を屠殺《とさつ》するときは当の家畜から承諾書をもらわねばならないのである。

〔冒頭部原稿何枚か破棄〕
以外の物質は、みなすべて、よくこれを摂取《せっしゅ》して、脂肪若《もし》くは蛋白質《たんぱくしつ》となし、その体内に蓄積す。」とこう書いてあったから、農学校の畜産の、助手や又《また》小使などは金石《きんせき》でないものならばどんなものでも片っ端から、持って来てほうり出したのだ。
尤《もっと》もこれは豚の方では、それが生まれつきなのだし、充分《じゅうぶん》によくなれていたから、けしていやだとも思わなかった。却《かえ》ってある夕方などは、殊《こと》に豚は自分の幸福を、感じて、天上に向いて感謝していた。というわけはその晩方、化学を習った一年生の、生徒が、自分の前に来ていかにも不思議そうにして、豚のからだを眺めて居た。豚の方でも時々は、あの小さなそら豆形《まめがた》の怒ったような眼《め》をあげて、そちらをちらちら見ていたのだ。その生徒が云《い》った。
「ずいぶん豚というものは、奇体《きたい》なことになっている。水やスリッパや藁《わら》をたべて、それをいちばん上等な、脂肪や肉にこしらえる。豚のからだはまあたとえば生きた一つの触媒《しょくばい》だ。白金《はっきん》と同じことなのだ。無機体では白金だし有機体では豚なのだ。考えれば考える位《くらい》、これは変になることだ。」
豚はもちろん自分の名が、白金と並べられたのを聞いた。それから豚は、白金が、一匁《もんめ》三十円することを、よく知っていたものだから、自分のからだが二十貫《かん》で、いくらになるということも勘定《かんじょう》がすぐ出来たのだ。豚はぴたっと耳を伏せ、眼を半分だけ閉じて、前肢《まえあし》をきくっと曲げながらその勘定をやったのだ。

20×1000×30＝600000 実に六十万円だ。六十万円といったならそのころのフランドンあたりでは、まあ第一流の紳士《しんし》なのだ。いまだってそうかも知れない。さあ第一流の紳士だもの、豚がすっかり幸福を感じ、あの頭のかげの方の鮫《さめ》によく似た大きな口を、にやにや曲げてよろこんだのも、けして無理とは云われない。

1匁は3・75gである。1貫は1000匁で、3・75kgである。

この豚の体重は20貫だから、20×1000で20000匁。これに1匁30円の白金の値段を掛けると、60万円になる。そのころのフランドンが、いつの時代のどこなのかは不明だが、60万円は相当な大金で、自分がそれくらいの値段なら「第一流の紳士なのだ」と豚は喜んだ。

豚のからだは「水やスリッパや藁をたべて」「脂肪や肉にこしらえる」ので、触媒の白金のような働きをする。だったら、豚のからだは白金だという飛躍した論理による計算だが、豚は「前肢をきくっ」と曲げても指折り数えることのできないからだで、この計算をやってのけたのだ。

なお、この物語は「小さなそら豆形の怒ったような眼」など、豚の体の表現がユニークかつ正確に表現されている。

ところが豚の幸福も、あまり永くは続かなかった。

それから二三日たって、そのフランドンの豚は、どさりと上から落ちて来た一かたまりのたべ物から、（大学生諸君、意志を鞏固《きょうこ》にもち給え。いいかな。）たべ物の中から、一寸《ちょっと》細長い白いものので、さきにみじかい毛を植えた、ごく率直《そっちょく》に云うならば、ラクダ印の歯磨楊子《はみがきようじ》、それを見たのだ。どうもいやな説教で、折角《せっかく》洗礼を受けた、大学生諸君にすまないが少しこらえてくれ給え。

豚は実にぎょっとした。一体、その楊子の毛をみると、自分のからだ中《なか》の毛が、風に吹かれた草のよう、ザラッザラッと鳴ったのだ。豚は実に永い間、変な顔して、眺めていたが、とうとう頭がくらくらして、いやないやな気分になった。いきなり向こうの敷藁《しきわら》に頭を埋めてくるっと寝てしまったのだ。

豚に餌をやりながら、農学校の先生が学生に豚の屠殺法か何かを講義しているらしい。意志を鞏固にもって、それを実行しなければならない。洗礼を受けて全てに愛を誓った大学生諸君には酷《こく》な話だ。

それより、ラクダ印の歯磨楊子（歯ブラシ）である。歯ブラシには豚の毛が植えられているようなのだ。それを見た豚は、自分のからだ中の毛がザラッザラッと鳴ったのだった。

晩方になり少し気分がよくなって、豚はしずかに起きあがる。気分がいいと云ったたって、結局豚の気分だから、苹果《りんご》のようにさくさくし、青ぞらのように光るわけではもちろんない。これ灰色の気分である。灰色にしてややつめたく、透明なるところの気分である。さればまことに豚の心もちをわかるには、豚になって見るより致《いた》し方ない。

外来ヨークシャイヤでも又《また》黒いバアクシャイヤでも豚は決して自分が魯鈍《ろどん》だとか、怠惰《たいだ》だとかは考えない。最も想像に困難なのは、豚が自分の平らなせなかを、棒でどしゃっとやられたとき何と感ずるかということだ。さあ、日本語だろうか伊太利亜《イタリア》語だろうか独乙《ドイツ》語だろうか英語だろうか。さあどう表現したらいいか。さりながら、結局は、叫び声以外わからない。カント博士と同様に全く不可知なのである。

豚の心は豚でなくてはわからない。背中を棒でぶたれたときの声も、人間の言語に翻訳することはできず、叫び声にしか聞こえない。カント博士の哲学と同様にわからない。

さて豚はずんずん肥《ふと》り、なんべんも寝たり起きたりした。フランドン農学校の畜産学の先生は、毎日来ては鋭い眼で、じっとその生体量を、計算しては帰って行った。

「も少しきちんと窓をしめて、室中《へやじゅう》暗くしなくては、脂《あぶら》がうまくかからんじゃないか。それにもうそろそろと肥育《ひいく》をやってもよかろうな、毎日阿麻仁《あまに》を少しずつやって置いて呉《く》れないか。」教師は若い水色の、上着の助手に斯《こ》う云った。豚はこれをすっかり聴《き》いた。そして又大へんいやになった。楊子《ようじ》のときと同じだ。折角《せっかく》のその阿麻仁も、どうもうまく咽喉《のど》を通らなかった。これらはみんな畜産の、その教師の語気について、豚が直覚したのである。（とにかくあいつら二人は、おれにたべものはよこすが、時々まるで北極の、空のような眼をして、おれのからだをじっと見る、実に何ともたまらない、とりつきばもないようなきびしいこころで、おれのことを考えている、そのことは恐《こわ》い、ああ、恐い。）豚は心に思いながら、もうたまらなくなり前の柵《さく》を、むちゃくちゃに鼻で突っ突いた。

阿麻仁は茎から麻をとるために栽培されるアマの種子である。その種子から食用油の阿麻仁油がとれるように栄養価が高い。よって、豚の肥育用の飼料に用いるというわけだ。養豚がいよいよ肥育の段階に入ると、屠殺は近い。教師と助手の目つきも変わってきた。豚はたまらなく恐くなった。

ところが、丁度《ちょうど》その豚の、殺される前の月になって、一つの布告がその国の、王から発令されていた。

それは家畜撲殺《ぼくさつ》同意調印法といい、誰《たれ》でも、家畜を殺そうというものは、その家畜から死亡承諾書《しょうだくしょ》を受け取ること、又その承諾証書には家畜の調印を要すると、こう云う布告だったのだ。

さあそこでその頃は、牛でも馬でも、もうみんな、殺される前の日には、主人から無理に強《し》いられて、証文にペタリと印を押したもんだ。ごくとしよりの馬などは、わざわざ蹄鉄《ていてつ》をはずされて、ぼろぼろなみだをこぼしながら、その大きな判をぱたっと証書に押したのだ。

フランドンのヨークシャイヤも又活版刷《またかっぱんず》りに出来ているその死亡証書を見た。見たというのは、或《あ》る日のこと、フランドン農学校の校長が、大きな黄色の紙を持ち、豚のところにやって来た。豚は語学も余程《よほど》進んでいたのだし、又実際豚の舌は柔《やわ》らかで素質も充分あったのでごく流暢《りゅうちょう》な人間語で、しずかに校長に挨拶《あいさつ》した。

「校長さん、いいお天気でございます。」

フランドン農学校の豚はヨークシャー種であるらしい。18世紀にイギリスのヨークシャーで精肉用の品種として創出された。飼育しやすく肉の味がよいということで20世紀には世界中で飼育されるようになった白い豚である。

このフランドン農学校の豚は優秀なヨークシャー種であるだけに、頭がよくて人間語を流暢に話すうえ、繊細な感情の持ち主だ。その豚も自分の死亡承諾書を見る日が来た。王の勅令《ちょくれい》による重要な証書なので、農学校の校長がみずから持って来たのだ。

校長はその黄色な証書をだまって小わきにはさんだまま、ポケットに手を入れて、にがわらいして斯《こ》う云った。

「うんまあ、天気はいいね。」

豚は何だか、この語《ことば》が、耳にはいって、それから咽喉《のど》につかえたのだ。おまけに校長がじろじろと豚のからだを見ることは全くあの畜産の、教師とおんなじことなのだ。

豚はかなしく耳を伏せた。そしてこわごわ斯《こ》う云った。

「私はどうも、このごろは、気がふさいで仕方ありません。」

校長は又にがわらいを、しながら豚に斯《こ》う云った。

「ふん。気がふさぐ。そうかい。もう世の中がいやになったかい。そういうわけでもないのかい。」

豚があんまり陰気《いんき》な顔をしたものだから校長は急いで取り消しました。

それから農学校長と、豚とはしばらくしいんとしてにらみ合ったまま立っていた。ただ一言《ひとこと》も云わないでじいっと立って居《お》ったのだ。そのうちにとうとう校長は今日は証書はあきらめて、

「とにかくよくやすんでおいで。あんまり動きまわらんでね。」例の黄いろな大きな証書を小わきにかいこんだまま、向こうの方へ行ってしまう。

豚はそのあとで、何べんも、校長の今の苦笑やいかにも底意《そこい》のある語《ことば》を、繰り返し繰り返しして見て、身ぶるいしながらひとりごとした。

『とにかくよくやすんでおいで。あんまり動きまわらんでね。』一体《いったい》これはどう云う事か。ああつ

らいつらい。豚は斯《こ》う考えて、まるであの梯形《ていけい》の、頭も割れるように思った。おまけにその晩は強いふぶきで、外では風がすさまじく、乾《かわ》いたカサカサした雪のかけらが、小屋のすきまから吹きこんで豚のたべものの余りも、雪でまっ白になったのだ。

校長は死亡承諾書を持って来たが、「天気がいいね」といった話だけして、豚に承諾印を押してほしいとは言えずに帰っていった。

ところが次の日のこと、畜産学の教師が又やって来て例の、水色の上着を着た、顔の赤い助手といつものするどい眼付《めつき》して、じっと豚の頭から、耳から背中から尻尾《しっぽ》まで、まるでまるで食い込むように眺《なが》めてから、尖《とが》った指を一本立てて、

「毎日阿麻仁《あまに》をやってあるかね。」

「やってあります。」

「そうだろう。もう明日だって明後日《あさって》だって、いいんだから。早く承諾書をとれぁいいんだ。どうしたんだろう、昨日《きのう》校長は、たしかに証書をわきに挟《はさ》んでこっちの方へ来たんだが。」

「はい、お入りのようでした。」

「それではもうできてるかしら。出来ればすぐよこす筈《はず》だがね。」

「はあ。」

「も少し室《へや》をくらくして、置いたらどうだろうか。それからやる前の日には、なんにも飼料をやらんでくれ。」

「はあ、きっとそう致します。」

畜産の教師は鋭い目で、もう一遍《いっぺん》じいっと豚を見てから、それから室を出て行った。

校長があきらめても、王の勅令の家畜撲殺同意調印法に背くわけにはいかない。飼育者である農学校の誰かが豚の印をもらわなければならないし、豚も承諾印を押さねばならない。こうなると、動物愛護の精神にかなうことなのかどうか。豚の苦悩は深まるばかりだ。

そのあとの豚の煩悶《はんもん》さ、（承諾書というのは、何の承諾書だろう何を一体しろと云うのだ、やる前の日には、なんにも飼料をやっちゃいけない、やる前の日って何だろう。一体何をされるんだろう。どこか遠くへ売られるのか。ああこれはつらいつらい。）豚の頭の割れそうな、ことはこの日も同じだ。その晩《ばん》豚はあんまりに神経が興奮し過ぎてよく睡《ねむ》ることができなかった。ところが次の朝になって、やっと太陽が登った頃、寄宿舎《きしゅくしゃ》の生徒が三人、げたげた笑って小屋へ来た。そして一晩睡らないで、頭のしんしん痛む豚に、又もや厭《いや》な会話を聞かせたのだ。

「いつだろうなあ、早く見たいなあ。」

「僕《ぼく》は見たくないよ。」

「早いといいなあ、囲って置いた葱《ねぎ》だって、あんまり永いと凍《こお》っちまう。」

「馬鈴薯《ばれいしょ》もしまってあるだろう。」

「しまってあるよ。三斗《と》しまってある。とても僕たちだけで食べられるもんか。」

「今朝《けさ》はずいぶん冷たいねえ。」一人が白い息を手に吹きかけながら斯う云《こ》いました。

「豚のやつは暖かそうだ。」一人が斯う答えたら三人共どっとふき出しました。

「豚のやつは脂肪でできた、厚さ一寸の外套《がいとう》を着てるんだもの、暖かいさ。」

「暖かそうだよ。どうだ。湯気さえほやほやと立っているよ。」

豚はあんまり悲しくて、辛《つら》くてよろよろしてしまう。

「早くやっちまえばいいな。」


農学校では肥育した豚を学校で食べるようだ。季節は冬だ。豚肉料理に使うネギは藁で巻いて凍らないようにしてある。馬鈴薯（じゃがいも）は3斗も用意してある。生徒たちは早く食べたくてしかたがない。豚のからだからたつ湯気さえ、温かい鍋の湯気のように思われてくるのだ。

三人はつぶやきながら小屋を出た。そのあとの豚の苦しさ、(見たい、見たくない、早いといい、葱が凍る、馬鈴薯三斗、食いきれない。厚さ一寸の脂肪の外套、おお恐い、ひとのからだをまるで観透《みとお》してるおお恐い。恐い。けれども一体おれと葱と、何の関係があるだろう。ああつらいなあ。)

その煩悶《はんもん》の最中に校長が又やって来た。入口でばたばた雪を落として、それから例のあいまいな苦笑をしながら前に立つ。

「どうだい。今日は気分がいいかい。」

「はい、ありがとうございます。」

「いいのかい。大へん結構《けっこう》だ。たべ物は美味《おい》しいかい。」

「ありがとうございます。大へんに結構でございます。」

「そうかい。それはいいね、ところで実は今日はお前と、内内《ないない》相談に来たのだがね、どうだ頭ははっきりかい。」

「はあ。」豚は声がかすれてしまう。

「実はね、この世界に生きてるものは、みんな死ななけぁいかんのだ。実際もうどんなもんでも死ぬんだよ。人間の中の貴族でも、金持でも、又私のような、中産階級でも、それからごくつまらない乞食《こじき》でもね。」

「はあ、」豚は声が咽喉《のど》につまって、はっきり返事ができなかった。

「また人間でない動物でもね、たとえば馬でも、牛でも、鶏《にわとり》でも、なまずでも、バクテリヤでも、みんな死ななけぁいかんのだ。蜉蝣《かげろう》のごときはあしたに生れ、夕《ゆうべ》に死する、ただ一日の命なのだ。みんな死ななけぁならないのだ。だからお前も私もいつか、きっと死ぬのにきまってる。」

「はあ。」豚は声がかすれて、返事もなにもできなかった。

「そこで実は相談だがね、私たちの学校では、お前を今日まで養って来た。大《たい》したこともなかったが、学校としては出来るだけ、ずいぶん大事にしたはずだ。お前たちの仲間もあちこちに、ずいぶんあるし又私も、まあよく知っているのだが、でそう云っちゃ可笑《おか》しいが、まあ私の処《ところ》ぐらい、待遇《たいぐう》のよい処はない。」

「はあ。」豚は返事しようと思ったが、その前にたべたものが、みんな咽喉《のど》へつかえてどうしても声が出て来なかった。

「でね、実は相談だがね、お前がもしも少しでも、そんなようなことが、ありがたいと云う気がしたら、ほんの小さなたのみだが承知をしては貰《もら》えまいか。」

「はあ。」豚は声がかすれて、返事がどうしてもできなかった。

「それはほんの小さなことだ。ここに斯《こ》う云う紙がある、この紙に斯う書いてある。死亡承諾書、私儀永々《ながなが》御恩顧《ごおんこ》の次第に有之候儘《これありそうろうまま》、御都合により、何時《いつ》にても死亡仕《つかまつ》るべく候《そうろう》　年月日フランドン畜舎内、ヨークシャイヤ、フランドン農学校長殿　とこれだけのことだがね、」校長はもう云い出したので、一瀉千里《いっしゃせんり》にまくしかけた。

「つまりお前はどうせ死ななけぁいかないからその死ぬときはもう潔《いさぎよ》く、いつでも死にますと斯う云うことで、一向《いっこう》何でもないことさ。死ななくてもいいうちは、一向死ぬことも要《い》らないよ。ここの処へただちょっとお前の前肢《まえあし》の爪印《つめいん》を、一つ押しておいて貰《もら》いたい。それだけのことだ。」

豚は眉《まゆ》を寄せて、つきつけられた証書を、じっとしばらく眺《なが》めていた。校長の云う通りなら、何でもないがつくづくと証書の文句を読んで見ると、まったく大へんに恐《こわ》かった。とうとう豚はこらえかねてまるで泣声でこう云った。

「何時《いっ》にてもということは、今日でもということですか。」

校長はぎくっとしたが気をとりなおしてこう云った。

「まあそうだ。けれども今日だなんて、そんなことは決してないよ。」

「でも明日でもというんでしょう。」

「さあ、明日なんていうようそんな急でもないだろう。いつでも、いつかというような、ごくあいまいなことなんだ。」

「死亡をするということは私が一人で死ぬのですか。」豚は又金切声《かなきりごえ》で斯《こ》うきいた。

「うん、すっかりそうでもないな。」

「いやです、いやです、そんならいやです。どうしてもいやです。」豚は泣いて叫んだ。

「いやかい。それでは仕方ない。お前もあんまり恩知らずだ。犬猫《いぬねこ》にさえ劣《おと》ったやつだ。」校長はぷんぷん怒り、顔をまっ赤にしてしまい証書をポケットに手早くしまい、大股《おおまた》に小屋を出て行った。

「どうせ犬猫なんかには、はじめから劣っていますよう。わあ」豚はあんまり口惜《くや》しさや、悲しさが一時にこみあげて、もうあらんかぎり泣きだした。けれども半日ほど泣いたら、二晩も眠らなかった疲《つか》れが、一ぺんにどっと出て来たのでつい泣きながら寝込《ねこ》んでしまう。その睡《ねむ》りの中でも豚は、何べんも何べんもおびえ、手足をぶるっと動かした。

校長がまた死亡承諾書を持って来た。「天気がいいね」から始めて「この世界に生きてるものは、みんな死ななけぁいかんのだ」と説得し、とうとう豚の前肢の爪印を承諾書に押してもらいたいと切り出した。

しかし、豚が「爪印を押して承諾したら、今日、明日にでも死ななければならないのか」と怯《おび》えると、校長も気弱になって「そんな急でもないだろう」とごまかし、ぷんぷん怒ってはみたが、証書をポケットにしまって家畜小屋を出ていった。また失敗だ。

ところがその次の日のことだ。あの畜産の担任が、助手を連れて又やって来た。そして例のたまらない、目付きで豚をながめてから、大へん機嫌《きげん》の悪い顔で助手に向かってこう云った。「どうしたんだい。すてきに肉が落ちたじゃないか。これじゃまるきり話にならん。百姓《ひゃくしょう》のうちで飼ったってこれ位《くらい》にはできるんだ。一体どうしたてんだろう。心当りがつかないかい。頬肉《ほおにく》なんかあんまり減った。おまけにショウルダアだって、こんなに薄くちゃなってない。品評会へも出せぁしない。一体どうしたてんだろう。」

助手は唇《くちびる》へ指をあて、しばらくじっと考えて、それからぼんやり返事した。

「さあ、昨日《さくじつ》の午后《ごご》に校長が、おいでになっただけでした。それだけだったと思います。」

畜産の教師は飛び上る。

「校長？　そうかい。校長だ。きっと承諾書を取ろうとして、すてきなぶま［不間《ぶま》・へま］をやったんだ。おじけさせちゃったんだな。それでこいつはぐるぐるして昨夜《ゆうべ》一晩寝ないんだな。まずいことになったなあ。おまけにきっと承諾書も、取り損《そこ》ねたにちがいない。まずいことになったなあ。」

教師は実に口惜《くや》しそうに、しばらくキリキリ歯を鳴らし腕を組んでから又云った。

「えい、仕方ない。窓をすっかり明けて呉《く》れ。それから外へ連れ出して、少し運動させるんだ。むむ茶くちゃにたたいたり走らしたりしちゃいけないぞ。日の照らない処を、厩舎《きゅうしゃ》の陰のあたりの、雪のない草はらを、そろそろ連れて歩いて呉れ。一回十五分位、それから飼料をやらないで少し腹を空《す》かせてやれ。すっかり気分が直ったらキャベジのいい処を少しやれ。それからだんだん直ったら今まで通りにすればいい。まるで一ヶ月の肥育を、一晩で台なしにしちまった。いいかい。」

「承知いたしました。」

教師は豚が痩《や》せてしまったことにがっかりしたが、さすが畜産の専門家である。すぐに対策を考えたのだ。

教師は教員室へ帰り豚はもうすっかり気落ちして、ぼんやりと向こうの壁《かべ》を見る、動きも叫びもしたくない。ところへ助手が細い鞭《むち》を持って笑って入って来た。助手は囲いの出口をあけごく叮寧《ていねい》に云ったのだ。

「少しご散歩はいかがです。今日は大へんよく晴れて、風もしずかでございます。それではお供いたしましょう、」ピシッと鞭がせなかに来る、全くこいつはたまらない、ヨークシャイヤは仕方なくのそのそ畜舎を出たけれど胸は悲しさでいっぱいで、歩けば裂《さ》けるようだった。助手はのんきにうしろから、チッペラリーの口笛を吹いてゆっくりやって来る。鞭もぶらぶらふっている。

全体何がチッペラリーだ。こんなにわたしはかなしいのにと豚は度々《たびたび》口をまげる。時々は「ええもう少し左の方を、お歩きなさいましては、いかがでございますか。」なんて、口ばかりうまいことを云いながら、ピシッと鞭を呉れたのだ。（この世はほんとうにつらいつらい、本当に苦の世界なのだ。）こてっとぶたれて散歩しながら豚はつくづく考えた。

「さあいかがです、そろそろお休みなさいませ。」助手は又一つピシッとやる。ウルトラ大学生諸君、こんな散歩が何で面白《おもしろ》いだろう。からだの為も何もあったもんじゃない。

豚は仕方なく又畜舎に戻りごろっと藁《わら》に横になる。キャベジの青いいい所を助手はわずか持って来た。豚は喰《た》べたくなかったが助手が向こうに直立して何とも云えない恐い眼で上からじっと待っている、ほんとうにもう仕方なく、少しそれを噛《か》じるふりをしたら助手はやっと安心して一つ「ふん。」と笑ってからチッペラリーの口笛を又吹きながら出て行った。いつか窓がすっかり明け放してあったので豚は寒くて耐《たま》らなかった。

チッペラリーは第一次世界大戦時（１９１４―１９１８年）にイギリス陸軍が行進中に歌ったことから流行した歌曲。原名は「It's a Long Way to Tipperary（遥かなるティペラリー）」

こんな工合《ぐあい》にヨークシャイヤは一日思いに沈みながら三日《みっか》を夢のように送る。

四日目《よっか》に又畜産の、教師が助手とやって来た。ちらっと豚を一眼見て、手を振りながら助手に云う。

「いけないいけない。君はなぜ、僕の云った通りしなかった。」

「いいえ、窓もすっかり明けましたし、キャベジのいいのもやりました。運動も毎日叮寧《ていねい》に、十五分ずつやらしています。」

「そうかね、そんなにまでもしてやって、やっぱりうまくいかないかね、じゃもうこいつは瘠《や》せる一方なんだ。神経性営養不良なんだ。わきからどうも出来やしない。あんまり骨と皮だけに、ならないうちにきめなくちゃ、どこまで行くかわからない。おい。窓をみなしめて呉れ。そして肥育器を使うとしよう、飼料をどしどし押し込んで呉れ。麦のふすまを二升とね、阿麻仁《あまに》を二合、それから玉蜀黍《とうもろこし》の粉を、五合を水でこねて、団子《だんご》にこさえて一日に、二度か三度ぐらいに分けて、肥育器にかけて呉れ給え。肥育器はあったろう。」

「はい、ございます。」

「こいつは縛《しば》って置き給え。いや縛る前に早く承諾書をとらなくちゃ。校長もさっぱり拙《まず》いなぁ。」

畜産の教師は大急ぎで、教舎の方へ走って行き、助手もあとから出て行った。

畜産の教師は、気弱な校長に強く申し入れに行ったようだ。

間もなく農学校長が、大へんあわてゝやって来た。豚は身体《からだ》の置き場もなく鼻で敷藁《しきわら》を掘《ほ》ったのだ。

「おおい、いよいよ急がなきゃならないよ。先頃《せんころ》の死亡承諾書ね、あいつへ今日はどうしても、爪判《つめばん》を押して貰いたい。別に大した事じゃない。押して呉れ。」

「いやですいやです。」豚は泣く。

「厭《いや》だ？　おい。あんまり勝手を云うんじゃない、その身体《からだ》は全体みんな、学校のお陰で出来たんだ。これからだって毎日麦のふすま二升阿麻仁二合と玉蜀黍《とうもろこし》の、粉五合ずつやるんだぞ、さあいい加減に判をつけ、さあつかないか。」

なるほど斯《こ》う怒り出して見ると、校長なんというものは、実際恐いものなんだ。豚はすっかりおびえて了《しま》い、

「つきます。つきます。」と、かすれた声で云ったのだ。

「よろしい、では。」と校長は、やっとのことに機嫌《きげん》を直し、手早くあの死亡承諾書の、黄いろな紙をとり出して、豚の眼の前にひろげたのだ。

「どこへつけばいいんですか。」豚は泣きながら尋《たず》ねた。

「ここへ。おまえの名前の下へ。」校長はじっと眼鏡《めがね》越しに、豚の小さな眼を見て云った。豚は口をびくびく横に曲げ、短い前の右肢《みぎあし》を、きくっと挙げてそれからピタリと印をおす。

これで豚の命もピタリと閉ざされた。

「うはん。よろしい。これでいい。」校長は紙を引っぱって、よくその判を調べてから、機嫌を直してこう云った。戸口で待っていたらしくあの意地わるい畜産の教師がいきなりやって来た。

「いかがです。うまく行きましたか。」

「うん。まあできた。ではこれは、あなたにあげて置きますから。ええ、肥育は何日ぐらいかね、」

「さあいずれ模様を見まして、鶏《にわとり》やあひるなどですと、きっと間違いなく肥《ふと》りますが、斯《こ》う云う神経過敏な豚は、或《あるい》は強制肥育では甘《うま》く行かないかも知れません。」

「そうか。なるほど。とにかくしっかりやり給え。」

そして校長は帰って行った。今度は助手が変てこな、ねじのついたズックの管《くだ》と、何かのバケツを持って来た。畜産の教師は云いながら、そのバケツの中のものを、一寸《ちょっと》つまんで調べて見た。

「そいじゃ豚を縛《しば》って呉れ。」助手はマニラロープを持って、囲いの中に飛び込んだ。豚はばたばた暴れたがとうとう囲いの隅にある、二つの鉄の環《わ》に右側の、足を二本共縛られた。

「よろしい、それではこの端《はし》を、咽喉《のど》へ入れてやって呉れ。」畜産の教師は云いながら、ズックの管を助手に渡す。

「さあ口をお開《ひら》きなさい。さあ口を。」助手はしずかに云ったのだが、豚は堅《かた》く歯を食いしばり、どうしても口をあかなかった。

「仕方ない。こいつを噛《か》ましてやって呉れ。」短い鋼《はがね》の管を出す。

助手はぎしぎしその管を豚の歯の間にねじ込《こ》んだ。豚はもうあらんかぎり、怒鳴《どな》ったり泣いたりしたが、とうとう管をはめられて、咽喉《のど》の底だけで泣いていた。助手はその鋼の管の間から、ズックの管を豚の咽喉まで押し込んだ。

「それでよろしい。ではやろう。」教師はバケツの中のものを、ズック管の端の漏斗《じょうご》に移して、それから変な螺旋《らせん》を使い食物を豚の胃に送る。豚はいくら呑《の》むまいとしても、どうしても咽喉で負けてしまい、その練ったものが胃の中に、入って腹が重くなる。これが強制肥育だった。豚の気持ちの悪いこと、まるで夢中で一日泣いた。

次の日教師が又《また》来て見た。

「うまい、肥《ふと》った。効果がある。これから毎日小使《こづかい》と、二人で二度ずつやって呉れ。」

こんな工合《ぐあい》でそれから七日というものは、豚はまるきり外で日が照っているやら、風が吹いてるやら見当もつかず、ただ胃が無暗《むやみ》に重苦しくそれからいやに頬《ほお》や肩が、ふくらんで来ておしまいは息をするのもつらいくらい、生徒も代わる代わる来て、何かいろいろ云っていた。

口に管を入れて餌を食べさせる強制給餌はフランスでガチョウやアヒルを太らせて肝臓を脂肪肝にして肥大化させる方法として開発された。その脂肪肝が高級食材のフォアグラだ。フランス料理が宮廷で発達して世界に冠たる美食になった陰には、強制肥育させられたガチョウやアヒルの献身があった。そしてフランドン農学校の豚にもフォアグラ生産の技法が適用されたのだ。

ちなみにヨーロッパでは、強制給餌は動物福祉に反するとしてフォアグラの生産と販売を禁止する動きもあるそうだ。はたして人間は、動物に犠牲を強いる畜産をこのまま続けていいものかどうか。

この問題については、シカゴ畜産組合の技師とビジテリアンの神学者らがおこなったディベートを宮沢賢治が「ビジテリアン大祭」に詳細に書きとめているので、そちらをご参照願いたい。

あるときは生徒が十人ほどやって来てがやがや斯《こ》う云った。

「ずいぶん大きくなったなあ、何貫ぐらいあるだろう。」

「さあ先生なら一目《ひとめ》見て、何百目まで云うんだが、おれたちじゃちょっとわからない。」

「比重がわからないからなあ。」

「比重はわかるさ比重なら、大抵《たいてい》水と同じだろう。」

「どうしてそれがわかるんだい。」

「だって大抵そうだろう。もしもこいつを水に入れたらきっと沈みも浮かびもしない。」

「いいやたしかに沈まない、きっと浮かぶにきまってる。」

「それは脂肪のためだろう、けれど豚にも骨はある。それから肉もあるんだから、たぶん比重は一ぐらいだ。」

「比重をそんなら一として、こいつは何斗《と》あるだろう。」

「五斗五升はあるだろう。」

「いいや五斗五升などじゃない。少く見ても八斗ある。」

「八斗なんかじゃきかないよ。たしかに九斗はあるだろう。」

「まあ、七斗としよう。七斗なら水一斗が五貫だから、こいつは丁度《ちょうど》三十五貫。」

「三十五貫はあるな。」


こんなはなしを聞きながらどんなに豚は泣いたろう。なんでもこれはあんまりひどい。ひとのからだを枡《ます》ではかる。七斗だの八斗だのという。

畜産においては、家畜の価値は体重に尽きるのだ。


そうして丁度七日目に又あの教師が助手と二人、並んで豚の前に立つ。

「もういいようだ。丁度いい。この位まで肥ったらまあ極度だろう。この辺だ。あんまり肥育をやり過ぎて、一度病気にかかってもまたあとまわりになるだけだ。丁度あしたがいいだろう。今日はもう飼《えさ》をやらんでくれ。それから小使と二人してからだをすっかり洗って呉れ。敷藁《しきわら》も新らしくしてね。いいか。」

「承知いたしました。」

豚はこれらの問答を、もう全身の勢力で耳をすまして聴いて居た。（いよいよ明日だ、それがあの、証書の死亡ということか。いよいよ明日だ、明日なんだ。一体どんな事だろう、つらいつらい。）あんまり豚はつらいので、頭をゴツゴツ板へぶっつけた。


ここで読者は、思わぬなりゆきで豚が助かることを期待するのではないだろうか。そうでなければ、豚があまりに可哀想だ。しかし宮沢賢治は、盛岡高等農林（現在の岩手大学農学部）を卒業し、花巻農学校の教師でもあった。現実の農業を知るゆえに、そんな甘い結末は用意していない。


そのひるすぎに又助手が、小使と二人やって来た。そしてあの二つの鉄環《てつわ》から、豚の足を解いて助手が云う。

「いかがです、今日は一つ、お風呂をお召《め》しなさいませ。すっかりお仕度《したく》ができて居ます。」

豚がまだ承知とも、何とも云わないうちに、鞭《むち》がピシッとやって来た。豚は仕方なく歩き出したが、あんまり肥ってしまったので、もうごくことの大儀《たいぎ》なこと、三足《みあし》で息がはあはあした。

そこへ鞭がピシッと来た。豚はまるで潰《つぶ》れそうになりそれでもようよう畜舎の外まで出たら、そこに大きな木の鉢《はち》に湯が入ったのが置いてあった。

「さあ、この中にお入りなさい。」助手が又一つパチッとやる。豚はもうやっとのことで、ころげ込むようにしてその高い縁《ふち》を越えて、鉢の中へ入ったのだ。

小使が大きなブラッシをかけて、豚のからだをきれいに洗う。そのブラッシをチラッと見て、豚は馬鹿《ばか》のように叫んだ。というわけはそのブラッシが、やっぱり豚の毛でできていた。豚がわめいているうちにからだがすっかり白くなる。

「さあ参りましょう。」助手が又、一つピシッと豚をやる。

豚は仕方なく外に出る。寒さがぞくぞくからだに浸《し》みる。豚はとうとうくしゃみをする。

「風邪《かぜ》を引きますぜ、こいつは。」小使が眼を大きくして云った。

「いいだろうさ腐《くさ》りがたくて。」助手が苦笑して云った。

豚が又畜舎へ入ったら、敷藁がきれいに代えてあった。寒さはからだを刺《さ》すようだ。それに今朝《けさ》からまだ何も食べないので、胃ももうからになったらしく、あらしのようにゴウゴウ鳴った。

豚はもう眼もあけず頭がしんしん鳴り出した。ヨークシャイヤの一生の間のいろいろな恐《おそ》ろしい記憶が、まるきり廻《まわ》り燈籠《どうろう》のように、明るくなったり暗くなったり、頭の中を過ぎて行く。さまざまな恐ろしい物音を聞く。それは豚の外で鳴ってるのか、あるいは豚の中で鳴ってるのか、それさえわからなくなった。そのうちもういつか朝になり教舎の方で鐘が鳴る。間もなくがやがや声がして、生徒が沢山《たくさん》やって来た。助手もやっぱりやって来た。

いよいよ豚の最期である。

「外でやろうか。外の方がやはりいいようだ。連れ出して呉れ。おい。連れ出してあんまりギーギー云わせないようにね。まずくなるから。」

畜産の教師がいつの間にか、ふだんとちがった茶いろなガウンのようなものを着て入口の戸に立っていた。

助手がまじめに入って来る。

「いかがですか。天気も大変いいようです。今日少しご散歩なすっては。」又一つ鞭をピチッとあてた。豚は全く異議もなく、はあはあ頬《ほお》をふくらせて、ぐたっぐたっと歩き出す。前や横を生徒たちの、二本ずつの黒い足が夢のように動いていた。

俄《にわ》かにカッと明るくなった。外では雪に日が照って豚はまぶしさに眼を細くし、やっぱりぐたぐた歩いて行った。

全体どこへ行くのやら、向こうに一本の杉《すぎ》がある、ちらっと頭をあげたとき、俄かに豚はピカッという、はげしい白光のようなものが花火のように眼の前でちらばるのを見た。そいつから億百千の赤い火が水のように横に流れ出した。天上の方ではキーンという鋭い音が鳴っている。横の方ではごうごう水が湧《わ》いている。さあそれからあとのことならば、もう私は知らないのだ。

とにかく豚のすぐよこにあの畜産の、教師が、大きな鉄槌《てっつい》を持ち、息をはあはあ吐《は》きながら、少し青ざめて立っている。又豚はその足もとで、たしかにクンクンと二つだけ、鼻を鳴らしてじっとうごかなくなっていた。

生徒らはもう大活動、豚の身体《からだ》を洗った桶《おけ》に、も一度新らしく湯がくまれ、生徒らはみな上着の袖《そで》を、高くまくって待っていた。

助手が大きな小刀《こがたな》で豚の咽喉《のど》をザクッと刺しました。

フランドン農学校では、鉄のハンマーで豚の額を強打して気絶させ、小刀でのどを刺して屠殺する方法がとられた。それは豚や牛の一般的な屠殺法だったが、現在は苦痛を和らげるために電気でショック死させるか二酸化炭素で窒息させる方法などに変わっている。いずれにせよ、そうなると、もう食肉である。

一体この物語は、あんまり哀《あわ》れ過ぎるのだ。もうこのあとはやめにしよう。とにかく豚はすぐあとで、からだを八つに分解されて、厩舎《きゅうしゃ》のうしろに積みあげられた。雪の中に一晩漬《つ》けられた。

さて大学生諸君その晩《ばん》空はよく晴れて金牛宮《きんぎゅうきゅう》もきらめき出し二十四日の銀の角、つめたく光る弦月《げんげつ》が、青じろい水銀のひかりを、そこらの雲にそそぎかけ、そのつめたい白い雪の中、戦場の墓地のように積みあげられた雪の底に豚はきれいに洗われて八きれになって埋《うず》まった。月はだまって過ぎて行く。夜はいよいよ冴《さ》えたのだ。

金牛宮は占星術でいう黄道十二宮のひとつである。フランドン農学校の豚が殺された日の晩には、金牛宮がきらめき、弦月（半月）の光が雲にそそいだ。豚は八つに分けられて白い雪に埋められている。もちろん食肉の保存・熟成のためではあるが、こんもり盛り上がった八つの雪の塚は戦場の墓地のよう。その上を月はだまって過ぎていき、夜はいよいよ静かであった。

どんぐりと山猫～森の中の草地の思い出～

この童話は賢治の生前に出版された唯一の童話集『注文の多い料理店』（１９２４）の9篇の作品の冒頭におかれている。物語は、ある土曜日の夕方、「おかしなはがき」が「かねた一郎」という少年の家にきたところから始まる。

おかしなはがきが、ある土曜日の夕がた、一郎《いちろう》のうちにきました。

かねた一郎さま　九月十九日
あなたは、ごきげんよろしいほで、けっこです。
あした、めんどなさいばんしますから、おいでんなさい。とびどぐもたないでくなさい。
山ねこ　拝

こんなのです。字はまるでへたで、墨《すみ》もがさがさして指につくくらいでした。けれども一郎はうれしくてうれしくてたまりませんでした。はがきをそっと学校のかばんにしまって、うちじゅうとんだりはねたりしました。

ね床《どこ》にもぐってからも、山猫のにゃあとした顔や、そのめんどうだという裁判のけしきなどを考えて、おそくまでねむりませんでした。

昔は土曜日でも学校で授業があった。翌日の日曜日はお休みだ。山猫の「おいでんなさい」に一郎は、わくわくして眠れないほど大喜び。「とびどぐ（鉄砲）もたないでくなさい」とは、まさかね。そして、翌朝……。

けれども、一郎が眼《め》をさましたときは、もうすっかり明るくなっていました。おもてにでてみると、まわりの山《やま》は、みんなたったいまできたばかりのようにうるうるもりあがって、まっ青なそらのしたにならんでいました。一郎はいそいでごはんをたべて、ひとり谷川に沿ったこみちを、かみの方へのぼって行きました。

すきとおった風がざあっと吹《ふ》くと、栗《くり》の木はばらばらと実をおとしました。一郎は栗の木をみあげて、

「栗の木、栗の木、やまねこがここを通らなかったかい。」とききました。栗の木はちょっとしずかになって、

「やまねこなら、けさはやく、馬車でひがしの方へ飛んで行きましたよ。」と答えました。

「東ならぼくのいく方だねえ、おかしいな、とにかくもっといってみよう。栗の木ありがとう。」

栗の木はだまってまた実をばらばらとおとしました。


栗の木は山猫が「馬車で東の方へ行った」と言う。一郎は「東ならぼくのいく方だねえ、おかしいな」と思う。一郎は谷川沿いの小道を西から東へ歩いているらしい。しかし「東ならぼくのいく方だねえ、おかしいな」というのは、なぜだろう。

もしかしたら山猫は、ふだんは一郎の家にいる飼い猫で、この日は裁判をするために急いで東の方（川上の森の方）へ急いでいるのかもしれない。

これから一郎は、笛吹きの滝やキノコなどに山猫のゆくえを尋ねていく。裁判がおこなわれるのは一郎が向かっている東の方のはずなのだが（一郎はなぜか、それを知っている）、山猫は西へ行ったり南へ往ったり、なにやらあわただしい。


一郎がすこし行きますと、そこはもう笛《ふえ》ふきの滝《たき》でした。笛ふきの滝というのは、まっ白な岩の崖《がけ》のなかほどに、小さな穴があいていて、そこから水が笛のように鳴って飛び出し、すぐ滝になって、ごうごう谷におちているのをいうのでした。

一郎は滝に向いて叫《さけ》びました。

「おいおい、笛ふき、やまねこがここを通らなかったかい。」

　滝がぴーぴー答えました。

「やまねこは、さっき、馬車で西の方へ飛んで行きましたよ。」

「おかしいな、西ならぼくのうちの方だ。けれども、まあ少し行ってみよう。ふえふき、ありがとう。」

　滝はまたもとのように笛を吹きつづけました。

　一郎がまたすこし行きますと、一本のぶなの木のしたに、たくさんの白いきのこが、どってこどってこどってこと、変な楽隊をやっていました。

　一郎はからだをかがめて、

「おい、きのこ、やまねこが、ここを通らなかったかい。」

　とききました。するときのこは
「やまねこなら、けさはやく、馬車で南の方へ飛んで行きましたよ。」とこたえました。一郎は首をひねりました。

「みなみならあっちの山のなかだ。おかしいな。まあもすこし行ってみよう。きのこ、ありがとう。」

　きのこはみんないそがしそうに、どってこどってこと、あのへんな楽隊をつづけました。

　一郎はまたすこし行きました。すると一本のくるみの木の梢《こずえ》を、栗鼠《りす》がぴょんととんでいました。一郎はすぐ手まねぎしてそれをとめて、

「おい、りす、やまねこがここを通らなかったかい。」とたずねました。するとりすは、木の上から、額《ひたい》に手をかざして、一郎を見ながらこたえました。

「やまねこなら、けさまだくらいうちに馬車でみなみの方へ飛んで行きましたよ。」

「みなみへ行ったなんて、二《ふた》とこでそんなことを言うのはおかしいなあ。けれどもまあもすこし行ってみよう。りす、ありがとう。」りすはもう居《い》ませんでした。ただくるみのいちばん上の枝がゆれ、となりのぶなの葉がちらっとひかっただけでした。

一郎がすこし行きましたら、谷川にそったみちは、もう細くなって消えてしまいました。そして谷川の南の、まっ黒な榧《かや》の木の森の方へ、あたらしいちいさなみちがついていました。一郎はそのみちをのぼって行きました。榧の枝はまっくろに重なりあって、青ぞらは一きれも見えず、みちは大へん急な坂になりました。一郎が顔をまっかにして、汗をぽとぽとおとしながら、その坂をのぼりますと、にわかにぱっと明るくなって、眼がちくっとしました。そこはうつくしい黄《き》金《ん》いろの草地で、草は風にざわざわ鳴り、まわりは立派なオリーブいろのかやの木のもりでかこまれてありました。


この物語ではカヤ（榧）の森が異界につながる境界になっている。その森を通り抜けたところにあるのは、黄金《きん》色の草地だった。ここから話がおもしろくなる。

カヤの木　カヤ（榧）はイチイ科の常緑高木で、種子は食用になるほか、堅い材がとれる。「どんぐりと山猫」ではカヤの森が異界との境界になっているが、福島・宮城県あたりが北限なので岩手県に天然の森はない。しかし、寺の庭などによく植栽され、巨木が見られる。上の写真は静岡県藤枝市・万年寺のカヤ。ちなみに、北原白秋作詞・山田耕筰作曲の文部省唱歌「かやの木山の」は童話集『注文の多い料理店』（1924 年）より前の 1922 年（大正 11）に発表されている。

その草地のまん中に、せいの低いおかしな形の男が、膝《ひざ》を曲げて手に革鞭《かわむち》をもって、だまってこっちをみていたのです。

一郎はだんだんそばへ行って、びっくりして立ちどまってしまいました。その男は、片眼《かため》で、見えない方の眼は、白くびくびくうごき、上着のような半纒《はんてん》のようなへんなものを着て、だいいち足が、ひどくまがって山羊《やぎ》のよう、ことにそのあしさきときたら、ごはんをもるへらのかたちだったのです。一郎は気味が悪かったのですが、なるべく落ちついてたずねました。

「あなたは山猫をしりませんか。」

するとその男は、横眼で一郎の顔を見て、口をまげてにやっとわらって言いました。

「山ねこさまはいますぐに、ここに戻ってお出《で》やるよ。おまえは一郎さんだな。」

一郎はぎょっとして、一あしうしろにさがって、

「え、ぼく一郎です。けれども、どうしてそれを知ってますか。」と言いました。するとその奇体《きたい》な男はいよいよにやにやしてしまいました。

この男は、もしかしたら一郎の家で飼っているヤギが化けているのかもしれない。

「そんだら、はがき見だべ。」

「見ました。それで来たんです。」

「あのぶんしょうは、ずいぶん下手《へた》だべ。」と男は下をむいてかなしそうに言いました。一郎はきのどくになって、

「さあ、なかなか、ぶんしょうがうまいようでしたよ。」

と言いますと、男はよろこんで、息をはあはあして、耳のあたりまでまっ赤になり、きもののえりをひろげて、風をからだに入れながら、

「あの字もなかなかうまいか。」とききました。一郎はおもわず笑いだしながら、へんじしました。

「うまいですね。五年生だってあのくらいには書けないでしょう。」

すると男は、急にまたいやな顔をしました。

「五年生っていうのは、尋常《じんじょう》五年生だべ。」その声が、あんまり力なくあわれに聞こえましたので、一郎はあわてて言いました。

「いいえ、大学校の五年生ですよ。」

すると、男はまたよろこんで、まるで、顔じゅう口のようにして、にたにたにたにた笑って叫びました。

「あのはがきはわしが書いたのだよ。」

一郎はおかしいのをこらえて、

「ぜんたいあなたはなにですか。」とたずねますと、男は急にまじめになって、

「わしは山ねこさまの馬車別当《べっとう》だよ。」と言いました。

馬車別当（山猫の馬車係）を誇らしげに自称する男は、不気味な男なのに、おかしな葉書の文の出来をしきりに気にしている。一郎に出来は「大学校の五年生ですよ」と言われて大喜びだ。最初はぎょっとした一郎だが、もう馬車別当より優位に立っている。一郎は学業優秀な子どもなのだろう。
ちなみに尋常小学校は明治19年（１８８６）の小学校令によって全国に設置された小学校で、当初の修業年限は3年または4年、明治40年に現在と同じ6年になった。

そのとき、風がどうと吹いてきて、草はいちめん波だち、別当は、急にていねいなおじぎをしました。

一郎はおかしいとおもって、ふりかえって見ますと、そこに山猫が、黄いろな陣羽織《じんばおり》のようなものを着て、緑いろの眼をまん円《まる》にして立っていました。やっぱり山猫の耳は、立って尖《とが》っているなと、一郎がおもいましたら、山ねこはぴょこっとおじぎをしました。一郎もていねいに挨拶《あいさつ》しました。

「いや、こんにちは、きのうははがきをありがとう。」

山猫はひげをぴんとひっぱって、腹をつき出して言いました。

「こんにちは、よくいらっしゃいました。じつはおとといから、めんどうなあらそいがおこって、ちょっと裁判にこまりましたので、あなたのお考えを、うかがいたいとおもいましたのです。まあ、ゆっくり、おやすみください。じき、どんぐりどもがまいりましょう。どうもまい年、この裁判でくるしみます。」山ねこは、ふところから、巻煙草《まきたばこ》の箱を出して、じぶんが一本くわえ、

「いかがですか。」と一郎に出しました。一郎はびっくりして、

「いいえ。」と言いましたら、山ねこはおおようにわらって、

「ふふん、まだお若いから、」と言いながら、マッチをしゅっと擦《す》って、わざと顔をしかめて、青いけむりをふうと吐《は》きました。山ねこの馬車別当は、気を付けの姿勢で、しゃんと立っていましたが、いかにも、たばこのほしいのをむりにこらえているらしく、なみだをぼろぼろこぼしました。


そのとき、一郎は、足もとでパチパチ塩のはぜるような、音をききました。びっくりして屈《かが》んで見ますと、草のなかに、あっちにもこっちにも、黄金《きん》いろの円《まる》いものが、ぴかぴかひかっているのでした。よくみると、みんなそれは赤いずぼんをはいたどんぐりで、もうその数ときたら、三百でも利《き》かないようでした。わあわあわあわあわあ、みんななにか云《い》っているのです。

「あ、来たな。蟻《あり》のようにやってくる。おい、さあ、早くベルを鳴らせ。今日はそこが日当りがいいから、そこのとこの草を刈《か》れ。」やまねこは巻たばこを投げすてて、大いそぎで馬車別当にいいつけました。馬車別当もたいへんあわてて、腰《こし》から大きな鎌《かま》をとりだして、ざっくざっくと、やまねこの前のとこの草を刈りました。そこへ四方の草のなかから、どんぐりどもが、ぎらぎらひかって、飛び出して、わあわあわあわあ言いました。


馬車別当が、こんどは鈴《すず》をがらんがらんがらんがらんと振りました。音はかやの森に、がらん

がらんがらんがらんとひびき、黄金《きん》のどんぐりどもは、すこししずかになりました。見ると山ねこは、もういつか、黒い長い繻子《しゅす》の服を着て、勿体《もったい》らしく、どんぐりどもの前にすわっていました。まるで奈良のだいぶつさまにさんけいするみんなの絵のようだと一郎はおもいました。別当がこんどは、革鞭《かわむち》を二三べん、ひゅうぱちっ、ひゅう、ぱちっと鳴らしました。

空が青くすみわたり、どんぐりはぴかぴかしてじつにきれいでした。

こうして一郎は山猫判事の裁判に立ち会うことになった。その裁判は、もう三日目で、こんなふうだ。

「裁判ももう今日で三日目だぞ、いい加減になかなおりをしたらどうだ。」山ねこが、すこし心配そうに、それでもむりに威張《いば》って言いますと、どんぐりどもは口々に叫びました。

「いえいえ、だめです、なんといったって頭のとがってるのがいちばんえらいんです。そしてわたしがいちばんとがっています。」

「いいえ、ちがいます。まるいのがえらいのです。いちばんまるいのはわたしです。」

「大きなことだよ。大きなのがいちばんえらいんだよ。わたしがいちばん大きいからわたしがえらいんだよ。」

「そうでないよ。わたしのほうがよほど大きいと、きのうも判事さんがおっしゃったじゃないか。」

「だめだい、そんなこと。せいの高いのだよ。せいの高いことなんだよ。」

「押《お》しっこのえらいひとだよ。押しっこをしてきめるんだよ。」もうみんな、がやがやがやがや言って、なにがなんだか、まるで蜂の巣をつっついたようで、わけがわからなくなりました。そこでやまねこが叫びました。

「やかましい。ここをなんとこころえる。しずまれ、しずまれ。」

別当がむちをひゅうぱちっとならしましたのでどんぐりどもは、やっとしずまりました。やまねこは、ぴんとひげをひねって言いました。

「裁判ももうきょうで三日目だぞ。いい加減に仲なおりしたらどうだ。」

すると、もうどんぐりどもが、くちぐちに云いました。

「いえいえ、だめです。なんといったって、頭のとがっているのがいちばんえらいのです。」

「いいえ、ちがいます。まるいのがえらいのです。」

「そうでないよ。大きなことだよ。」がやがやがやがやがや、もうなにがなんだかわからなくなりました。山猫が叫びました。

「だまれ、やかましい。ここをなんと心得る。しずまれしずまれ。」

別当が、むちをひゅうぱちっと鳴らしました。山猫がひげをぴんとひねって言いました。

「裁判ももうきょうで三日目だぞ。いい加減になかなおりをしたらどうだ。」

「いえ、いえ、だめです。あたまのとがったものが……。」がやがやがやがや。

山ねこが叫びました。

「やかましい。ここをなんとこころえる。しずまれ、しずまれ。」

別当が、むちをひゅうぱちっと鳴らし、どんぐりはみんなしずまりました。山猫が一郎にそっと申しました。

「このとおりです。どうしたらいいでしょう。」


山猫判事が何度も「しずまれ、しずまれ」と叫び、馬車別当が「ひゅうぱちっ」と鞭を鳴らしても、らちがあかない。この難しい裁判が一郎の提言で一挙に解決する。


一郎はわらってこたえました。

「そんなら、こう言いわたしたらいいでしょう。このなかでいちばんばかで、めちゃくちゃで、まるでなっていないようなのが、いちばんえらいとね。ぼくお説教できいたんです。」

山猫はなるほどというふうにうなずいて、それからいかにも気取って、繻子《しゅす》のきものの胸《えり》を開いて、黄いろの陣羽織をちょっと出してどんぐりどもに申しわたしました。

「よろしい。しずかにしろ。申しわたしだ。このなかで、いちばんえらくなくて、ばかで、めちゃくちゃで、てんでなっていなくて、あたまのつぶれたようなやつが、いちばんえらいのだ。」

どんぐりは、しいんとしてしまいました。それはそれはしいんとして、堅《かた》まってしまいました。

そこで山猫は、黒い繻子の服をぬいで、額の汗をぬぐいながら、一郎の手をとりました。別当も大よろこびで、五六ぺん、鞭《むち》をひゅうぱちっ、ひゅうぱちっ、ひゅうひゅうぱちっと鳴らしました。やまねこが言いました。

「どうもありがとうございました。これほどのひどい裁判を、まるで一分半でかたづけてくださいました。どうかこれからわたしの裁判所の、名誉判事になってください。これからも、葉書が行ったら、どうか来てくださいませんか。そのたびにお礼はいたします。」

「承知しました。お礼なんかいりませんよ。」

「いいえ、お礼はどうかとってください。わたしのじんかくにかかわりますから。そしてこれからは、葉書にかねた一郎どのと書いて、こちらを裁判所としますが、ようございますか。」

一郎が「ええ、かまいません。」と申しますと、やまねこはまだなにか言いたそうに、しばらくひげをひねって、眼をぱちぱちさせていましたが、とうとう決心したらしく言い出しました。

「それから、はがきの文句ですが、これからは、用事これありに付き、明日《みょうにち》出頭すべしと書いてどうでしょう。」

一郎はわらって言いました。

「さあ、なんだか変ですね。そいつだけはやめた方がいいでしょう。」

山猫は一郎に「わたしの裁判所の、名誉判事になってください」と申し出て、これからは葉書の文面を「用事これありに付き、明日出頭すべし」とすることを提案した。一郎は「さあ、なんだか変ですね。

そいつだけはやめた方がいいでしょう」と答えるのだが、この文面がなぜ変なのか。そのことは後述したい。

山猫は、どうも言いようがまずかった、いかにも残念だというふうに、しばらくひげをひねったまま、下を向いていましたが、やっとあきらめて言いました。

「それでは、文句はいままでのとおりにしましょう。そこで今日のお礼ですが、あなたは黄金《きん》のどんぐり一升《しょう》と、塩鮭《しおざけ》のあたまと、どっちをおすきですか。」

「黄金のどんぐりがすきです。」山猫は、鮭《しゃけ》の頭でなくて、まあよかったというように、口早に馬車別当に云《い》いました。

「どんぐりを一升早くもってこい。一升にたりなかったら、めっきのどんぐりもまぜてこい。はやく。」

別当は、さっきのどんぐりをますに入れて、はかって叫びました。

「ちょうど一升あります。」

山ねこの陣羽織が風にばたばた鳴りました。そこで山ねこは、大きく延びあがって、めをつぶって、半分あくびをしながら言いました。

「よし、はやく馬車のしたくをしろ。」白い大きなきのこでこしらえた馬車が、ひっぱりだされました。そしてなんだかねずみいろの、おかしな形の馬がついています。

「さあ、おうちへお送りいたしましょう。」山猫が言いました。二人は馬車にのり別当は、どんぐりのますを馬車のなかに入れました。

ひゅう、ぱちっ。

馬車は草地をはなれました。木や藪《やぶ》がけむりのようにぐらぐらゆれました。一郎は黄金《きん》のどんぐりを見、やまねこはとぼけたかおつきで、遠くをみていました。

馬車が進むにしたがって、どんぐりはだんだん光がうすくなって、まもなく馬車がとまったときは、あたりまえの茶いろのどんぐりに変っていました。そして、山ねこの黄いろな陣羽織も、別当も、きのこの馬車も、一度に見えなくなって、一郎はじぶんのうちの前に、どんぐりを入れたますを持って立っていました。

それからあと、山ねこ拝というはがきは、もうきませんでした。やっぱり、出頭すべしと書いてもいいと言えばよかったと、一郎はときどき思うのです。


『イーハトヴ童話　注文の多い料理店』の広告文に「どんぐりと山猫」については次のように書かれている。

「山猫拝と書いたおかしな葉書が来たので、こどもが山の風の中へ出かけて行くはなし。必ず比較されなければならないいまの学童たちの内奥からの反響です。」

この文言から「どんぐりと山猫」は「今の学童たちは比較されることに傷つき、その内奥から悲しみの反響をしている。人と比べたりしてはいけない」というような意味で解釈されている。

たしかに賢治は、威張りあうのは地獄行きの競走だという「蜘蛛となめくじと狸」や、自己の過剰な承認欲求のために愚かに生きて猫に食われてしまう「クンねずみ」など、競走が悲劇におわる物語を書いている。しかしそれは、虚勢を張って自分自身のみならず他者を傷つけた者たちの末路である。「どんぐりと山猫」のどんぐりたちはそうではなく、にぎやかに比べっこをしていて、だれかを傷つけているようにはみえない。では、賢治が言う「必ず比較されなければならないいまの学童たちの内奥からの反響」とは何なのか。それについては次の「どんぐりと山猫」論　いつか秋の日に」で述べる。

「どんぐりと山猫」論　いつか秋の日に

一郎の選択

「どんぐりと山猫」の裁判は、「お説教できいた」という一郎の提言によって決着を見た。その後、山猫は一郎にお礼として「塩鮭のあたま」か「黄金《きん》のどんぐり一升」かを選べと言った。一郎は「黄金のどんぐり一升」を選ぶ。黄金のどんぐりたちを一郎にやってしまうのなら、あの裁判は、いったい何だったのだ。えらく悩んだ末に判決を申し渡したというのに、肝心の相手がいなくなってしまうではないか。一郎は、どんぐりをもらって帰ることに何の抵抗もないらしい。

この選択から、物語はあわただしく収束に向かう。山猫は「どんぐりを一升早くもってこい」と馬車別当に命じ、「一升にたりなかったら、めっきのどんぐりもまぜてこい。はやく」と急《せ》かす。風にばたばたと鳴る山猫の陣羽織がファンタジー世界の急速な崩壊を告げる。

この選択は「舌切りすずめ」の贈り物選びのようでありながら、その要件が意図的に外されている。昔話の贈り物選びでは、値打ちのありそうなほうを選ぶと、ひどい目にあう。しかし、それを選ぶ気持ちもわかる。その結果の懲《こ》らしめさえなければ、だれだって、そうしたい。悪者は欲に目がくらんで、案の定、懲らしめにあう。バカなやつだ。

「どんぐりと山猫」での選択は、そうではない。山猫にとって塩鮭の頭に価値があることは明らかで、それは猫の好物だ。人間の一郎にとって、はじめから選択の対象にならない。したがって、この選択そのものはナンセンスギャグだ。塩鮭と同列の選択肢にされている黄金どんぐりの価値も同じく崩壊している。それでも一郎が選ぶところに秘密が隠されている。

秋の稔りのコンテスト

その日、山はうるうるもりあがり、栗の木だってバラバラと実を落とす。この年、山の稔りは殊《こと》に豊かであったと思われる。けれども、黄金のどんぐりの数は「三百でも利かない」というものの、「ちょうど一升」にすぎない。そのほかに、「めっきのどんぐり」などが、どっさりいるのだろう。黄金のどんぐりたちは見栄《みば》えのいい三百個余りということになる。

そのどんぐりたちの裁判は「めんどうなあらそい」とか「ひどい裁判」というけれども、背が高いとか丸いとかいって競っているのだから、内容はコンテストに近い。それに、原告も被告もはっきりせず、弁護人もいないので、裁判の体をなしていない。

この裁判は秋の稔《みの》りの品評会、どんぐり界のコンテストというほうがぴったりだ。だいいち、そこは「眼がちくっと」とするほど明るく、「うつくしい黄金《きん》いろの草地」である。

その草地に蟻のように出てきたどんぐりたちは、「ぎらぎらひかって、飛び出して、わあわあ

わあわあ」叫んでいる。まるで競技会のオープニング・パレードみたいだ。ブラスバンドのマーチだってほしいくらいに興奮し、うきうきしている。

そう考えてこそ、「足もとでパチパチ塩のはぜるような」音がするし、みんな「赤いずぼんをはいたどんぐり」だったという記述がふさわしい。

そして、「がらんがらんがらんがらん」と馬車別当が鈴を振って、いよいよ裁判が始まったとき、「空が青くすみわたり、どんぐりはぴかぴかしてじつにきれいでした」という。

どんぐり裁判が楽しい催しであることは、そもそも物語の冒頭から示されている。

この物語は、「めんどなさいばんしますから、おいでんなさい」という「おかしなはがき」を受け取った一郎が「うれしくてうれしくて」「うちじゅうとんだりはねたり」するところから始まる。もしも裁判が深刻な争いなら、一郎は人が争うのを楽しもうという陰険な少年になってしまう。どんぐりどもの愚かしい言い争いを見物するのも物語としては楽しいに違いないけれど、それでは「うつくしい黄金いろの草地」という場の設定にそぐわない。

言うまでもないことだが、言葉は文脈の中で意味をもつ。「めんどうなあらそい」といっても、文字どおりの「ひどい裁判」とは限らない。そのことも冒頭の「おかしなはがき」で示されている。子どもの一郎に「とびどぐもたないでくなさい」という一言に、賢治は〈この物語にはジョークが仕込んでありますよ〉というメッセージを込め、ご丁寧《ていねい》にも、笑えるキャラクターの馬車別当に開廷の鈴を振らせている。だから、この裁判は文字どおりの〈面倒な争い〉ではありえない。

どんぐり裁判のルール

さて、黄金のどんぐりたちは「四方の草のなかから」飛び出してきたというのだから、想像するに、各方面のどんぐり集団ごとに選ばれたのではあるまいか。その価値観が木や林ごとに異なる。ある木は「まるい」、別の木は「せいの高い」ことをもって是《ぜ》とし、〈どんぐりたるもの斯《か》くあるべし〉と信ずるところが、まちまちである。

ということは、樹種ごとの代表が集まったという設定であろう。コナラのどんぐりは細長い。マテバシイは背が高い。クヌギやカシワはぷっくり太ったどんぐりだ。

それぞれ、自分の姿がいちばん好ましい。そうであれば、種《しゅ》の名誉にかけて裁判に負けるわけにはいかない。三日でも一週間でも、とことんやろうじゃないか。山猫が「しずまれ、しずまれ」、別当が「ひゅうぱちっ」と鞭を鳴らしても、黙っていられるものではない。

しかし、さすがにエリートたちである。どんなに言い争っても、言葉づかいの基調は〈です・ます〉の丁寧《ていねい》語。もちろん、つかみあいの暴力ざたも発生しない。

この言い争いには、一つのルールがある。

「いえいえ、だめです、なんといったって、頭のとがってるのがいちばんえらいのです。そしてわたしがいちばんとがっています」

「いいえ、ちがいます。まるいのがえらいのです。いちばんまるいのはわたしです」

「大きなことだよ。大きなのがいちばんえらいんだよ。わたしがいちばん大きいからわたしがえらいんだよ」

激しく言い争っているようでいながら、誰一人として、相手を口汚くののしる者はいない。太ってるのは醜いとか、頭がとがりすぎてるのはヘンだといったマイナスの評価はしない。

この争いには、〈悪口を言ってはいけない〉というルールがある。いわゆる不悪口戒《ふあっくかい》というやつだ。それは裁判の形をゆがめるほどの優先ルールであり、この裁判は告発者を欠いて、原告も被告もない。みんな認めあいながら、それでも自分が「いちばんえらい」と争っている。

この騒ぎを収められるのは、山に雪が来るといった時の移ろいだけだろう。だから、毎年の騒ぎである。次の年には、もっと大騒ぎであってほしい。どんぐりが立派に稔らないようなら、山のみんなが困るのだから。

「まるい」どんぐりは、もっとまるく!「せいの高い」のは、もっと背の高いどんぐりを!

そこに、山の生き物みんなの幸いがある。賢治が信仰した法華経の「薬草喩品《やくそうゆぼん》」によれば、仏の慈雨は等しく注いで、草木のそれぞれの性格によって大きくも小さくも育てるのだから。

山猫判事の威信

どんぐりたちの騒ぎは毎年のことで、それは山の稔りのにぎわいである。ところが、それを「裁判」と名づけた者がいる。優位を争う情動を煽《あお》いで争いを引き出した者がいる。山猫だ。「わたしの裁判所」なるものの長に山猫はみずから就任した。

しかし山猫は、どんぐりどもが三日目も争いに出てくるかどうか、実のところは半信半疑だったようだ。その証拠に、陣羽織のたいそうな衣装を凝らしながら、法廷の準備をしていない。どんぐりたちが出てきてから、「あ、来たな」と大急ぎで別当に草刈りを命じるし、「馬車別当もたいへんあわてて、腰から大きな鎌をとりだして」となる。

なんとも泥縄《どろなわ》のドタバタなのは、もしも準備怠りなく待っていて、どんぐりたちが来なかったら、まぬけだからねえ。

山猫は何よりも、衣装のほうに力を入れている。手下の別当も半纏《はんてん》のようなものを着て、大きな鎌でざっくざっくと、仕掛けは大げさだ。どんぐりどもの争いなど、実はどうでもいいのではないか。どんぐりたちも本来、そんな山猫の被告ではないのだから、出頭の義務はない。

しかし、どんぐりたちは競走の楽しさを知ってしまった。めでたく裁判は三日目となり、「見ると山ねこは、もういつか、黒い長い繻子《しゅす》の服を着て、勿体《もったい》らしく、どんぐりどもの前にすわっていました」という具合になる。

山猫の変わり身の速さときたら、最前のドタバタが嘘みたいだ。判事の官服を思わせる繻子の服を着て、奈良の大仏様みたいにどっしりと構えた。こうなれば、山猫判事の「しずまれ、しずまれ」にも重みがあろうというものだが、どんぐりたちは黙らない。なにしろ山猫の「にゃあとした顔」がいけない。「どうもまい年、この裁判でくるしみます」といっても、まじめに取り組んでいるとは、とても思えない。それでも無理に威張って「いい加減になかなおりをしたらどうだ」と言うけれども、それは「すこし心配そう」な程度であり、それすら本気かどうか。

そんなことより、「ここをなんとこころえる」と大岡越前みたいに威張れるほうがうれしい。つい「にゃあとした顔」になってしまうのは、どうにもしかたがない。せっかくの衣装と演出にもかかわらず、どうも威信に欠けるところは覆《おお》えない。しかし、かの江戸町奉行も其《か》くや、というほどの大見得を切るチャンスがやってきた。一郎の提言である。

判決

「よろしい。しずかにしろ。申しわたしだ。このなかで、いちばんえらくなくて、ばかで、めちゃくちゃで、てんでなっていなくて、あたまのつぶれたようなやつが、いちばんえらいのだ」
ということで、この騒ぎはコンテストではなく、やっぱり裁判もしくは審判だったと言えなくもない。
「あなたがた皆の中で最も小さい者こそ、最も偉い者である」(新共同訳『聖書』「ルカによる福音書」9—46)
「ちょうど一升」の黄金どんぐりたちは、他のどんぐりより立派に稔ったことによって罪を宣告された。大きく立派になったのは隣人が受け取れたかもしれない栄養を余分に奪ってきた結果であるのに、あろうことか競いあうとは、なんという罪深さか。悔い改めよ。

けれど、「あたまのつぶれたようなやつ」だって、どんぐりたちは皆、それぞれに大きくなろうとしたはずだ。リスか何かに頭をかじられたり、毛虫どもになめまわされて「めちゃくちゃ」になってしまったり、枝が混みあって栄養不良になったり、まことに同情すべき事情は多々あるにしても、できるだけ大きくなろうとするのが、どんぐりたちの本性であろう。それがいけないといわれたら、立つ瀬はどこにもない。

これは一種の原罪の宣告だから、原告も被告も区別なく、ただ裁く者だけがいる。どんぐりたちは皆、その本性において、罪ある者の列に置かれた。黄金のどんぐりはもとより、皆、一同に有罪である。「それはそれはしいん」としてしまうのも無理はない。

キリスト教の場合は主イエスの御名《みな》を通して天の国に入れられるのだが、「にゃあとした顔」の山猫が大仏様みたいに坐っているようでは、救いはまったく乏しい。ラクダが針の穴を百回通ってお百度参りをしてくれても間に合わない。

競走はいけないのか

この作品について、一郎の提言は〈比較の否定〉とか〈権威の無意味化〉〈世間の常識的な価値の逆転〉といった解釈がなされている。しかし、競走はいけないことなのか。

童話集『注文の多い料理店』の広告文で、賢治は「どんぐりと山猫」について「必ず比較をされなければならないいまの学童たちの内奥からの反響です」と説明している。「内奥からの反響」とは、心の底からそう思うことだろう。「いまの学童たち」とは、近代日本の子どもたちだから、生まれた家で、職業がほぼ決まっていた江戸時代と違って「必ず比較をされなければならない」事情があった。

近代日本は貧しかったが、学業に努め、競争して〈偉い人〉になる道は開かれていた。それこそが「いまの学童たち」に与えられた希望であり、「内奥からの反響」を呼び覚ますものだったにちがいない。それなのに、この作品は〈競争は悪だ〉という文脈で解釈され、せっかく楽しい作品をつまらないものにしている。

どんなに平等を唱えても、競いの衝動をなくすことはできない。というより、子どもたちは根っから競走が好きで、遊びでも、くらべっこをしたい。それが今も昔も変わらぬ「学童たちの内奥からの反響」であろう。どんぐりの背比《せいくら》べみたいなものであっても、くらべっこは生きる意欲と成長源泉である。その意欲がコントロールを失えば暴力が支配することにもなるので、〈してはいけないこと〉と〈せねばならないこと〉は法律や規則で定め、〈こうありたい〉というところに「お説教」がある。

ところが、なかには「お説教」を〈こうあらねばならない〉とファンダメンタルに考えてしまう人がいて、みんなが迷惑する。お互いに傷つくからといって〈比較はいけない〉を徹底すれば、どうやって社会を維持すればいいのか。ともかく、人より抜きんでようと頑張っている子どもに対して〈よしたほうがいいよ〉〈偉くなろうなんて思っちゃいけない〉などと、だれが言えよう。

罪の取り消し

「どんぐりと山猫」は、むしろ〈楽しく競いあおう〉という物語である。その健全性を保証しているのが〈悪口を言ってはいけない〉というルールであり、暴力の禁止である。別当の鞭がどんぐりを打つことはないし、山猫もどんぐりどもに鞭打ちの刑を下そうなどとは夢にも思いつかないように見える。

別当は鬼か悪魔にも似た風貌に反して純朴だし、山猫は〈威張ろう〉とする気持ちが無邪気に見え透いているから憎めない。単純で素直な連中だ。別当は無知なうえに山猫の手下という身の上ではあるけれど、鞭を「ひゅうぱちっ」と鳴らすあたりに最大の喜びをもって自己の役割に任じている。どんぐりたちも「頭のとがってるの」や「まるいの」やらが、ここぞとばかりに自己を主張し、いっしょうけんめい競っている。そうした自然な感情をベースにすることで、「うつくしい黄金《きん》いろの草地」のイノセンスも楽しいものでありうる。

賢治は広告文で童話集『注文の多い料理店』は「正しいものの種子を有し、その美しい発芽を待つもの」と語っている。「正しいものの種子」を仏教でいうなら仏種《ぶっしゅ》（仏の種子）、仏性《ぶっしょう》（仏につながる心の本性）である。

日本では悉有仏性《しつうぶっしょう》（あらゆるものに仏性がある）と強調され、草木国土悉皆成仏《そうもくこくどしっかいじょうぶつ》（草も木も仏という。また、煩悩即菩提《ぼんのうそくぼだい》といい、怒りなどの煩悩がそのまま菩提（さとり）につながるものとする。どんぐりたちは背比べをするものである故に、どんぐりである。

どんぐりたちの言い争いに、なかなか決着がつかないのも、しかたがない。あっさり決着がつくようなら、一つの価値観だけが支配する暴力的な社会になってしまう。自然の森でいえば優越種の単相となり、多様な豊かさは失われてしまう。それなのに、どんぐりたちが堅まってしまうような判決を下すとは、ひどいではないか。

でも、心配はいらない。どんぐりたちの罪は、それが宣告されると同時に、じつは取り消されている。判決を下すときの山猫判事の威張りようといったら、どうだ。

「いかにも気取って、繻子のきものの胸を開いて、黄いろの陣羽織をちょっと出して」というのだから、優位に立とうとする者を戒める自分の言葉とは正反対。言行一致せざるところ、ここに極まる。罪の宣告は、そのナンセンスにおいて無効である。だから、どんぐりたちは沈黙しても黄金《きん》いろでありえたし、また騒ぎは起こる。

判決後の山猫と一郎の会話は、それを前提としている。

「おいでんなさい」と「出頭すべし」の間

山猫は一郎に提案する。

「どうかこれからわたしの裁判所の、名誉判事になってください。これからも、葉書が行ったら、どうか来てくださいませんか」

山猫は一段と演出をこらして、どんぐり裁判を盛り上げようとしている。

「これからは、葉書にかねた一郎どのと書いて、こちらを裁判所としますが、ようございますか」

「ええ、かまいません」

これで、書式は次のように決まった。

かねた一郎どの

〇〇〇〇〇〇〇〇〇〇〇〇〇〇〇

裁判所

あとは「〇〇」の文言を、どうするかだ。ここで山猫は、「しばらくひげをひねって、眼をぱちぱちさせていましたが」という逡巡《しゅんじゅん》を見せる。そして、「とうとう決心したらしく」提案したのが、「用事これありに付き、明日出頭すべし」というものだった。

一郎は、「さあ、何だか変ですね。そいつだけはやめたほうがいい」と笑ってしまう。威張り屋の山猫が、もっと威張れるようにしたいと苦心してしくじった。あさはかなやつだと愉快に読める部分だが、「〇〇」の文言としては、まあ妥当なところである。

かねた一郎どの
用事これありに付き、明日出頭すべし。
裁判所

公文書らしくなったではないか。どうして山猫は、「とうとう決心した」というほどに逡巡したのだろう。そして、なぜ「何だか変」なのだろう。

逆説的に言えば〈変ではないから、変〉なのである。冒頭の「おいでんなさい」と「出頭すべし」を比べれば、どちらがどんぐり裁判に親和性をもつかは言うまでもない。

そこに山猫のたじろぎがあった。役所の公文書は〈おとな社会〉の象徴みたいなものだから、黄色の陣羽織を着た山猫とは相容れない。うっかりすると、「おいでんなさい」の世界はおしまいだ。むかし、蛇の誘惑に近づいて禁断の木の実をとってしまい、エデンの楽園から追放された二人がいたではないか。「かねた一郎どの」が「金田一郎殿」ではなかったことが、せめてもの救いである。けれど、こうなったら、一直線に行くしかない。うまくすると、馬車別当が「大学校の五年生」と言われて大喜びしたように、山猫の「わたしのじんかく」は、もっと輝かしいものになるだろう。しかし一郎は、そこまではのれない。

一郎が何歳くらいの男の子かについては諸説あるが、童話集『注文の多い料理店』の広告文には「少年少女期の終わり頃から、アドレッセンス中葉に対する一つの文学」とあり、「どんぐりと山猫」の作品中にも、おとなになりかかっている少年だと思わせる記述が随所に散りばめられている。「そいつだけはやめたほうがいい」と笑ってしまうのも〈おとな〉の側からの視線である。「お説教」も〈おとな〉の側にあり、本来は、この「うつくしい黄金いろの草地」に持ち込んではならないものだった。その劇的な効果は異質なものの破壊性、平たくいえば〈水をかけてしまった〉ということであり、効きすぎて、どんぐりたちがすっかり堅まってしまったくらいだ。

祭りの終わり

山猫は「どうも言いようがまずかった」と、なんとかバランスを取り戻したうえで、いかにも残念がり、やっとあきらめて言う。

「それでは、文句はいままでのとおりにしましょう。そこで今日のお礼ですが、あなたは黄金《きん》のどんぐり一升と、塩鮭のあたまと、どっちをおすきですか」

「文句はいままでのとおり」は〈また葉書を出しますよ〉という意を含むが、そのようには受けとれない。ここで一郎は、どんぐり裁判に参加する資格をもつかどうかのボーダーラインに立たされた。そのテストとして提案されたのが「今日のお礼」の選択である。

一郎は迷うことなく、「黄金のどんぐりがすきです」と答える。「塩鮭のあたま」より「黄金のどんぐり」のほうが夢多い少年にふさわしい。当然の選択だと思われるのだが、それを選んだとき、一郎はこの黄金の野原にいる資格を失った。なぜなら、黄金のどんぐりは裁判の当事者なのだから。

その日は思わぬ判決で堅ってしまったけれど、そのどんぐりたちは「わああわあわあ」いう愉快な連中だ。それなのに一郎は、もらって帰ると言った。

そいつは山に残してやれ。どうしてもお礼を受け取れというのなら、山猫自慢の陣羽織でも要求してやれば、さぞかしおもしろかろう。それがだめなら、巻煙草《まきたばこ》の箱でもいいではないか。良い記念になりそうだ。たぶん、〈ゴールデン・キャット〉というのだろう。煙草の箱なら、山猫にとっても、「鮭の頭でなくて、まあよかった」とさも惜し気な塩鮭よりはよろしかろう。

一郎は、そうは思わない。「黄金のどんぐり」を選ぶのが、ごく自然なこととして記述されている。なぜなのか。すでに少年の日々から旅立とうとしている一郎は、それがただの茶色のどんぐりであることを知っている。しかし、なお、黄金色に輝いて見える。

というより、その「黄金いろの草地」で黄金色なのは、どんぐりだけではない。草地が全体、黄金色である。そのなかでも、つやつやしたどんぐりが、ことに美しい黄金に見立てられているのであり、もともと、ふつうのどんぐりなのだった。

祭りは終わった。山猫は「大きく延びあがって、めをつぶって、半分あくびをしながら」、「よし、はやく馬車のしたくをしろ」と別当に命じて一郎を家に送る。

その帰路に黄金のどんぐりたちは「だんだん光がうすくなって」、「あたりまえの茶いろのどんぐりに」変わってしまうけれど、そのことに一郎は驚いたり、がっかりしたりはしない。一郎はおとなへの歩みを、しっかりと始める。

①黄金色のどんぐり→②堅まった黄金色のどんぐり→③茶色のどんぐりの過程を振り返ってみれば、①と③の間にあったのが、あの「お説教」である。

はじめ、一郎は無邪気に「お説教」の善意を信じ、それによって争いを停止させることに成功して大いに満足するところがあった。〈おとなの言うことに間違いはない〉というわけだから、一郎の原信頼は堅固に培われており、いささか反発を感じるほどの優等生である。

この黄金色のどんぐりは幸福な幼少年期の輝きであり、そのどんぐりを堅まらせるという段階を経て、「あたりまえの茶いろのどんぐり」の段階に進む。

子どもの健全な発達の過程を圧縮して表現すれば、まさにこのようになる。この作品で「お説教」に象徴されるおとな社会は子どもたちの学ぶべきものとして機能している。そして、沈黙しても輝きを保つ黄金どんぐりは、やがておとなになる者の祝福されたモラトリアムであるといえよう。それを過ぎれば、一人の成人としての現実の人生がある。

いつか秋の日に

どんぐり裁判の翌日は月曜日だ。また学校が始まると、一郎は〈おとな〉の世界にさらに進んでいく。そして、世間の現実は「お説教」とは裏腹なことも学びとり、山猫のことも別当のことも、どんぐりたちのことも、次第に忘れ去られていくだろう。

この物語は「それからあと、山ねこ拝というはがきは、もうきませんでした」と、もはや帰り来ぬものの余韻を残して結ばれる。一郎はときどき、「やっぱり、出頭すべしと書いてもいいと言えばよかった」と思うのだが、たとえ、そう言っても、もはや葉書が来ることはあるない。

この帰り来ぬものの余韻は、『注文の多い料理店』の広告文にいう「心の深部に於《お》いて万人の共通である」遠い日々への思いとして、心の深い層に残る。

おとなになっても、黄金の草地の輝きが完全に消えてしまうことはない。だから、さわさわ揺れる秋草に透きとおった風を感じるようなとき、どこか森のほうから、呼ぶ者の声がする。

「山ねこさまはいますぐに、ここに戻ってお出やるよ」

よく晴れた秋の日、森に囲まれたどこかの草地で、どんぐりたちが「わあわあわあわあ」言い、山猫は「やかましい」と怒鳴り、別当は「ひゅうぱちっ」と、今でも鞭《むち》を鳴らしているように思われる。だから賢治は、『注文の多い料理店』の「序」に「ほんとうにもう、どうしてもこんなことがあるようでしかたないということを、わたくしはそのとおり書いたまでです」と記している。

第2章

山男と妖怪伝説

山男の四月～「こころの種子」はどこに?～

紫紺染について～東京大博覧会受賞秘話～

ペンネンネンネンネン・ネネムの伝記～ばけもの英雄伝説～

山男の四月～「こころの種子」はどこに？～

宮沢賢治は28歳の大正13年（1924）に『イーハトヴ童話　注文の多い料理店』を刊行した。「山男の四月」はその一編である。

この童話集の賢治作とみられる広告文に「正しいものの種子を有し、その美しい発芽を待つものである」とあり、「山男の四月」については「一つの小さなこころの種子を有《も》ちます」という。


山男は、金いろの眼を皿のようにし、せなかをかがめて、にしね山のひのき林のなかを、兎《うさぎ》をねらってあるいていました。

ところが、兎はとれないで山鳥《やまどり》がとれたのです。

それは山鳥が、びっくりして飛びあがるとこへ、山男が両手をちぢめて、鉄砲《てっぽう》だまのようにからだを投げつけたものですから、山鳥ははんぶん潰《つぶ》れてしまいました。

山男は顔をまっ赤にし、大きな口をにやにやまげてよろこんで、そのぐったり首を垂れた山鳥を、ぶらぶら振りまわしながら森から出てきました。

そして日あたりのいい南向きのかれ芝の上に、いきなり獲物《えもの》を投げだして、ばさばさの赤い髪《かみ》毛《け》を指でかきまわしながら、肩を円くしてごろりと寝ころびました。

どこかで小鳥もチッチッと啼《な》き、かれ草のところどころにやさしく咲いたむらさきいろのかたくりの花もゆれました。

山男は仰向《あおむ》けになって、碧《あお》いああおい空をながめました。お日さまは赤と黄金《きん》でぶちぶちのやまなしのよう、かれくさのいいにおいがそこらを流れ、すぐうしろの山脈では、雪がこんこんと白い後光をだしているのでした。

（飴《あめ》というものはうまいものだ。天道《てんと》は飴をうんとこさえているが、なかなかおれにはくれない。）

山男がこんなことをぼんやり考えていますと、その澄み切った碧《あお》いそらをふわふわうるんだ雲が、あてもなく東の方へ飛んで行きました。そこで山男は、のどの遠くの方を、ごろごろならしながら、また考えました。

（ぜんたい雲というものは、風のぐあいで、行ったり来たりぽかっと無くなってみたり、俄《にわ》かにまたでてきたりするもんだ。そこで雲助《くもすけ》とこういうのだ。）

そのとき山男は、なんだかむやみに足とあたまが軽くなって、逆《さか》さまに空気のなかにうかぶような、へんな気もちになりました。もう山男こそ雲助のように、風にながされるのか、ひとりでに飛ぶのか、どこというあてもなく、ふらふらあるいていたのです。

山男はウサギをねらっていたのに山鳥をつかまえた。山鳥は半分つぶれ、ぐったり首を垂れて死んでいる。山男は一片の同情もなく、ぶらぶら振りまわして無造作に投げ出した。

しかし、そこは日あたりのいい南向きの芝原で、のどかな春である。山男は仰向けになって青い空をながめた。そのとき、山男は唐突に飴《あめ》を思う。

この飴は、いったい何だろう？　天道（太陽）がうんとこしらえているのだから自然の恵みだが、山男にはあまりくれない。となれば、山ではなく里のもの、太陽の恵みで稔る作物を暗示している。飴の元は太陽の光でつくられた糖分だけれど、飴は自然の森の中にはない。山男は「なかなかおれにはくれない」とぼんやり考えてながら雲を眺めているうちに、立ち上がって、ふらふら歩いて行った。

次に出てくる「七つ森」は実在の地名である。盛岡市の西方に七つ連なる低い山々だ。山男は、その向こうにあるらしい「にしね山（西根山）」に棲んでいるようだ。

山男は「七つ森」を超えて、町のほうへ出ていく。

（ところがここは七《なな》つ森だ。ちゃんと七っつ、森がある。松のいっぱい生えてるのもある、坊主で黄いろなのもある。そしてここまで来てみると、おれはまもなく町へ行く。町へはいって行くとすれば、化けないとなぐり殺される。）

山男はひとりでこんなことを言いながら、どうやら一人《ひとり》まえの木樵《きこり》のかたちに化けました。そしたらもうすぐ、そこが町の入口だったのです。山男は、まだどうも頭があんまり軽くて、からだのつりあいがよくないとおもいながら、のそのそ町にはいりました。

この山男は異様な風体で、七つ森をひとまたぎするくらいの怪物なのだが、「町へはいって行くとすれば、化けないとなぐり殺される」という気弱な性格だ。

入口にはいつもの魚屋があって、塩鮭《しおざけ》のきたない俵だの、くしゃくしゃになった鰯《いわし》のつら〔連〕だのが台にのり、軒には赤ぐろいゆで章魚《だこ》が、五つつるしてありました。その章魚を、もうつくづくと山男はながめたのです。

(あのいぼのある赤い脚《あし》のまがりぐあいは、ほんとうにりっぱだ。郡役所の技手《ぎて》の、乗馬ずぼんをはいた足よりまだりっぱだ。こういうものが、海の底の青いくらいところを、大きく眼をあいてはっているのはじっさいえらい。)

山男はおもわず指をくわえて立ちました。するとちょうどそこを、大きな荷物をしょった、汚ない浅黄服《あさぎふく》の支那人《しなじん》が、きょろきょろあたりを見まわしながら、通りかかって、いきなり山男の肩をたたいて言いました。

「あなた、支那反物《しなたんもの》よろしいか。六神丸《ろくしんがん》たいさんやすい。」

山男はびっくりしてふりむいて、

「よろしい。」とどなりましたが、あんまりじぶんの声がたかかったために、円い鉤《かぎ》をもち、髪をわけ下駄《げた》をはいた魚屋の主人や、けら「わらでつくった外衣。蓑《みの》」を着た村の人たちが、みんなこっちを見ているのに気がついて、すっかりあわてて急いで手をふりながら、小声で言い直しました。

「いや、そうだない。買う、買う。」

　すると支那人は
「買わない、それ構《かま》わない、ちょっと見るだけよろしい。」

と言いながら、背中の荷物をみちのまんなかにおろしました。山男はどうもその支那人のぐちゃぐちゃした赤い眼が、とかげのようでへんに怖《こわ》くてしかたありませんでした。


支那反物は中国の織物、六神丸は漢方の丸薬である。それを安く売るので買わないかというわけだ。それに対して山男が「買う、買う」と言っているのに、支那人が聞こえないふりして「買わない、それ構わない、ちょっと見るだけよろしい」と言うのは、目的が「見るだけ」にあるからだ。トカゲのような赤い目が怖い。

　そのうちに支那人は、手ばやく荷物へかけた黄いろの真田紐《さなだひも》をといてふろしきをひらき、行李《こうり》の蓋《ふた》をとって反物のいちばん上にたくさんならんだ紙箱の間から、小さな赤い薬瓶《くすりびん》のようなものをつかみだしました。

（おやおや、あの手の指はずいぶん細いぞ。爪《つめ》もあんまり尖《とが》っているしいよいよこわい。）山男はそっとこうおもいました。

支那人はそのうちに、まるで小指ぐらいあるガラスのコップを二つ出して、ひとつを山男に渡しました。

「あなた、この薬のむよろしい。毒ない。決して毒ない。のむよろしい。わたしさきのむ。心配ない。わたしビールのむ、お茶のむ。毒のまない。これながいきの薬ある。のむよろしい。」支那人はもうひとりでかぷっと呑《の》んでしまいました。

山男はほんとうに呑んでいいだろうかとあたりを見ますと、じぶんはいつか町の中でなく、空のように碧《あお》いひろい野原のまんなかに、眼のふちの赤い支那人とたった二人、荷物を間に置いて向いあって立っているのでした。二人のかげがまっ黒に草に落ちました。

いきなり場所が野原に移った。賢治文学にしばしば見られる非連続な展開である。

「さあ、のむよろしい。ながいきのくすりある。のむよろしい。」支那人は尖った指をつき出して、しきりにすすめるのでした。山男はあんまり困ってしまって、もう呑んで遁《に》げてしまおうとおもって、いきなりぷいっとその薬をのみました。するとふしぎなことには、山男はだんだんからだのでこぼこがなくなって、ちぢまって平らになってちいさくなって、よくしらべてみると、どうもいつかちいさな箱のようなものに変って草の上に落ちているらしいのでした。

（やられた、畜生、とうとうやられた、さっきからあんまり爪が尖ってあやしいとおもっていた。

畜生、すっかりうまくだまされた。）山男は口惜《くや》しがってばたばたしようとしましたが、もうただ一箱の小さな六神丸ですからどうにもしかたありませんでした。

山男は飲むと六神丸の箱になってしまう液体の薬を飲んでしまった。「さっきからあんまり爪が尖ってあやしいとおもっていた」のなら飲まなければいいのだが、あんまり困ってしまった気弱な山男がとった方法は「もう呑んで遁げてしまおう」ということだった。それで逃げられるわけもなく、案の定、山男は小さな六神丸の箱にされてしまった。

ところが支那人のほうは大よろこびです。ひょいひょいと両脚《りょうあし》をかわるがわるあげてとびあがり、ぽんぽんと手で足のうらをたたきました。その音はつづみのように、野原の遠くのほうまでひびきました。

それから支那人の大きな手が、いきなり山男の眼の前にでてきたとおもうと、山男はふらふらと高いところにのぼり、まもなく荷物のあの紙箱の間におろされました。

おやおやとおもっているうちに上からばたっと行李《こうり》［竹や柳を編んで作る荷物入れ。ふろしきで包んでかつぐ］の蓋が落ちてきました。それでも日光は行李の目からうつくしくすきとおって見えました。

（とうとう牢《ろう》におれははいった。それでもやっぱり、お日さまは外で照っている。）山男はひとりでこんなことを呟《つぶ》やいて無理にかなしいのをごまかそうとしました。するとこんどは、急にもっとくらくなりました。

それでも日光は行李の目からうつくしくすきとおって見えました。

（とうとう牢におれははいった。それでもやっぱり、お日さまは外で照っている。）山男はひとりでこんなことを呟《つぶ》やいて無理にかなしいのをごまかそうとしました。するとこんどは、急にもっとくらくなりました。

（ははあ、風呂敷《ふろしき》をかけたな。いよいよ情けないことになった。これから暗い旅になる。）山男はなるべく落ち着いてこう言いました。

すると愕《おど》ろいたことは山男のすぐ横でものを言うやつがあるのです。

「おまえさんはどこから来なすったね。」

山男ははじめぎくっとしましたが、すぐ、

（ははあ、六神丸というものは、みんなおれのようなぐあいに人間が薬で改良されたもんだな。よしよし、）と考えて、

「おれは魚屋の前から来た。」と腹に力を入れて答えました。すると外から支那人が噛《か》みつくようにどなりました。

「声あまり高い。しずかにするよろしい。」

山男はさっきから、支那人がむやみにしゃくにさわっていましたので、このときはもう一ぺんにかっとしてしまいました。

「何だと。何をぬかしやがるんだ。どろぼうめ。きさまが町へはいったら、おれはすぐ、この支那人はあやしいやつだとどなってやる。さあどうだ。」

山男は六神丸の紙箱に変えられて、支那人の行商の行李にほうりこまれてしまった。その行李の中には同じようにだまされた者がいた。「ははあ、六神丸というものは、みんなおれのようなぐあいに人間が薬で改良されたもんだな。よしよし」とひどく納得して元気を取り戻し、「おれは魚屋の前から来た」と大声で話しはじめた。そんな声が外に聞こえてはまずいので、今度は支那人が困った。

支那人は、外でしんとしてしまいました。じつにしばらくの間、しいんとしていました。山男はこれは支那人が、両手を胸で重ねて泣いているのかなとおもいました。そうしてみると、いままで峠《とうげ》や林のなかで、荷物をおろしてなにかひどく考え込んでいたような支那人は、みんなこんなことを誰《たれ》かに云《い》はれたのだなと考えました。山男はもうすっかりかあいそうになって、いまのはうそだよと云おうとしていましたら、外の支那人があわれなしわがれた声で言いました。

山男は支那人が急にかわいそうになって、「いまのはうそだよ。あやしいやつだとどなったりしないよ」

と言おうとする。支那人はその変化を敏感に察したらしく、わざとあわれな声で言う。

「それ、あまり同情ない。わたし商売たたない。わたしおまんまたべない。わたし往生する、それ、あまり同情ない。」山男はもう支那人が、あんまり気の毒になってしまって、おれのからだなどは、支那人が六十銭《せん》もうけて宿屋に行って、鰯の頭や菜っ葉汁をたべるかわりにくれてやろうとおもいながら答えました。

「支那人さん、もういいよ。そんなに泣かなくてもいいよ。」おれは町にはいったら、あまり声を出さないようにしよう。安心しな。」すると外の支那人は、やっと胸をなでおろしたらしく、ほおという息の声も、ぽんぽんと足を叩《たた》いている音も聞こえました。それから支那人は、荷物をしょったらしく、薬の紙箱は、互《たが》いにがたがたぶっつかりました。

さて、「これから暗い旅になる」のだが、まずはさっきの「おれは魚屋の前から来た」という話の続きだ。

「おい、誰だい。さっきおれにものを云いかけたのは。」

山男が斯《こ》う云いましたら、すぐとなりから返事がきました。

「わしだよ。そこでさっきの話のつづきだがね、おまえは魚屋の前からきたとすると、いま鱸《すずき》が一匹いくらするか、またほしたふかのひれが、十両《テール》に何斤《ぎん》くるか知ってるだろうな。」

「さあ、そんなものは、あの魚屋には居なかったようだぜ。もっとも章魚《たこ》はあったがなあ。あの章魚の脚《あし》つきはよかったなあ。」

「へい。そんないい章魚かい。わしも章魚は大すきでな。」

「うん、誰だって章魚のきらいな人はない。あれを嫌《きら》いなくらいなら、どうせろくなやつじゃないぜ。」

「まったくそうだ。章魚ぐらいりっぱなものは、まあ世界中にないな。」

おたがい六神丸の箱にされてしまった身の上で、タコが立派かどうか、そんなことはどうでもよかろう。

十両《テール》でフカのひれがどれくらい買えるかを気にしている相手は、やはり中国人である。

「そうさ。お前はいったいどこからきた。」

「おれかい。上海《しゃんはい》だよ。」

「おまえはするとやっぱり支那人だろう。支那人というものは薬にされたり、薬にしてそれを売ってあるいたり気の毒なもんだな。」

「そうでない。ここらをあるいているものは、みんな陳《ちん》のようないやしいやつばかりだが、ほんとうの支那人なら、いくらでもえらいりっぱな人がある。われわれはみな孔子聖人《こうしせいじん》の末なのだ。」

「なんだかわからないが、おもてにいるやつは陳というのか。」

こんな世間話をしているうちに、行李の中が蒸し暑くてたまらなくなってきた。


「そうだ。ああ暑い、蓋《ふた》をとるといいなあ。」

「うん。よし。おい、陳さん。どうもむし暑くていかんね。すこし風を入れてもらいたいな。」

「もすこし待つよろしい。」陳が外で言いました。

「早く風を入れないと、おれたちはみんな蒸《む》れてしまう。お前の損になるよ。」

するとと陳が外でおろおろ声を出しました。

「それ、もとも困る、がまんしてくれるよろしい。」

「がまんも何もないよ、おれたちがすきでむれるんじゃないんだ。ひとりでにむれてしまうさ。早く蓋をあけろ。」

「も二十分まつよろしい。」

「えい、仕方ない。そんならも少し急いであるきな。仕方ないな。ここに居るのはおまえだけかい。」

「いいや、まだたくさんいる。みんな泣いてばかりいる。」

「そいつはかあいそうだ。陳はわるいやつだ。なんとかおれたちは、もいちどもとの形にならないだろうか。」

「それはできる。おまえはまだ、骨まで六神丸になっていないから、丸薬《がんやく》さえのめばもとへ戻る。おまえのすぐ横に、その黒い丸薬の瓶《びん》がある。」

「そうか。そいつはいい、それではすぐ呑もう。しかし、おまえさんたちはのんでもだめか。」

「だめだ。けれどもおまえが呑んでもとの通りになってから、おれたちをみんな水に漬《つ》けて、よくもんでもらいたい。それから丸薬をのめばきっとみんなもとへ戻る。」

「そうか。よし、引き受けた。おれはきっとおまえたちをみんなもとのようにしてやるからな。丸薬というのはこれだな。そしてこっちの瓶は人間が六神丸になるほうか。陳もさっきおれといっしょにこの水薬をのんだがね、どうして六神丸にならなかったろう。」

「それはいっしょに丸薬を呑んだからだ。」

「ああ、そうか。もし陳がこの丸薬だけ呑んだらどうなるだろう。変らない人間がまたもとの人間に変るとどうも変だな。」


六神丸にされた人はたくさんいて、みんな泣いている。山男はまだ六神丸にされたばかりだから、丸薬を飲めば元にもどる。山男は陳をやっつけてみんなを救い出そうと決意する。

この物語には二種の薬が登場する。

①水薬＝これを飲むと身体が縮み、六神丸になってしまう。

②小瓶入りの丸薬＝これを飲むと身体が大きくなる。水薬と同時に飲むと身体に変化は起きない。六

神丸になった人間を元に戻す効能がある。水薬と一緒ではなく、この丸薬だけ飲むと巨人になる。「もし陳がこの丸薬だけ呑んだらどうなるだろう」というのは物語の結末につながる伏線になっているのだが、それは後の話。ここでは陳がまた、通りがかりの人を欺《だま》しにかかる。その相手はまだ幼い女の子だ。

そのときおもてで陳が、

「支那たものよろしいか。あなた、支那たもの買うよろしい。」

と云う声がしました。

「ははあ、はじめたね。」山男はそっとこう云っておもしろがっていましたら、俄《にわ》かに蓋があいたので、もうまぶしくてたまりませんでした。それでもむりやりそっちを見ますと、ひとりのおかっぱの子供が、ぽかんと陳の前に立っていました。

陳はもう丸薬を一つぶつまんで、口のそばへ持って行きながら、水薬とコップを出して、

「さあ、呑むよろしい。これながいきの薬ある。さあ呑むよろしい。」とやっています。

「はじめた、はじめた。いよいよはじめた。」行李のなかでたれかが言いました。

「わたしビール呑む、お茶のむ、毒のまない。さあ、呑むよろしい。わたしのむ。」


「あなた、支那たもの買うよろしい」という陳の声が聞こえると、「ははあ、はじめたね」と、山男の関心がそっちに移ってしまった。

いよいよ陳が丸薬を一つぶ口に入れようとしながら水薬のコップを出して「さあ、呑むよろしい」と女の子に言うと、行李の中でも「はじめた、はじめた。いよいよはじめた」とおもしろがる声がする。あきれた連中だ。女の子に「逃げなさい」と声をかけようとする者は一人もいない。あきれたやつらだ。そんな連中だから欺されて、泣いてばかりいるという憂き目にあってしまうのだ。

それでも山男は「おれはきっとおまえたちをみんなもとのようにしてやる」と勇者の義務に目覚めて丸薬を飲むのだが、事態は思わぬほうへ……。

そのとき山男は、丸薬を一つぶそっとのみました。すると、めりめりめりめりめりっ。山男はすっかりもとのような、赤髪の立派なからだになりました。陳はちょうど丸薬を水薬といっしょにのむところでしたが、あまりびっくりして、水薬はこぼして丸薬だけのみました。さあ、たいへん、みるみる陳のあたまがめらあっと延《の》びて、いままでの倍になり、せいがめきめき高くなりました。そして「わあ。」と云いながら山男につかみかかりました。山男はまんまるになって一生けん命遁《に》げました。ところがいくら走ろうとしても、足がから走りということをしているらしいのです。とうとうせなかをつかまれてしまいました。

「助けてくれ、わあ、」と山男が叫《さけ》びました。そして眼をひらきました。みんな夢だったのです。

なんだ、夢だったのか。しかし、夢の前と後ではひとつの変化が生じている。そのことが以下の結語

ヤマドリ　キジに似た野鳥で日本の固有種。

に示される。

雲はひかってそらをかけ、かれ草はかんばしくあたたかです。
山男はしばらくぼんやりして、投げ出してある山鳥のきらきらする羽をみたり、六神丸の紙箱を水につけてもむことなどを考えていましたがいきなり大きなあくびをひとつして言いました。
「ええ、畜生《ちくしょう》、夢のなかのこった。陳も六神丸もどうにでもなれ。」
それからあくびをもひとつしました。

「雲はひかってそらをかけ、かれ草はかんばしくあたたかです」という明るい野原の情景は夢の前と後で変わっていない。しかし、「山鳥のきらきらする羽」という描写は、物語の初め

にはない。夢に入る前、山鳥は、はんぶん潰れ、ぐったり首を垂れた醜い姿で草の上に投げだされていた。しかし、夢から覚めたときには、その羽がきらきら輝いていることに気づかされるのである。

賢治は、この童話集の広告文に「正しいものの種子を有し、その美しい発芽を待つものである」と記し、「山男の四月」については「一つの小さなこころの種子を有《も》ちます」と書いている。「小さなこころの種子」が仏教でいう仏種《ぶつしゅ》・仏性《ぶっしょう》（仏になる種子）をさすなら、山鳥が醜くつぶれていてもその羽はキラキラ輝いているところに、それが示されている。

一切衆生悉有仏性《いっさいしゅじょうしつうぶっしょう》（一切衆生に悉《ことごと》く仏性あり）。だれにでも仏性はある。

山男は、にやにや笑いながら山鳥を振りまわす乱暴な男で、結末でも「ええ、畜生、夢のなかのこった。陳も六神丸もどうにでもなれ」と粗野なところに変わりはないけれど、彼の中にも「こころの種子」は育っている。

紫紺染について〜東京大博覧会受賞秘話〜

紫紺染《しこんぞめ》はムラサキという草の根からとる染料をつかう染め物で、紫根染とも書く。化学染料におされてすたれたが、近年、趣味の草木染めや地域の産業おこしで復活の動きがある。この作品は、そうした産業おこしの先駆けみたいな内容だ。

盛岡の産物のなかに、紫紺染《しこんぞめ》というものがあります。
これは、紫紺という桔梗《ききょう》によく似た草の根を、灰で煮出して染めるのです。南部の紫紺染は、昔は大へん名高いものだったそうですが、明治になってからは、西洋からやすいアニリン色素がどんどんはいって来ましたので、一向《いっこう》はやらなくなってしまいました。それが、ごくちかごろ、またさわぎ出されました。けれどもなにぶん、しばらくすたれていたものですから、製法も染方《そめかた》も一向わかりませんでした。そこで県工業会の役員たちや、工芸学校の先生は、それについていろいろしらべました。そしてとうとう、すっかり昔のようないいものが出来るようになって、東京大博覧会へも出ましたし、二等賞も取りました。ここまでは、大《たい》てい誰《たれ》でも知っています。新聞にも毎日出ていました。
ところが仲々《なかなか》、お役人方の苦心は、新聞に出ている位《くらい》のものではありませんでした。その研究中の一つのはなしです。

盛岡の県工業会では昔の紫根染を復活させて東京大博覧会で二等賞を獲得した。それには人知れぬ「お役人方の苦心」があったというのだが、さて……。

工芸学校の先生は、まず昔の古い記録に眼をつけたのでした。そして図書館の二階で、毎日黄いろに古びた写本をしらべているうちに、遂《つい》にこういういいことを見附けました。
「一、山男紫紺《しこん》を売りて酒を買い候事《そうろうこと》
山男、西根山《にしねやま》にて紫紺の根を掘り取り、夕景に至りて、ひそかに御城下へ立ち出《い》で候上《そうろううえ》、材木町生薬《しょうやく》商人近江屋源八《おうみやげんぱち》に一俵二十五文《もん》にて売り候。それより山男、酒屋半之助《はんのすけ》方へ参り、五合入程《ほど》の瓢箪《ひょうたん》を差出し、この中に清酒一斗《と》お入れなされたくと申し候。半之助方小僧《こぞう》、身ぶるえしつつ、酒一斗はとても入り兼《か》ね候と返答致し候処《ところ》、山男、まずは入れなさるべく候と押して申し候。半之助も顔色青ざめ委細承知《いさいしょうち》と早口に申し候。扨《さて》、小僧ますをとりて酒を入れ候に、酒は事もなく入り、遂《つい》に正味一斗と相成《あいな》り候。山男大《おお》いに笑いて二十五文を置き、瓢箪をさげて立ち去

ムラサキ　山野に自生する多年草で夏に白い花が咲く。薬用、また、根から紫色の染料をとるために栽培される。

り候趣《おもむき》、材木町総代より御届け有之《これあり》候。」

ここに「御城下」というのは江戸時代の盛岡南部家の城下町、今の岩手県盛岡市のこと。北上川が流れる盆地の町だ。その西のほうにあるのが西根山であろう。

工芸学校の先生は、昔、西根山の山男が御城下に紫紺の根を売りに来たと書かれた古文書をみつけた。

これを読んだとき、工芸学校の先生は、机を叩《たた》いて斯《こ》うひとりごとを言いました。

「なるほど、紫紺の職人はみな死んでしまった。生薬屋のおやじも死んだと。そうして見るとさしあたり、紫紺についての先輩《せんぱい》は、今では山男だけというわけだ。よしよし、一つ山男を呼び出して、聞いてみよう。」

そこで工芸学校の先生は、町の紫紺染研究会の人達と相談して、九月六日の午后《ごご》六時から、内《うち》丸西洋軒《まるせいようけん》で山男の招待会をすることにきめました。そこで工芸学校の先生は、山男へ宛《あ》てて上手な手紙を書きました。山男がその手紙さえ見れば、きっともう出掛けて来るようにうまく書いたのです。そして桃いろの封筒へ入れて、岩手郡西根山、山男殿と上書きをして、三銭の切手をはって、スポンと郵便函《ゆうびんばこ》へ投げ込みました。

「ふん。こうさえしてしまえば、あとはむこうへ届こうが届くまいが、郵便屋の責任だ。」と先生はつぶやきました。

今や紫根の採集法や染めの技法は山男だけが知っているらしい。町の紫紺染研究会では西洋レストランに山男を招いて話を聞くことにした。

そこで工芸学校の先生が山男へ招待状を書いたのだが、宛名は「岩手郡西根山、山男殿」といいかげん。「届こうが届くまいが、郵便屋の責任だ」。はたして本気で研究会を開くつもりがあるのかどうか……。

あっはっは。みなさん。とうとう九月六日になりました。夕方、紫紺染に熱心な人たちが、みんなで二十四人、内丸西洋軒に集まりました。

もう食堂のしたくはすっかり出来て、扇風機はぶうぶうまわり、白いテーブル掛けは波をたてます。テーブルの上には、緑や黒の植木の鉢が立派にならび、極《ごく》上等のパンやバターももう置かれました。台所の方からは、いい匂《におい》がぷんぷんします。みんなは、蚕種取締所設置《さんしゅとりしまりじょ》の運動のことやなにか、いろいろ話し合いましたが、こころの中では誰もみんな、山男がほんとうにやって来るかどうかを、大へん心配していました。もし山男が来なかったら、仕方ないからみんなの懇親会ということにしようと、めいめい考えていました。

「岩手郡西根山、山男殿」といいかげんな宛名の招待状を出したのは、もし山男が来なかったら「仕方ない」ということで懇親会を開くのがねらいだったようだ。費用は県工業会もちで……。先生方やお役ところが山男が、とうとうやって来ました。丁度《ちょうど》、六時十五分前に一台の人力車がすうっと西洋軒の玄関にとまりました。みんなはそれ来たっと玄関にならんでむかえました。俥屋《くるまや》はまるでまっかになって汗をたらしゆげをほうほうあげながら膝《ひざ》かけを取りました。するとゆっくりと俥《くるま》から降りて来たのは黄金色《きんいろ》目玉あかつらの西根山の山男でした。せなかに大きな桔梗《ききょう》の紋《もん》のついた夜具《やぐ》をのっしりと着込んで鼠色《ねずみいろ》の袋のような袴《はかま》をどふっとはいて居《お》りました。そして大きな青い縞《しま》の財布《さいふ》を出して、

「くるまちんはいくら。」とききました。

俥屋はもう疲れてよろよろ倒れそうになっていましたがやっとのことで斯《こ》う云いました。

「旦那さん。百八十両やって下さい。俥はもうみしみし云っていますし私はこれから病院へはいります。」

するとと山男は

「うんもっともだ。さあこれ丈《だ》けやろう。つりは酒代《さかだい》だ。」と云いながらいくらだかわけのわからない大きな札を一枚出してすたすた玄関にのぼりました。みんなははあっとおじぎをしました。山男もしずかにおじぎを返しながら

「いやこんにちは。お招きにあずかりまして大へん恐縮《きょうしゅく》です。」と云いました。みんなは山男があ

んまり紳士風《しんしふう》で立派なのですっかり愕《おど》ろいてしまいました。ただひとりその中に町はずれの本屋の主人が居ましたが山男の無暗《むやみ》にしか爪《つめ》らしいのを見て思わずにやりとしました。それは昨日の夕方顔のまっかな蓑《みの》を着た大きな男が来て「知って置くべき日常の作法。」という本を買って行ったのでしたが山男がその男にそっくりだったのです。

山男は「知って置くべき日常の作法」という本を買い込んで、せいいっぱいの正装をし、恰好をつけて山奥から人力車でやってきた。いっぽう、まさか山男がほんとうに来るとは思わなかった研究会の面々は……。

とにかくみんなは山男をすぐ食堂に案内しました。そして一緒《いっしょ》にこしかけました。山男が腰かけた時椅子《いす》はがりがりっと鳴りました。山男は腰かけるとこんどは黄金色《きんいろ》の目玉を据《す》えてじっとパンや塩やバターを見つめ〔以下原稿一枚?なし〕

どうしてかと云うともし山男が洋行したとするとやっぱり船に乗らなければならない、山男が船に乗って上海《シャンハイ》に寄ったりするのはあんまりおかしいと会長さんは考えたのでした。

さてだんだん食事が進んではなしもはずみました。

「いやじっさいあの辺はひどい処《ところ》だよ。どうも六百からの棄権《きけん》ですからな。」

なんて云っている人もあり一方ではそろそろ大切な用談がはじまりかけました。

「ええと、失礼ですが山男さん、あなたはおいくつでいらっしゃいますか。」

「二十九です。」

「お若いですな。やはり一年は三百六十五日ですか。」

「一年は三百六十五日のときも三百六十六日のときもあります。」

「あなたはふだんどんなものをおあがりになりますか。」

「さよう。栗《くり》の実やわらびや野菜です。」

「野菜はあなたがおつくりになるのですか。」

「お日さまがおつくりになるのです。」

「どんなものですか。」

「さよう。みず、ほうな、しどけ、うど、そのほか、しめじ、きんたけなどです。」

「今年はうどの出来がどうですか。」

「なかなかいいようですが、少しかおりが不足ですな。」

「雨の関係でしょうかな。」

「そうです。しかしどうしてもアスパラガスには叶《かな》いませんな。」

「へえ」

「アスパラガスやちしゃ［レタスの一種］のようなものが山野に自生するようにならないと産業もほんとうではありませんな。」

「へえ。ずいぶんなご卓見《たくけん》です。しかしあなたは紫紺のことはよくごぞんじでしょうな。」

みんなはしいんとなりました。これが今夜の眼目《がんもく》だったのです。


この話は欧風文化が浸透し、和洋折衷の洋館や洋食が暮らしに広まった大正時代のことである。内丸西洋軒も洋館のレストランであろう。山男は「西洋野菜のアスパラガスが山野に自生するようにならないと文明が奥山に及ぶことはなく、産業もほんとうではない」とご高説を垂れたのだが、紫紺染研究会の先生方には、そんなことはどうでもよい。誰かがいよいよ「あなたは紫紺のことはよくごぞんじでしょうな」と今夜の眼目を切り出した。ところが……。


山男はお酒をかぶりと呑《の》んで云いました。

「しこん、しこんと。はてな聞いたようなことだがどうもよくわかりません。やはり知らないのですな。」

みんなはがっかりしてしまいました。なんだ、紫紺のことも知らない山男など一向《いっこう》用はないこんなやつに酒を呑ませたりしてつまらないことをした。もうあとはおれたちの懇親会だ、と云うつもりでめいめい勝手にのんで勝手にたべました。

みんながっかりしてしまったけれど、それならそれで、もくろみどおりの宴会だ。めいめい勝手に飲んだり食べたりするのにつられて山男もがぶがぶ飲む。

ところが山男にはそれが大へんうれしかったようでした。しきりにかぶりかぶりとお酒をのみました。お魚が出ると丸ごとけろりとたべました。野菜が出ると手をふところに入れたまま舌だけ出してべろりとなめてしまいます。

そして眼《め》をまっかにして「へろれって、へろれって、けろれって、へろれって。」なんて途方《とほう》もない声で咆《ほ》えはじめました。さあみんなはだんだん気味悪くなりました。おまけに給仕がテーブルのはじの方で新らしいお酒の瓶《びん》を抜いたときなどは山男は手を長くながくのばして横から取ってしまってラッパ呑みをはじめましたのでぶるぶるふるえ出した人もありました。そこで研究会の会長さんは元来《がんらい》おさむらいでしたから考えました。（これはどうもいかん。けしからん。こうみだれてしまっては仕方がない。一つひきしめてやろう。）くだものの出たのを合図《あいず》に会長さんは立ちあがりました。けれども会長さんももうへろへろ酔っていたのです。

「ええ一寸《ちょっと》一言ご挨拶《あいさつ》申しあげます。今晩はお客様にはよくおいで下さいました。どうかおゆるりとおくつろぎ下さい。さて現今《げんこん》世界の大勢を見るに実にどうもこんらんして居る。ひとのものを横合からとる様なことが多い。実にふんがいにたえない。まだ世界は野蛮からぬけない。けしからん。くそっ。ちょっ。」

会長さんはまっかになってどなりました。みんなはびっくりしてぱくぱく会長さんの袖《そで》を引っぱって無理に座らせました。

どうもたいへん乱れてきた。しかし、それが思わぬ功を奏することに……。山男は人間とは逆に、酔っぱらったほうが意識がしっかりするのだった。

するとと山男は面倒臭《めんどうくさ》そうにふところから手を出して立ちあがりました。

「ええ一寸一言ご挨拶を申し上げます。今晩はあついおもてなしにあずかりまして千万《せんばん》かたじけなく思います。どういうわけでこんなおもてなしにあずかるのか先刻からしきりに考えているのです。やはりどうもその先頃《せんころ》おたずねにあずかった紫紺についての様であります。そうして見ると私も本気で考え出さなければなりません。そう思って一生懸命思い出しました。ところが私は子供のとき母が乳がなくて濁《にご》り酒で育てて貰《もら》ったためにひどいアルコール中毒なのであります。お酒を呑まないと物を忘れるので丁度《ちょうど》みなさまの反対であります。そのためについビールも一本失礼いたしました。そしてそのお蔭《かげ》でやっとおもいだしました。あれは現今《げんこん》西根山にはたくさんございます。私のおやじなどはしじゅうあれを掘って町へ来て売ってお酒にかえたというはなしであります。おやじがどうもちかごろ紫紺も買う人はなし困ったと云ってこぼしているのも聞いたことがあります。それからあれを染めるには何でも黒いしめった土をつかうというはなしもぼんやりおぼえています。紫紺についてわたくしの知っているのはこれだけであります。それで何かのご参考になればまことにしあわせです。さて考えてみますとありがたいはなしでございます。私のおやじは紫紺の根を掘って来てお酒ととりかえましたが私は紫紺のはなしを一寸すればこんなに酔う位までお酒が呑めるのです。

そらこんなに酔う位です。」

山男は赤くなった顔を一つ右手でしごいて席へ座りました。

みんなはざわざわしました。工芸学校の先生は「黒いしめった土を使うこと」と手帳へ書いてポケットにしまいました。

そこでみんなは青いりんごの皮をむきはじめました。山男もむいてたべました。そして実をすっかりたべてからこんどはかまど［リンゴの芯］をぱくりとたべました。それからちょっとそばをたべるような風にして皮もたべました。工芸学校の先生はちらっとそれを見ましたが知らないふりをしておりました。

さてだんだん夜も更《ふ》けましたので会長さんが立って

「やあこれで解散だ。諸君めでたしめでたし。ワッハッハ。」とやって会は終りました。

そこで山男は顔をまっかにして肩《かた》をゆすって一度にはしごだんを四つくらいずつ飛んで玄関へ降りて行きました。

みんなが見送ろうとあとをついて玄関まで行ったときは山男はもう居ませんでした。丁度七つの森の一番はじめの森に片脚《かたあし》をかけたところだったのです。

さて紫紺染が東京大博覧会で二等賞をとるまでにはこんな苦心もあったというだけのおはなしであります。

研究会の面々は紫紺染のことより懇親会のほうに力を入れていた感をぬぐえない。東京大博覧会で二等賞をとったあとには県工業会の来賓もにぎにぎしく内丸西洋軒を貸し切るくらいの大宴会を催したことだろう。その祝賀の宴に山男は招待されただろうか。

きっと催されたはずの祝賀会については記されていないのでわからないけれど、おそらく山男のことなんか、すっかり忘れられていたことだろう。

西根山の山男には、そのほうが幸福かもしれない。うっかり町に近づいたら、童話「なめとこ山の熊」の小十郎みたいに、殺したくない熊を鉄砲で撃ち、熊も殺したくない小十郎を殴って殺してしまうような悲劇がおこりかねないのだから。

ペンネンネンネンネン・ネネムの伝記～ばけもの英雄伝説～

この作品は有名な童話「グスコープドリの伝記」の元になった。グスコープドリは冷害を防ぐために火山を爆発させるが、そのために自分が火山にとどまり、命を落とした。自己犠牲の物語として知られる。「ペンネンネンネンネン・ネネムの伝記」とは冷害の年という設定や登場人物の名に共通するものがあるのだが、内容はまったく異なり、コミカルでファンタジックな物語である。だいいち、「ペンネンネンネンネン・ネネム」とは、なんとも奇妙な名前だ。それもそのはず、この物語は、ばけもの世界の話なのだ。生前発表はなく、原稿には欠けた部分がある。

一、ペンネンネンネンネン・ネネムの独立

〔冒頭原稿数枚焼失〕

のでした。実際、東のそらは、お「キレ」さまの出る前に、琥珀色《こはくいろ》のビールで一杯《いっぱい》になるのでした。ところが、そのまま夏になりましたが、ばけものたちはみんな騒《さわ》ぎはじめました。

お「キレ」さまは太陽のこと、東の空が琥珀色のビールで一杯なのは朝焼けのことだろうが、なんとなく不気味なオープニングである。

そのわけ〔十七字不明〕ばけもの麦も一向《いっこう》みのらず、大〔六字不明〕が咲《さ》いただけで一つぶも実になりませんでした。秋になっても全くその通〔七字不明〕栗《くり》の木さえ、ただ青いいがばかり、〔八字不明〕飢饉《ききん》になってしまいました。

その年は暮れましたが、次の春になりますと飢饉はもうとてもひどくなってしまいました。

ネネムのお父さん、森の中の青ばけものは、ある日頭をかかえていつまでもいつまでも考えていましたが、急に起きあがって、

「おれは森へ行って何かさがして来るぞ。」と云《い》いながら、よろよろ家を出て行きましたが、それなりもういつまで待っても帰って来ませんでした。たしかにばけもの世界の天国に、行ってしまったのでした。

ネネムのお母さんは、毎日目を光らせて、ため息ばかり吐《つ》いていましたが、ある日ネネムとマミミとに、

「わたしは野原に行って何かさがして来るからね。」と云って、よろよろ家を出て行きましたが、やはりそれきりいつまで待っても帰って参りませんでした。たしかにお母さんもその天国に呼ばれて行ってしまったのでした。

ネネムは小さなマミミとただ二人、寒さと飢うえとにガタガタふるえて居おりました。

父と母は食べ物を探しに行って死に、ばけもの世界に天国に行ってしまった。ネネムは妹のマミミと二人、森の中の家にとりのこされた。

するとある日戸口から、

「いや、今日《こんにち》は。私はこの地方の飢饉《ききん》を救《たす》けに来たものですがね、さあ何でも喰《た》べなさい。」

と云いながら、一人の目の鋭《するど》いせいの高い男が、大きな籠《かご》の中に、ワップルや葡萄《ぶどう》パンや、そのほかうまいものを沢山《たくさん》入れて入って来たのでした。

二人はまるで籠を引ったくるようにして、ムシャムシャムシャムシャ、沢山喰べてから、やっと、

「おじさんありがとう。ほんとうにありがとうよ。」なんて云ったのでした。

男は大へん目を光らせて、二人のたべる処《ところ》をじっと見て居りましたがその時やっと口を開きました。

「お前たちはいい子供だね。しかしいい子供だというだけでは何にもならん。わしと一緒《いっしょ》においで。

いいとこへ連れてってやろう。尤《もっと》も男の子は強いし、それにどうも膝《ひざ》やかかとの骨が固まってしまっているようだから仕方ないが、おい、女の子。おじさんとこへ来ないか。一日いっぱい葡萄パンを喰べさしてやるよ。」

ネネムもマミミも何とも返事をしませんでしたが男はふいっとマミミをお菓子《かし》の籠の中へ入れて、

「おお、ホイホイ、おお、ホイホイ。」と云いながら俄《にわ》かにあわてだして風のように家を出て行きました。

何のことだかわけがわからずきょろきょろしていたマミミ〔一字不明〕、戸口を出てからはじめてわっと泣き出しネネムは、

「どろぼう、どろぼう。」と泣きながら叫《さけ》んで追いかけましたがもう男は森を抜《ぬ》けてずうっと向うの黄色な野原を走って行くのがちらっと見えるだけでした。マミミの声が小さな白い三角の光になってネネムの胸にしみ込《こ》むばかりでした。

昔は人さらいにさらわれた子がサーカス団に売られるという話が広まっていた。親切そうな男が人さらいだ。マミミはまだ体がやわらかい女の子だから連れ去られ、残されたネネムは「どろぼう、どろぼう。」と叫んで追いかけるが、ちょっとへんだ。盗まれたのは妹だ。ここは「妹を返せ!」と叫ぶべきではないか。マミミも「兄さん、助けて!」と叫ぶ場面だが、「マミミの声が小さな白い三角の光になっ

て」というのは賢治独特の表現だ。

ネネムは泣いてどなって森の中をうろうろうろうろはせ歩きましたがとうとう疲《つか》れてばたっと倒《たお》れてしまいました。

それから何日経《た》ったかわかりません。

ネネムはふっと目をあきました。見るとすぐ頭の上のばけもの栗《は》の木がふっふっと湯気を吐いていました。

その幹に鉄のはしごが両方から二つかかって二人の男が登って何かしきりにつなをたぐるような網《あみ》を投げるようなかたちをやって居《お》りました。

ネネムは起きあがって見ますとお「キレ」さまはすっかりふだんのようになっておまけにテカテカして何でも今朝《けさ》あたり顔をきれいに剃《そ》ったらしいのです。

それにかれ草がほかほかしてばけものわらびなどもふらふらと生《は》え出しています。ネネムは飛んで行ってそれをむしゃむしゃたべました。するとネネムの頭の上でいやに平べったい声がしました。

「おい。子供。やっと目がさめたな。まだお前は飢饉《ききん》のつもりかい。もうじき夏になるよ。すこしおれに手伝わないか。」

見るとそれは実に立派なばけもの紳士《しんし》でした。貝殻《かいがら》でこしらえた外套《がいとう》を着て水煙草《みずたばこ》［タバコの煙を水にくらせて吸うパイプ」を片手に持って立っているのでした。

「おじさん。もう飢饉は過ぎたの。手伝いって何を手伝うの。」

「昆布《こんぶ》取りさ。」

「ここで昆布がとれるの。」

「取れるとも。見ろ。折角《せっかく》やってるじゃないか。」

なるほどさっきの二人は一生けん命網をなげたりそれを繰《く》ったりしているようでしたが網も糸も一向《いっこう》見えませんでした。

「あれでも昆布がとれるの。」

「あれでも昆布がとれるのかって。いやな子供だな。おい、縁起《えんぎ》でもないぞ。取れもしないところにどうして工場なんか建てるんだ。取れるともさ。現におれはじめ沢山《たくさん》のものがそれでくらしを立てているんじゃないか。」

ネネムはかすれた声でやっと
「そうですか。おじさん。」と云《い》いました。

「それにこの森はすっかりおれの森なんだからさっきのように勝手にわらびなんぞ取ることは疾《と》うに差し止めてあるんだぞ。」

ネネムは大変いやな気がしました。紳士は又《また》云いました。

「お前もおれの仕事に手伝え。一日一ドルずつ手間をやるぜ。そうでもしなかったらお前は飯を食えまいぜ。」

ネネムは泣き出しそうになりましたがやっとこらえて云いました。

「おじさん。そんなら僕《ぼく》手伝うよ。けれどもどうして昆布を取るの。」

「ふん。そいつは勿論《もちろん》教えてやる。いいか、そら。」紳士はポケットから小さく畳《たた》んだ洋傘《こうもりがさ》の骨のようなものを出しました。

「いいか。こいつを延ばすと子供の使うはしごになるんだ。いいか。そら。」

紳士はだんだんそれを引き延ばしました。間もなく長さ十米《メートル》ばかりの細い細い絹糸でこさえたようなはしごが出来あがりました。

「いいかい。こいつをね。あの栗の木に掛《か》けるんだよ。ああ云う工合《ぐあい》にね。」紳士はさっきの二人の男を指さしました。二人は相かわらず見えない網や糸をまっさおな空に投げたり引いたりしています。

ネネムは、ふっふっと湯気を吐く栗の木の下に倒れていた。その栗の木に登って、空に網を投げると昆布が採れるのだという。空が海になっているらしい。そこにはフカやサメのような魚も泳いでいるのである。

紳士《しんし》ははしごを栗《くり》の樹《き》にかけました。

「いいかい。今度はおまえがこいつをのぼって行くんだよ。そら、登ってごらん。」

ネネムは仕方なくはしごにとりついて登って行きましたがはしごの段々がまるで針金のように細くて手や、足に喰《く》い込《こ》んでちぎれてしまいそうでした。

「もっと登るんだよ。もっと。そら、もっと。」下では紳士が叫んでいます。ネネムはすっかり頂上まで登りました。栗の木の頂上というものはどうも実に寒いのでした。それに気がついて見ると自分の手からまるで蜘蛛《くも》の糸でこしらえたようなあやしい網《あみ》がぐらぐらゆれながらずうっと青空の方へひろがっているのです。そのぐらぐらはだんだん烈《はげ》しくなってネネムは危なく下に落ちそうにさえなりました。

「そら、網があったろう。そいつを空へ投げるんだよ。手がぐらぐら云《い》うだろう。そいつはね、風の中のふかやさめがつきあたってるんだ。おや、お前はふるえてるね。意気地《いくじ》なしだなあ。投げるんだよ、投げるんだよ。そら、投げるんだよ。」

ネネムは何とも云えず厭《いや》な心持がしました。けれども仕方なく力一杯《いっぱい》にそれをたぐり寄せてそれからあらんかぎり上の方に投げつけました。すると目がぐるぐるっとして、ご機嫌《きげん》のいいおキレさままでがまるで黒い土の球《たま》のように見えそれからシュウとはしごのてっぺんから下へ落ちました。もう死んだとネネムは思いましたがその次にもう耳が抜《ぬ》けたとネネムは思いました。というわけはネネムはきちんと地面の上に立っていて紳士がネネムの耳をつかんでぶりぶり云いながら立っていました。

「お前もいくじのないやつだ。何というふにゃふにゃだ。俺《おれ》が今お前の耳をつかんで止めてやらなかったらお前は今ごろは頭がパチンとはじけていたろう。おれはお前の大恩人ということになっている。これから失礼をしてはならん。ところでさあ、登れ。登るんだよ。夕方になったらたべものも送ってやろう。夜になったら綿のはいったチョッキもやろう。さあ、登れ。」

「夕方になったら下へ降りて来るんでしょう。」

「いいや。そんなことがあるもんか。とにかく昆布《こんぶ》がとれなくちゃだめだ。どれ一寸《ちょっと》網を見せろ。」

紳士はネネムの手にくっついた網をたぐり寄せて中をあらためました。網のずうっとはじの方に一寸《いっすん》四方ばかりの茶色なヌラヌラしたものがついていました。紳士はそれを取って

「ふん、たったこれだけか。」と云いながらそれでも少し笑ったようでした。そしてネネムは又《また》はしごを上って行きました。

やっと頂上へ着いて又力一杯空に網を投げました。それからわくわくする足をふみしめふみしめ網を引き寄せて見ましたが中にはなんにもはいっていませんでした。

「それ、しっかり投げろ。なまけるな。」下では紳士が叫んでいます。ネネムはそこで又投げました。やっぱりなんにもありません。又投げました。やっぱり昆布ははいりません。

つかれてヘトヘトになったネネムはもう何でも構《かま》わないから下りて行こうとしました。すると愕《おどろ》いたことにははしごがありませんでした。

そしてもう夕方になったと見えてばけものぞらは緑色になり変なばけものパンが下の方からふ

らふらのぼって来てネネムの前にとまりました。紳士《しんし》はどこへ行ったか影《かげ》もかたちもありません。向うの木の上の二人もしょんぼりと頭を垂れてパンを食べながら考えているようすでした。その木にも鉄のはしごがもう見えませんでした。

ネネムも仕方なくばけもののパンを噛《か》じりはじめました。

その時紳士が来て、

「さあ、たべてしまったらみんな早く網《あみ》を投げろ。昆布を一斤《きん》とらないうちは綿のはいったチョッキをやらんぞ。」とどなりました。

ネネムは叫びました。

「おじさん。僕《ぼく》もうだめだよ。おろしてお呉《く》れ。」

紳士が下でどなりました。

「何だと。パンだけ食ってしまってあとはおろしてお呉れだと。あんまり勝手なことを云《い》うな。」

「だってもううごけないんだもの。」

「そうか。それじゃ動けるまでやすむさ。」と紳士が云いました。ネネムは栗《くり》の木のてっぺんに腰《こし》をかけてつくづくとやすみました。

その時栗の木が湯気をホッホッと吹《ふ》き出しましたのでネネムは少し暖まって楽になったように思いました。そこで又《また》元気を出して網を空に投げました。空では丁度《ちょうど》星が青く光りはじめたところでした。

ところが今度の網がどうも実に重いのです。ネネムはよろこんでたぐり寄せて見ますとたしかに大きな大きな昆布が一枚ひらりとはいって居《お》りました。

ネネムはよろこんで

「おじさん。さあ投げるよ。とれたよ。」

と云いながらそれを下へ落しました。

「うまい、うまい。よし。さあ綿のチョッキをやるぜ。」

さあ綿のチョッキをやるぜ。」

チョッキがふらふらのぼって来ました。ネネムは急いでそれを着て云いました。

「おじさん。一ドル呉《く》れるの。」

紳士が下の浅黄色のもやの中で云いました。

「うん。一ドルやる。しかしパンが一日一ドルだからな。一日十斤《きん》以上こんぶを取ったらあとは一斤十セントで買ってやろう。そのよけいの分がおまえのもうけさ。ためて置いていつでも払《はら》ってやるよ。その代り十斤に足りなかったら足りない分がお前の損さ。その分かしにして置くよ。」

こうしてネネムは、劣悪な環境での長時間児童労働に従事することになった。採った昆布が一日十斤（6kg）に足りなかったら借金が重なるばかりの奴隷労働である。寒い夜に栗の木がホッホッと吹き出す湯気だけが暖かい。

ちなみに、「ばけものパン」など、なんでも「ばけもの」とつくが、これは「ばけもの世界」のことだからで、形態は普通のパンと変わらないようだ。

ネネムは実にがっかりしました。向うの木の二人の男はもういくら星あかりにすかして見ても居ないようでした。きっとあんまり仕事がつらくて消滅《しょうめつ》してしまったのでしょう。さてネネムは決心しました。それからよるもひるも栗の木の湯気とばけものパンと見えない網と紳士と昆布と、これだけを相手にして実に十年というものこの仕事をつづけました。これらの対手《あいて》の中でもパンと昆布とがまず大将でした。はじめの四年は毎日毎日借りばかり次の五年でそれを払いおしまいの三ヶ月でお金がたまりました。そこで下に降りてたまった三百ドルをふところにしてばけものの世界のまちの方へ歩き出しました。

「パンと昆布とがまず大将でした」というのは、それぱかり考えて過ごしたということ。最初の4年はあまり採れなくて借りばかり、次の5年で借金を返し、最後の3ヶ月で300ドル貯めた。1日に1ドルのパン代に昆布10斤、超過分は1斤10セント（0・1ドル）なので300ドル貯めるには3万斤（1万8000㎏）、3ヶ月90日のパン代のために9000斤（5400㎏）、合わせて2万3400㎏、じつに23トン余を3ヶ月で採ったことになる。空にそんなに昆布があるとは、たいしたものだ。ばけもの紳士は律儀に300ドルをネネムに支払ってくれたらしい。

それに、ばけものパンは滋養たっぷりであるらしく、ネネムはそればかり10年も食べて、頭の良い

青年に成長したのである

二、ペンネンネンネンネン・ネネムの立身

ペンネンネンネンネン・ネネムは十年のあいだ木の上に直立し続けた為《ため》にしきりに痛む膝《ひざ》を撫《な》でながら、森を出て参りました。森の出口に小さな雑貨商がありましたので、ネネムは店にはいって、まっ黒な上着とズボンを一つ買いました。それから急いでそれを着ながら考えました。

「何か学問をして書記になりたいもんだな。もう投げるようなたぐるようなことは考えただけでも命が縮まる。よしきっと書記になるぞ。」

ペンネンネンネンネン・ネネムはお銭《あし》を払って店を出る時ちらっと向うの姿見にうつった自分の姿を見ました。

着物が夜のようにまっ黒、縮れた赤毛が頭から肩《かた》にふさふさ垂れまっ青《さお》な眼《め》はかがやきそれが自分だかと疑った位立派でした。

ネネムは嬉《うれ》しくて口笛《くちぶえ》を吹《ふ》いてただ一息に三十ノットばかり走りました。

「ハンムンムンムンムン・ムムネの市まで、もうどれ位ありましょうか。」とペンネンネンネンネン・ネネムが、向うからふらふらやって来た黄色な影法師《かげぼうし》のばけ物にたずねました。

「そうだね。一寸ここまでおいで。」その黄色な幽霊《ゆうれい》は、ネネムの四角な袖《そで》のはじをつまんで、一

本のばけものりんごの木の下まで連れて行って、自分の片足をりんごの木の根にそろえて置いて云いました。

「あなたも片足をここまで出しなさい。」

ネネムは急いでその通りしますとその黄色な幽霊は、屈《かが》んで片っ方の目をつぶって、足さきがりんごの木の根とよくそろっているか検査したあとで云いました。

「いいか。ハンムンムンムンムン・ムムネ市の入口《いりくち》までは、丁度《ちょうど》この足さきから六ノット六チェーンあるよ。それでは途中《とちゅう》気をつけておいで。」そしてくるっとまわって向うへ行ってしまいました。

ネネムはそのうしろから、ていねいにお辞儀《じぎ》をして、

「あありがとうございます。六ノット六チェーンならば、私が一時間一ノット一チェーンずつあるきますと六時間で参れます。一時間二ノット二チェーンずつあるきますと三時間で参れます。」すっかり見当がつきまして、こんなうれしいことはありません。」と云いながら、もう一つ頭を下げました。赤毛はじゃらんと下に垂《さ》がりましたけれども、実は黄色の幽霊はもうずうっと向うのばけもの世界のかげろうの立つ畑の中にでもはいったらしく、影もかたちもありませんでした。

ハンムンムンムンムン・ムムネ市は、ばけもの世界の首府である。そこまでの距離をネネムが黄色な幽霊に尋ねると、その幽霊はネネムをリンゴの木の根元まで連れていき、足先をきちんと根にそろえて

から、そこまで「六ノット六チェーン」という。几帳面な性格の幽霊で、聞かれたことだけ、むやみにきっちり教えると消えてしまった。

「ノット・チェーン」はばけもの世界の単位で、ネネムが1時間くらいで歩けるというのだから1ノットが人間界の1里くらいだろう。

ここから事態は急転回し、昆布採りの労働者だったネネムが世界裁判長にまで立身出世する。

そこでネネムは又あるき出しました。すると又向うから無暗《むやみ》にぎらぎら光る鼠色《ねずみいろ》の男が、赤いゴム靴《ぐつ》をはいてやって参りました。そしてネネムをじろじろ見ていましたが、突然《とつぜん》そばに走って来て、ネネムの右の手首をしっかりつかんで云いました。

「おい。お前は森の中の昆布《こんぶ》採りがいやになってこっちへ出て来た様子だが、一体これから何が目的だ。」

ネネムはこれはきっと探偵《たんてい》にちがいないと思いましたので、堅《かた》くなって答えました。

「はい。私は書記が目的であります。」

するとその男は左手で短いひげをひねって一寸《ちょっと》考えてから云《い》いました。

「ははあ、書記が目的か。して見ると何だな。お前は森の中であんまりばけもののパンばかり喰《く》ったな。」

ネネムはすっかり図星《ずぼし》をさされて、面くらって左手で頭を掻《か》きました。

「はい実は少少たべすぎたかと存じます。」

「そうだろう。きっとそうにちがいない。よろしい。お前の身分や考えはよく諒解《りょうかい》した。行きなさい。わしはムムネ市の刑事だ。」

ネネムはそこでやっと安心してていねいにおじぎをして又町《また》の方へ行きました。

丁度《ちょうど》一時間と六分かかって、三ノット三チェーンを歩いたとき、ネネムは一人の百姓《ひゃくしょう》のおかみさんばけものと会いました。その人は遠くからいかにも不思議そうな顔をして来ましたが、とうとう泣き出してかけ寄りました。

「まあ、クエクや。よく帰っておいでだね。まあ、お前はわたしを忘れてしまったのかい。ああなさけない。」

ネネムは少し面くらいましたが、ははあ、これはきっと人ちがいだと気がつきましたので急いで云いました。

「いいえ、おかみさん。私はクエクという人ではありません。私はペンネンネンネンネン・ネネムというのです。」

するとその橙《だいだいいろ》色の女のばけものはやっと気がついたと見えて俄《にわ》かに泣き顔をやめて云いました。

「これはどうもとんだ失礼をいたしました。あなたのおなりがあんまりせがれそっくりなもんですから。」

「いいえ。どう致《いた》しまして。私は今度はじめてムムネの市に出る処《ところ》です。」

「まあ、そうでしたか。うちのせがれも丁度あなたと同じ年ころでした。まあ、お髪《ぐし》のちぢれ工《ぐ》合《あい》から、お耳のキラキラする工合、何から何までそっくりです。それにまあ、なめくじばけもののような柔《やわ》らかなおあしに、硬《かた》いはがねのわらじをはいて、なにが御志願でいらしゃるのやら。おお、うちのせがれもこんなわらじでどこを今ごろ、ポオ、ポオ、ポオ、ポオ。」とそのおかみさんばけものは泣き出しました。ネネムは困って、

「ね、おかみさん。あなたのむすこさんは、もうきっとどこかの書記になってるんでしょう。きっとじきお迎《むか》いをよこすにちがいありません。そんなにお泣きなさらなくてもいいでしょう。私は急ぎますからこれで失礼いたします。」と云いながらクラリオネットのようなすすり泣きの声をあとに、急いでそこを立ち去りました。

　さてそれから十五分でネネムはムムネの市までもう三チェーンの所まで来ました。ネネムはそこで髪《かみ》をすっかり直して、それから路みちばたの水銀の流れで顔を洗い、市にはいって行く支度したくをしました。

　それからなるべく心を落ちつけてだんだん市に近づきますと、さすがはばけもの世界の首府のけはいは、早くもネネムに感じました。

　ノンノンノンノンノンノンノンノンといううなりは地の〔以下原稿数枚分焼失〕

「今授業中だよ。やかましいやつだ。用があるならはいって来い。」とどなりましたので、学校の建物はぐらぐらしました。

ネネムはそこで思い切って、なるべく足音を立てないように二階にあがってその教室にはいりました。教室の広いことはまるで野原です。さまざまの形、とうがらしや、臼《うす》や、鋏《はさみ》や、赤や白や、実にさまざまの学生のばけものがぎっしりです。向うには大きな崖《がけ》のくらいある黒板がつるしてあって、せの高さ百尺あまりのさっきの先生のばけものが、講義をやって居《お》りました。

「それでその、もしも塩素が赤い色のものならば、これは最も明らかな不合理である。黄色でなくてはならん。して見ると黄色という事はずいぶん大切なもんだ。黄という字はこう書くのだ。」

先生は黒板を向いて、両手や鼻や口や肱《ひじ》やカラアや髪の毛やなにかで一ぺんに三百ばかり黄という字を書きました。生徒はみんな大急ぎで筆記帳に黄という字を一杯《いっぱい》書きましたがとても先生のようにうまくは出来ません。

ネネムはそっと一番うしろの席に座って、隣《とな》りの赤と白のまだらのばけもの学生に低くたずねました。

「ね、この先生は何て云《い》うんですか。」

「お前知らなかったのかい。フゥフィーボー博士《はかせ》さ。化学の。」とその赤いばけものは馬鹿《ばか》にしたように目を光らせて答えました。

「あっ、そうでしたか。この先生ですか。名高い人なんですね。」とネネムはそっとつぶやきながら自分もふところから鉛筆《えんぴつ》と手帳を出して筆記をはじめました。

その時教室にパッと電燈《でんとう》がつきました。もう夕方だったのです。博士が向うで叫《さけ》んでいます。

「しからば何が故《ゆえ》に夕方緑色が判然とするか。けだしこれはプウルウキインイイの現象によるのである。プウルウキインイイとはこう書く。」

博士はみみずのような横文字を一ぺんに三百ばかり書きました。ネネムも一生けん命書きました。それから博士は俄《にわ》かに手を大きくひろげて
「げにも、かの天にありて濛々《もうもう》たる星雲、地にありてはあいまいたるばけ物律、これはこれ宇宙を支配す。」と云いながらテーブルの上に飛びあがって腕《うで》を組み堅《かた》く口を結んできっとあたりを見まわしました。

学生どもはみんな興奮して
「ブラボオ。フゥフィーボー先生。ブラボオ。」と叫さけんでそれからバタバタ、ノートを閉じました。ネネムもすっかり釣《つ》り込《こ》まれて、「ブラボオ。」と叫んで堅く堅く決心したように口を結びました。この時先生はやっとほんのすこうし笑って一段声を低くして云いました。

「みなさん。これからすぐ卒業試験にかかります。一人ずつ私の前をお通りなさい。」と云いました。

学生どもは、そこで一人ずつ順々に、先生の前を通りながらノートを開いて見せました。

先生はそれを一寸《ちょっと》見てそれから一言か二言質問をして、それから白墨《はくぼく》でせなかに「及」とか「落」とか「同情及」とか「退校」とか書くのでした。

書かれる間学生はいかにもくすぐったそうに首をちぢめているのでした。書かれた学生は、いかにも気がかりらしく、そっと肩《かた》をすぼめて廊下《ろうか》まで出て、友達に読んで貰《もら》って、よろこんだり泣いたりするのでした。ぐんぐんぐんぐん、試験がすんで、いよいよネネム一人になりました。ネネムがノートを出した時、フゥフィーボー博士は大きなあくびをやりましたので、ノートはスポリと先生に吸い込《こ》まれてしまいました。先生はそれを別段気にかけるでもないらしく、コクッと呑《の》んでしまって云《い》いました。

「よろしい。ノートは大へんによく出来ている。そんなら問題を答えなさい。煙突《えんとつ》から出るけむりには何種類あるか。」

「四種類あります。もしその種類を申しますならば、黒、白、青、無色です。」

「うん。無色の煙《けむり》に気がついた所は、実にどうも偉《えら》い。そんなら形はどうであるか。」

「風のない時はたての棒、風の強い時は横の棒、その他はみみずなどの形。あまり煙の少ない時はコルク抜《ぬ》きのようにもなります。」

「よろしい。お前は今日の試験では一等だ。何か望みがあるなら云いなさい。」

「書記になりたいのです。」

「そうか。よろしい。わしの名刺《めいし》に向うの番地を書いてやるから、そこへすぐ今夜行きなさい。」

ネネムは名刺を呉《く》れるかと思って待っていますと、博士はいきなり白墨をとり直してネネムの胸に、「セム二十二号。」と書きました。

ネネムはよろこんで叮寧《ていねい》におじぎをして先生の処《ところ》から一足退きますと先生が低く、

「もう藁《わら》のオムレツが出来あがった頃《ころ》だな。」と呟《つぶや》いてテーブルの上にあった革《かわ》のカバンに白墨のかけらや講義の原稿《げんこう》やらを、みんな一緒《いっしょ》に投げ込んで、小脇《こわき》にかかえ、さっき顔を出した窓からホイッと向うの向うの黒い家をめがけて飛び出しました。そしてネネムはまちをこめた黄色の夕《ゆう》暮《ぐれ》の中の物干台にフゥフィーボー博士が無事に到着《とうちゃく》して家の中に入って行くのをたしかに見ました。

フゥフィーボー博士は藁《わら》のオムレツが好物らしい。もう夕食時なので、入学したばかりのネネムに一等の成績を与え、窓から飛んで家に帰っていった。そのおかげでネネムは大出世する。

そこでネネムは教室を出てはしご段を降りますと、そこには学生が実に沢山泣いていました。全く三千六百五十三回、則《すなわ》ち閏年《うるうどし》も入れて十年という間、日曜も夏休みもなしに落第ばかりしていては、これが泣かないでいられれましょうか。けれどもネネムは全くそれとは違《ちが》います。元気よく大学校の門を出て、自分の胸の番地を指さして通りかかったくらげのようなばけものに、どう行ったらいいかをたずねました。

するとそのばけものは、ひどく叮寧におじぎをして、

「ええ。それは世界裁判長のお邸《やしき》でございます。ここから二チェーンほどおいでになりますと、

大きな粘土《ねんど》でかためた家がございます。すぐおわかりでございましょう。どうか私もよろしくお引き立てをねがいます。」と云って又《また》叮寧におじぎをしました。

ネネムはそこで一時間一ノット一チェーンの速さで、そちらへ進んで参りました。たちまち道の右側に、その粘土《ねんど》作りの大きな家がしゃんと立って、世界裁判長官邸《かんてい》と看板がかかって居《お》りました。

「ご免《めん》なさい。ご免なさい。」とネネムは赤い髪《かみ》を掻《か》きながら云《い》いました。

すると家の中からペタペタペタペタペタ沢山《たくさん》の沢山のばけものどもが出て参りました。

みんなまっ黒な長い服を着て、恭々《うやうや》しく礼をいたしました。

「私は大学校のフゥフィーボー先生のご紹介で参りましたが世界裁判長に一寸《ちょっと》お目にかかれましょうか。」

するとみんなは口をそろえて云いました。

「それはあなたでございます。あなたがその裁判長でございます。」

「なるほど、そうですか。するとあなた方は何ですか。」

「私どもはあなたの部下です。判事や検事やなんかです。」

「そうですか。それでは私はここの主人ですね。」

「さようでございます。」

こんなような訳《わけ》でペンネンネンネンネン・ネネムは一ぺんに世界裁判長になって、みんなに囲まれて裁判長室の海綿《かいめん》でこしらえた椅子《いす》にどっかりと座りました。

　すると一人の判事が恭々しく申しました。

「今晩開廷の運びになっている件が二つございますが、いかがでございましょうお疲《つか》れでいらっしゃいましょうか。」

「いいや、よろしい。やります。しかし裁判の方針はどうですか。」

「はい。裁判の方針はこちらの世界の人民が向うの世界になるべく顔を出さぬように致したいのでございます。」

「わかりました。それではすぐやります。」

　ネネムはまっ白なちぢれ毛のかつらを被《かぶ》って黒い長い服を着て裁判室に出て行きました。部下がもう三十人ばかり席についています。

　ネネムは正面の一番高い処《ところ》に座りました。向うの隅《すみ》の小さな戸口から、ばけものの番兵に引っぱられて出て来たのはせいの高い眼《め》の鋭《するど》い灰色のやつで、片手にほうきを持って居《お》りました。一人の検事が声高く書類を読み上げました。

「ザシキワラシ。二十二歳《さい》。アツレキ三十一年二月七日、表《おもて》、日本岩手県上閉伊《かみへい》郡青笹《あおざさ》村字《あざ》瀬戸二十一番戸伊藤万太の宅、八畳座敷中に故《ゆえ》なくして擅《ほしいまま》に出現して万太の長男千太、八歳を気絶せしめたる件。」

「よろしい。わかった。」とネネムの裁判長が云いました。

「姓名年齢《せいめいねんれい》、その通りに相違《そうい》ないか。」

「相違ありません。」

「その方《ほう》はアツレキ三十一年二月七日、伊藤万太方の八畳座敷に故なくして擅に出現したることは、しかとその通りに相違ないか。」

「全く相違《そうい》ありません。」

「出現後は何を致《いた》した。」

「ザシキをザワッザワッと掃《は》いて居《お》りました。」

「何の為《ため》に掃いたのだ。」

「風を入れる為です。」

「よろしい。その点は実に公益である。本官に於《お》いて大いに同情を呈《てい》する。しかしながらすでに妄《みだ》りに人の居ない座敷の中に出現して、箒《ほうき》の音を発した為に、その音に愕《おど》ろいて一寸《ちょっと》のぞいて見た子供が気絶をしたとなれば、これは明らかな出現罪である。依《よ》って今日より七日間当ムムネ市の街路の掃除を命ずる。今後はばけもの世界長の許可なくして、妄りに向う側に出現することはならん。」

「かしこまりました。ありがとうございます。」

「実に名断だね。どうも実に今度の長官は偉《えら》い。」と判事たちは互《たが》いにささやき合いました。

　ザシキワラシはおじぎをしてよろこんで引っ込みました。

ばけもの世界には、人間界に故《ゆえ》なくして擅《ほしいまま》に出現してはならないという法律がある。ネネム裁判長は本日の最初の被告であるザシキワラシ（22歳）に「出現罪」を言い渡した。そして、七日間の街路の掃除を課したが、その刑罰はザシキワラシの特技を生かしたもの。名判決だ。

ちなみに、ザシキワラシ（座敷童子）は柳田國男の『遠野物語』にも記されている岩手県の妖怪である。賢治の童話「ざしき童子《ぼっこ》のはなし」では「ざわっざわっと箒《ほうき》の音」をたてるという。

また、「アツレキ」はばけもの世界の暦で、漢字で書けば「軋轢」か。ばけものと人間には何かと軋轢があるので。

被告が出現罪を犯した場所は「表《おもて》」として人間界の地名をあげる。、

次に来たのは鳶色《とびいろ》と白との粘土で顔をすっかり隈取《くまど》って、口が耳まで裂《さ》けて、胸や足ははだかで、腰《こし》に厚い簑《みの》のようなものを巻いたばけものでした。一人の判事が書類を読みあげました。

「ウウウウエイ。三十五歳《さい》。アツレキ三十一年七月一日夜、表《おもて》、アフリカ、コンゴオの林中の空地に於て故《ゆえ》なくして擅《ほしいまま》に出現、舞踏《ぶとう》中の土地人を恐怖《きょうふ》散乱せしめたる件。」

「よろしい、わかった。」とネネムは云《い》いました。

「姓名年齢その通りに相違ないか。」

「へい。その通りです。」

「その方《ほう》はアツレキ三十一年七月一日夜、アフリカ、コンゴオの林中空地に於て、故なくして擅に出現、折柄月明《おりからげつめい》によって歌舞、歓《かん》をなせる所の一群を恐怖散乱せしめたことは、しかとその通りにちがいないか。」

「全くその通りです。」

「よろしい。何の目的で出現したのだ。既《すで》に法律上故なく擅となってあるが、その方の意中を今一応尋《たず》ねよう。」

「へい。その実は、あまり面白《おもしろ》かったもんですから。へい。どうも相済《あいす》みません。あまり面白かったんで。ケロ、ケロ、ケロ、ケロロ、ケロ、ケロ。」

「控《ひか》えろ。」

「へい。全くどうも相済みません。恐《おそ》れ入りました。」

「うん。お前は、最《もっとも》明らかな出現罪である。依って明日より二十二日間、ムッセン街道《かいどう》の見まわりを命ずる。今後ばけものの世界長の許可なくして、妄りに向側《むこうがわ》に出現いたしてはならんぞ。」

「かしこまりました。ありがとうございます。」そのばけものも引っ込みました。

「実に名断だ。いい判決だね。」とみんなささやき合いました。その時向うの窓がガタリと開いて

「どうだ、いい裁判長だろう。みんな感心したかい。」と云《い》う声がしました。それはさっきの灰色の一メートルある顔、フゥフィーボー先生でした。

「ブラボオ。フゥフィーボー博士《はかせ》。ブラボオ。」と判事も検事もみんな怒鳴《どな》りました。その時はも

う博士の顔は消えて窓はガタンとしまりました。

そこでネネムは自分の室《へや》に帰って白いちぢれ毛のかつらを除《と》りました。それから寝《ね》ました。

あとはあしたのことです。

三、ペンネンネンネンネン・ネネムの巡視《じゅんし》

ばけもの世界裁判長になったペンネンネンネンネン・ネネムは、次の朝六時に起きて、すぐ部下の検事を一人呼びました。

「今日は何時に公判の運びになっているか。」

「本日もやはり晩の七時から二件だけございます。」

「そうか。よろしい。それでは今朝《けさ》は八時から世界長に挨拶《あいさつ》に出よう。それからすぐ巡視だ。みんなその支度《したく》をしろ。」

「かしこまりました。」

そこでペンネンネンネンネン・ネネムは、燕麦《オート》を一把《わ》と、豆汁《まめじる》を二リットルで軽く朝飯をすまして、それから三十人の部下をつれて世界長の官邸《かんてい》に行きました。

ばけもの世界長は、もう大広間の正面に座って待っています。世界長は身のたけ百九十尺《しゃく》もある中世代の瑪瑙木《めのうぼく》でした。

中世代の瑪瑙木は恐竜時代の石化した樹木で、いわゆる硅化木《けいかぼく》のこと。それが百九十尺（およそ60メートル）もあり、妖怪化して、ばけもの世界の首長になっているらしい。

ペンネンネンネンネン・ネネムは、恭々しく進んで片膝《かたひざ》を床につけて頭を下げました。

「ペンネンネンネンネン・ネネム裁判長はおまえであるか。」

「さようでございます。永久に忠勤を誓《ちか》い奉《たてまつ》ります。」

「うん。しっかりやって呉《く》れ。ゆうべの裁判のことはもう聞いた。それに今朝はこれから巡視に出るそうだな。」

「はい。恐れ入ります。」

「よろしい。どうかしっかりやって呉れ。」

「かしこまりました。」

そこでペンネンネンネンネン・ネネムは又《また》うやうやしく世界長に礼をして、後戻《あともど》りして退きました。三十人の部下はもう世界長の首尾がいいので大喜びです。

ペンネンネンネンネン・ネネムも大機嫌《だいきげん》でそれから町を巡視しはじめました。

ばけもの世界のハンムンムンムンムン・ムムネ市の盛《さか》んなことは、今日とて少しも変りません。億百万のばけものどもは、通り過ぎ通りかかり、行きあい行き過ぎ、発生し消滅《しょうめつ》し、聯合《れんごう》し融合《ゆうごう》し、再現し進行し、それはそれは、実にどうも見事なもんです。ネネムもいまさらながら、つくづくと感服いたしました。

その時向うから、トッテントッテンテンテンと、チャリネルという楽器を叩《たた》いて、小さな赤い旗をたてた車が、ほんの少しずつこっちへやって来ました。見物のばけものがまるで赤山のようにそのまわりについて参ります。

ペンネンネンネンネン・ネネムは、行きあいながらふと見ますと、その赤い旗には、白くフクジロと染め抜《ぬ》いてあって、その横にせいの高さ三尺《さんじゃく》ばかりの、顔がまるでじじいのように皺《しわ》くちゃな殊《こと》に鼻が一尺ばかりもある怖《こわ》い子供のようなものが、小さな半ずぼんをはいて立ち、車を引っ張っている黒い硬《かた》いばけものから、「フクジロ印」という商標のマッチを、五つばかり受け取っていました。ネネムは何をするのかと思ってもっと見ていますと、そのいやなものはマッチを持ってよちよち歩き出しました。

ムムネ市の繁華街には、わけのわからない億百万もの奇体なばけものが発生したり消滅したりし、そのなかに、みんなが恐がる「フクジロ」という不気味なマッチ売りの子どもがいる。「フクジロって、なんだ？」と聞いてもしかたがない。ばけもの世界の話なので、いちいち理由はない。

赤山のようなばけものの見物は、わいわいそれについて行きます。一人の若いばけものが、うしろから押《お》されてちょっとそのいやなものにさわりましたら、そのフクジロというものはくるりと振《ふ》り向いて、いきなりピシャリとその若ばけものの頬《ほっ》ぺたを撲《なぐ》りつけました。

それからいやなものは向うの荒物屋《あらもの》に行きました。その荒物屋というのは、ばけもの歯みがきや、ばけもの楊子《ようじ》や、手拭《てぬぐい》やずぼん、前掛《まえかけ》などまで、すべてばけもの用具一式を売っているのでした。

フクジロがよちよちはいって行きますと、荒物屋のおかみさんは、怖《こわ》がって逃《に》げようとしました。おかみさんだって顔がまるで獏《ばく》のようで、立派なばけものでしたが、小さくてしわくちゃなフクジロを見ては、もうすっかりおびえあがってしまったのでした。

「おかみさん。フクジロ・マッチ買ってお呉《く》れ。」

おかみさんはやっと気を落ちつけて云《い》いました。

「いくらですか。ひとつ。」

「十円。」

おかみさんは泣きそうになりました。

「さあ買ってお呉れ。買わなかったら踊《おど》りをやるぜ。」

「買います、買います。踊りの方はいりません。そら、十円。」おかみさんは青くなってブルブルしながら銭函《ぜにばこ》からお金を集めて十円出しました。

「ありがとう。ヘン。」と云いながらそのいやなものは店を出ました。

そして今度は、となりのばけもの酒屋にはいりました。見物はわいわいついて行きます。酒屋のはげ頭のおじいさんばけものも、やっぱりぶるぶるしながら十円出しました。

その隣《となり》はタン屋という店でしたが、ここでも主人が黄色な顔を緑色にしてふるえながら、十円でマッチ一つ買いました。

「これはいかん。実にけしからん。こう云ういやなものが町の中を勝手に歩くということはおれの恥辱《ちじょく》だ。いいからひっくくってしまえ。」とペンネンネンネンネン・ネネムは部下の検事に命令しました。一人の検事がすぐ進んで行ってタン屋の店から出て来るばかりのそのいやなものをくるくる十重《とえ》ばかりにひっくくってしまいました。ペンネンネンネンネン・ネネムがみんなを押しおし分けて前に出て云いました。

「こら。その方《ほう》は自分の顔やかたちのいやなことをいいことにして、一つ一銭のマッチを十円ずつに家ごと押しつけてあるく。悪いやつだ。監獄《かんごく》に連れて行くからそう思え。」

するとそのいやなものは泣き出しました。

「巡査さん。それはひどいよ。僕《ぼく》はいくらお金を貰《もら》ったって自分で一銭もとりはしないんだ。みんな親方がしまってしまうんだよ。許してお呉《く》れ。許してお呉れ。」

ネネムが云いました。

「そうか。するとお前は毎日ただ引っぱり廻《まわ》されて稼《かせ》がせられる丈《だけ》だな。」

「そうだよ、そうだよ。僕を太夫《たいふ》さんだなんて云いながら、ひどい目にばかりあわすんだよ。ご飯さえ碌《ろく》に呉れないんだよ。早く親方をつかまえてお呉れ。早く、早く。」今度はそのいやなものが俄《にわ》かに元気を出しました。

　そこで
「あの車のとこに居るものを引っくくれ。」とネネムが云いました。丁度《ちょうど》出て来た巡査が三人ばかり飛んで行って、車にポカンと腰掛《こしか》けて居た黒い硬《かた》いばけものを、くるくるくるっと縛《しば》ってしまいました。ネネムはいやなものと一緒いっしょにそっちへ行きました。

「こら。きさまはこんなかたわなあわれなものをだしにして、一銭のマッチを十円ずつに売っている。さあ監獄《かんごく》へ連れて行くぞ。」

　親方が泣き出しそうになって口早に云いました。

「お役人さん。そいつぁあんまり無理ですぜ。わしぁ一日一杯《いっぱい》あるいてますがやっと喰《く》うだけしか貰《もら》わないんです。あとはみんな親方がとってしまうんです。」

「ふん、そうか。その親方はどこに居るんだ。」

「あすこに居ます。」

「どれだ。」

「あのまがり角でそらを向いてあくびをしている人です。」

「よし。あいつをしばれ。」まがり角の男は、しばられてびっくりして、口をパクパクやりました。

ネネムは二人を連れてそっちへ歩いて行って云いました。

「こらきさまは悪いやつだ。何も文句を云《い》うことはない。監獄にはいれ。」

「これはひどい。一体どうしたのです。ははあ、フクジロもタンイチもしばられたな。その事ならなあに私はただこうやって監督《かんとく》に云いつかって車を見ている丈だけでございます。私は日給三十銭の外に一銭だって貰やしません。」

「ふん。どうも実にいやな事件だ。よし、お前の監督はどこに居るか、云え。」

「向うの電信柱の下で立ったまま居睡《いねむ》りをしているあの人です。」

「そうか。よろしい。向うの電信ばしらの下のやつを縛《しば》れ。」巡査や検事がすぐ飛んで行こうとしました。その時ネネムは、ふともっと向うを見ますと、大抵《たいてい》五間隔《けんお》きぐらいに、あくびをしたりうでぐみをしたり、ぼんやり立っているものがまだまだたくさん続いています。そこでネネムが云いました。

「一寸《ちょっと》待て。まだ向うにも監督が沢山《たくさん》居るようだ。よろしい。順ぐりにみんなしばって来い。一番おしまいのやつを逃《に》がすなよ。さあ行け。」

　十人ばかりの検事と十人ばかりの巡査がふうとけむりのように向うへ走って行きました。見る見る監督《かんとく》どもが、みんなペタペタしばられて十五分もたたないうちに三十人というばけものが一列にずうっとつづいてひっぱられて来ました。

「一番おしまいのやつはこいつか。」とネネムが緑色の大へんハイカラなばけものをゆびさしました。

「そうです。」みんなは声をそろえて云います。

「よろしい。こら。その方《ほう》は、あんなあわれなかたわを使って一銭のマッチを十円に売っているとは一体どう云うわけだ。それに三十二人も人を使って、あくまで自分の悪いことをかくそうとは実にけしからん。さあどうだ。」

ところが緑色のハイカラなばけものは口を尖《とが》らして、一向恐《いっこうおそ》れ入りません。

「これはけしからん。私はそんなことをした覚えはない。私は百二十年前にこの方《かた》に九円だけ貸しがあるので今はもう五千何円になっている。わしはこの方のあとをつけて歩いて毎日、日《にっ》プで三十円ずつとる商売なんだ。」と云いながら自分の前のまっ赤なハイカラなばけものを指さしました。

するとその赤色のハイカラが云いました。

「その通りだ。私はこの人に毎日三十円ずつ払《はら》う。払っても払っても元金は殖《ふ》えるばかりだ。それはとにかく私は又《また》この前のお方に百四十年前に非常な貸しがあるのでそれをもとでに毎日この人について歩いて実は五十円ずつとっているのだ。マッチの罪とかなんとか一向私はしらない。」と云いながら自分の前の青い色のハイカラなばけものを指さしました。すると青いのが云いました。

「その通りだ。わしは毎日五十円ずつ払う。そしてわしはこの前のお方に二百年前かなりの貸しがあるのでそれをもとでに毎日ついて歩いて百円ずつとるだけなのだ。」

指されたその前の黄色なハイカラが云いました。

「そうだ。その通りだ。そしてわしはこの前のお方に昔すてきなかしがあるので、毎日ついて歩いて三百円ずつとるのだ。」

「ふうん。大分わかって来たぞ。あとはもう貸した年と今とる金だかだけを云え。」とネネムが申しました。

「二百五十年五百円」「三百年、千円」「三百一年、千七円」「三百二年、千八円」「三百三年、千九円」「三百四年、千十円。」

ネネムはすばやく勘定《かんじょう》しました。

「もうわかった。第三十番。電信柱の下の立ちねむり。おまえは千三十円とっているだろう。」

「全くさようでございます。ご明察恐れ入ります。」

その時さっきの角のところに立って、あくびをしていた監督が云いました。

「どうです。そうでしょう。私は毎日千三十円三十銭だけとって、千三十円だけこの人に納めるのです。」

ネネムが云いました。

「そうか。すると一体誰《たれ》がフクジロを使って歩かせているのだ。」

「私にはわかりません。私にはわかりません。」とみんなが一度に云いました。そこでネネムも一寸《ちょっと》困《こま》りましたがしばらくたってから申しました。

「よし。そんならフクジロのマッチを売っていることを知っているものは手をあげ。」

硬《かた》い黒いタンイチはじめ順ぐりに十人だけ手をあげました。

「よろしい。すると十人目の貴さまが一番悪い。監獄《かんごく》にはいれ。」

「いいえ。どういたしまして。私はただフクジロのマッチを売っていることを遠くから見ているだけでございます。それを十円に売るなんて、めっそうな、私は一向《いっこう》に存じません。」

「どうもこれはずいぶん不愉快《ふゆかい》な事件だね。よろしい。そんならフクジロがマッチを十円で売るということを知っているものは手をあげ。」

硬《かた》い黒いタンイチからただ三人でした。

「するとお前だ。監獄にはいれ。」とネネムが云いました。

「それはさっきも申しあげました。私はただ命令で見ていただけです。」

「するとお前は十円に売ることは知っている、けれどもただ云いつかっているだけだというのだな、それから次のお前は云いつけてはいる。けれども十円に売れなんて云ったおぼえもなし又《また》十円に売っているとも思わない、ただまあ、フクジロがよちよち家を出たりはいったりして、それでよくこんなにもうかるもんだと思っていたと、こうだろう。」

「全くご名察の通り。」と二人が一緒《いっしょ》に云いました。

「よろしい。もうわかった。お前がたに云い渡《わた》わたす。これは順ぐりに悪いことがたまって来ているのだ。百年も二百年もの前に貸した金の利息を、そんなハイカラななりをして、毎日ついてあるいてとるということは、けしからん。殊《こと》にそれが三十人も続いているというのは実にいけないことだ。おまえたちはあくびをしたりいねむりをしたりしながら毎日を暮《くら》して食事の時間だけすぐ近くの料理屋にはいる、それから急いで出て来て前の者がまだあまり遠くへ行っていないのを見てやっと安心するなんという実にどうも不届きだ。それからおれがもうけるんじゃないと云うので、悪いことをぐんぐんやるのもあまりよくない。だからみんな悪い。みんなを罪にしなければならない。けれどもそれではあんまりかあいそうだから、どうだ、みんな一ぺんに今の仕事をやめてしまえ。そこでフクジロはおれがどこかの玩具《おもちゃ》の工場の小さな室《へや》で、ただ一人仕事をして、時々お菓子《かし》でもたべられるようにしてやろう。あとのものはみんな頑丈《がんじょう》そうだから自分で勝手に仕事をさがせ。もしどうしても自分でさがせなかったらおれの所に相談に来い。」

「かしこまりました。ありがとうございます。」みんなはフクジロをのこして赤山のような人をわけてちりぢりに逃《に》げてしまいました。そこでネネムは一人の検事をつけてフクジロを張子《はりこ》の虎《とら》をこさえる工場へ送りました。

　見物人はよろこんで、

「えらい裁判長だ。えらい裁判長だ。」とときの声をあげました。そこでネネムは又巡視《またじゅんし》をはじめました。


フクジロは一銭のマッチを百倍の十円で売って暴利を得ていたようだが、自分で一銭も採らず、親方

に渡す。その親方をはじめ、ずらっと三十人も、少しずつピンハネしていく列がある。みんな、借金の支払いがあるので、百年たっても列から出られない。一日中、列の前の者を見張っているの仕事だ。そこでネネムが、「みんな一斉に止めてしまえ」と言い渡した。名判決だ。

それから少し行きますと通りの右側に大きな泥《どろ》でかためた家があって世界警察長官邸《かんてい》と看板が出て居《お》りました。

「一寸《ちょっと》はいって見よう。」と云《い》いながらネネムは玄関《げんかん》に立ちました。その家中《じゅう》が俄《にわ》かにザワザワしてそれから警察長がさきに立って案内しました。一通り中の設備を見てからネネムは警察長と向い合って一つのテーブルに座りました。警察長は新聞のくらいある名刺《めいし》を出してひろげてネネムに恭々《うやうや》しくよこしました。見ると、

ケンケンケンケンケンケンケン・クエク警察長

と書いてあります。ネネムは

「はてな、クエクと、どうも聞いたような名だ。一寸《ちょっと》突然ですがあなたはこの近在の農家のご出身ですか。」と云いました。

すると警察長はびっくりしたらしく、

「全くご明察の通りです。」と答えました。

「それではあなたは無断で家から逃《に》げておいでになりましたね。お母さんが大へん泣いておいで

ですよ。」とネネムが云いました。

「いや、全く。実は昨晩も電報を打ちましたようなわけで、実はその、逃げたというわけでもありません。丁度《ちょうど》一昨昨日の朝、一寸した用事で家から大学校の小使室《こづかい》まで参りましたのですが、ついそのフゥフィーボー博士《はかせ》の講義につり込《こ》まれまして昨日まで三日というもの、聴《き》いたり落第したり、考えたりいたしました。昨晩やっと及第《きゅうだい》いたしましてこちらに赴任《ふにん》いたしました。」

「ハッハッハ。そうですか。それは結構でした。もう電報をおかけでしたか。」

「はい。」


こうして帰らない息子を思って「ポオ、ポオ」とクラリオネットみたいな声で泣いていた母は、めでたく警察長になった息子のクエクと再会するのである。

そこでネネムも全く感服してそれから警察長の家を出てそれから又《また》グルグルグルグル巡視をして、おひるごろ、ばけもの世界裁判長の官邸に帰りました。おひるのごちそうは藁《わら》のオムレツでした。

四、ペンネンネンネンネン・ネネムの安心

ばけもの世界裁判長、ペンネンネンネンネン・ネネムの評判は、今はもう非常なものになりました。この世界が、はじめ一疋《ぴき》のみじんこから、だんだん枝《えだ》がついたり、足が出来たりして発達しはじめて以来、こんな名判官は実にはじめてだとみんなが申しました。

シャァロンというばけものの高利貸でさえ、ああ実にペンネンネンネンネン・ネネムさまは名判官だ、ダニーさまの再来だ、いやダニーさまの発達だとほめた位です。

ばけもの世界長からは、毎日一つずつ位をつけて来ましたし、勲章《くんしょう》を贈《おく》ってよこしましたので、今はその位を読みあげるだけに二時間かかり、勲章はネネムの室《へや》の壁《かべ》一杯になりました。それですから、何かの儀式《ぎしき》でネネムが式辞を読んだりするときは、その位を読むのがつらいので、それをあらかじめ三十に分けて置いて、三十人の部下に一ぺんにがやがやと読み上げて貰《もら》うようにしていましたが、それでさえやはり四分はかかりました。勲章だってその通りです。どうしてネネムの胸につけ切れるもんではありませんでしたから、ネネムの大礼服の上着は、胸の処《ところ》から長さ十米《メートル》ばかりの切れがずうと続いて、それに勲章をぞろっとつけて、その帯のようなものを、三十人の部下の人たちがぞろぞろ持って行くのでした。さてネネムは、この様な大へんな名誉《めいよ》を得て、そのほかに、みなさんももうご存知でしょうが、フゥフィーボー博士のほかに、誰《たれ》も決して喰べてならない藁のオムレツまで、ネネムは喰べることを許されていました。それですから、誰が考えてもこんな幸福なことがない筈《はず》だったのですが、実はネネムは一向面白くありませんでした。それというのは、あのネネムが八つの飢饉《ききん》の年、お菓子の籠《かご》に入れられて、「おおホイホイ、おおホイホイ。」と云《い》いながらさらって行かれたネネムの妹のマミミのことが、一寸《ちょっと》も頭から離れなかった為《ため》です。

そこでネネムは、ある日、テーブルの上の鈴《リン》をチチンと鳴らして、部下の検事を一人、呼びました。

「一寸君にたずねたいことがあるのだが。」

「何でございますか。」

「膝《ひざ》やかかとの骨の、まだ堅《かた》まらない小さな女の子をつかう商売は、一体どんな商売だろう。」

検事はしばらく考えてから答えました。

「それはばけもの奇術《きじゅつ》でございましょう。ばけもの奇術師が、よく十二三位までの女の子を、変身術だと申して、ええこんどは犬の形、ええ今度は兎《うさぎ》の形などと、ばけものをしんこ細工「でんぷん粉をこねてつくる人形」のように延ばしたり円《まる》めたり、耳を附《つ》けたり又《また》とったり致《いた》すのをよく見受けます。」

「そうか。そして、そんなやつらは一体世界中に何人位あるのかな。」

「左様《さよう》。一昨年の調べでは、奇術を職業にしますものは、五十九人となって居《お》りますが、只今《ただいま》は大分減ったかと存ぜられます。」

「そうか。どうもそんなしんこ細工のようなことをするというのは、この世界がまだなめくじでできていたころの遺風だ。一寸視察に出よう。事によると禁止をしなければなるまい。」

そこでネネムは、部下の検事を随《したが》えて、今日もまちへ出ました。そして検事の案内で、まっすぐに奇術大一座のある処《ところ》に参りました。奇術は今や丁度《ちょうど》まっ最中です。

ネネムは、検事と一緒《いっしょ》に中へはいりました。楽隊が盛《さか》んにやっています。ギラギラする鋼《はがね》の小手《こて》だけつけた青と白との二人のばけものが、電気決闘《けっとう》というものをやっているのでした。剣《けん》がカチャンカチャンと云うたびに、青い火花が、まるで箒《ほうき》のように剣から出て、二人の顔を物凄《ものすご》く照らし、見物のものはみんなはらはらしていました。

「仲々勇壮《なかなかゆうそう》だね。」とネネムは云いました。

そのうちにとうとう、一人はバアと音がして肩《かた》から胸から腰《こし》へかけてすっぽりと斬《き》られて、からだがまっ二つに分れ、バランチャンと床《ゆか》に倒《たお》れてしまいました。

斬った方は肩を怒《いか》らせて、三べん刀を高くふり廻《まわ》し、紫色《むらさきいろ》の烈《はげ》しい火花を揚《あ》げて、楽屋へはいって行きました。

すると倒れた方のまっ二つになったからだがバタッと又一つになって、見る見る傷口がすっかりくっつき、ゲラゲラゲラッと笑って起きあがりました。そして頭をほんのすこし下げてお辞儀《じぎ》をして、

「まだ傷口がよくくっつきませんから、粗末《そまつ》なおじぎでごめんなさい。」と云いながら、又ゲラゲラゲラッと笑って、これも楽屋へはいって行きました。

ボロン、ボロン、ボロロン、とどらが鳴りました。一つの白いきれを掛《か》けた卓子《テーブル》と、椅子《いす》と

が持ち出されました。眼のまわりをまっ黒に塗《ぬ》った若いばけものが、わざと少し口を尖《とが》らして、テーブルに座《すわ》りました。白い前掛《まえかけ》をかけたばけものの給仕が、さしわたし四尺ばかりあるまっ白の皿《さら》を、恭々《うやうや》しく持って来て卓子の上に置きました。

「フォーク！」と椅子にかけた若ばけものがテーブルを叩《たた》きつけてどなりました。

「へい。これはとんだ無調法を致しました。ただ今、すぐ持って参ります。」と云いながら、その給仕は二尺ばかりあるホークを持って参りました。

「ナイフ！」と又《また》若ばけものはテーブルを叩いてどなりました。

「へい。これはとんだ無調法を致しました。ただ今、すぐ持って参ります。」と云いながらその給仕は、幕のうしろにはいって行って、長さ二尺ばかりあるナイフを持って参りました。ところがそのナイフをテーブルの上に置きますと、すぐ刃がくにゃんとまがってしまいました。

「だめだ、こんなもの。」とその椅子にかけたばけものは、ナイフを床《ゆか》に投げつけました。

ナイフはひらひらと床に落ちて、パッと赤い火に燃えあがって消えてしまいました。

「へい。これは無調法致しました。ただ今のはナイフの広告でございました。本物のいいのを持って参ります。」と云いながら給仕は引っ込《こ》んで行きました。

するとどうもネネムも検事もだれもかれもみんな愕《おどろ》いてしまったことは、いつの間にか、どうして出て来たのか、すてきに大きな青いばけものがテーブルに置かれた皿の上に、あぐらをかいて、椅子に座ったばけものを見おろしてすまし込んでいるのでした。青いばけものは、しずかにみんなの方を向きました。眼のまわりがまっ赤です。俄《にわ》かに見物がどっと叫《さけ》びました。

「テン・テンテンテン・テジマア！　うまいぞ。」

「ほう、素敵《すてき》だぞ。テジマア！」

テジマアと呼ばれた皿の上の大きなばけものは、顔をしずかに又廻《まわ》して、椅子に座ったわかばけものの方を向きました。そして二人はまるで二匹の獅子《しし》のように、じっとにらみ合いました。

見物はもうみんな総立ちです。

「テジマア！　負けるな。しっかりやれ。」

「しっかりやれ。テジマア！　負けると食われるぞ。」こんなような大さわぎのあとで、こんどはひっそりとなりました。そのうちに椅子に座った若ばけものは眼《め》が痛くなったらしく、とうとうまばたきを一つやりました。皿の上のテジマアはじりじりと顔をそっちへ寄せて行きます。若ばけものは又五つばかりつづけてまばたきをして、とうとうたまらなくなったと見えて、両手で眼を覆《おお》いました。皿の上のテジマアは落ちついてにゅうと顔を差し出しました。若ばけものは、がたりと椅子から落ちました。テジマアはすっくりと皿の上に立ちあがって、それからひらりと皿をはね下りて、自分が椅子にどっかり座りそれから床の上に倒れている若ばけものを、雑作《ぞうさ》もなく皿の上につまみ上げました。

その時給仕が、たしかに金《かね》でできたらしいナイフを持って来て、テーブルの上に置きました。テジマアは一寸《ちょっと》うなずいて、ポッケットから財布《さいふ》を出し、半紙判の紙幣《しへい》を一枚引っぱり出して給仕にそれを握《にぎ》らせました。

「今度の旦那《だんな》は気前が実にいいなあ。」とつぶやきながら、ばけもの給仕は幕の中にはいって行きました。そこでテジマアは、ナイフをとり上げて皿の上のばけものを、もにゃもにゃもにゃっと切って、ホークに刺《さ》して、むにゃむにゃむにゃっと喰《く》ってしまいました。

その時「バア」と声がして、その食われた筈《はず》の若ばけものが、床《ゆか》の下から躍《おど》りだしました。

「君よくたっしゃで居て呉《く》れたね。」と云《い》いながら、テジマアはそのわかばけものの手を取って、五六ぺんぶらぶら振《ふ》りました。

「テジマア、テジマア！」

「うまいぞ、テジマア！」みんなはどっとはやしました。

舞台《ぶたい》の上の二人は、手を握ったまま、ふいっとおじぎをして、それから、「バラコック、バララゲ、ボラン、ボラン、ボラン」と変な歌を高く歌いながら、幕の中に引っ込んで行きました。

ボロン、ボロン、ボロロンと、どらが又鳴りました。

舞台が月光のようにさっと青くなりました。それからだんだんのんびりしたいかにも春らしい桃色《ももいろ》に変りました。

まっ黒な着物を着たばけものが右左から十人ばかり大きなシャベルを持ったりきらきらするフォークをかついだりして出て来て

「おキレの角《つの》はカンカンカンカン
　ばけもの麦はベランベランベラン
　ひばり、チッチクチッチクチー
　フォークのひかりはサンサンサン。」
とばけもの世界の農業の歌を歌いながら畑を耕したり種子《たね》を蒔《ま》いたりするようなまねをはじめました。たちまち床からベランベランベランと大きな緑色のばけもの麦の木が生《は》え出して見る間に立派な茶色の穂《ほ》を出し小さな白い花をつけました。舞台は燃えるように赤く光りました。
「おキレの角はケンケンケンケン
　ばけもの麦はザランザララ
　とんびトーロロトーロロトー、
　鎌《かま》のひかりは　シンシンシンシン。」
とみんなは足踏《あしぶみ》をして歌いました。たちまち穂は立派な実になって頭をずうっと垂れました。黒いきもののばけものどもはいつの間にか大きな鎌を持っていてそれをサクサク刈《か》りはじめました。歌いながら踊《おど》りながら刈りました。見る見る麦の束《たば》は山のように舞台のまん中に積みあげられました。
「おキレの角はクンクンクンクン
　ばけもの麦はザック、ザック、ザ、

からすカーララ、カーララ、カー、
唐箕《とうみ》のうなりはフウララフウ。」

「おキレの角《つの》は」以下の3回の挿入歌は賢治作品によくあるオペレッタ、ミュージカル仕立てだ。この歌はみな4行で、1行目は「おキレの角はカンカン」「ケンケンケン」「クンクンクン」と太陽の光のようす、2行目は麦が実っているようす、3行目はヒバリやトンビなど田畑の鳥の鳴き声、4行目は農具の音が賢治独特のオノマトペ（擬音・擬態語）で書かれている。

みんなはいつの間にか棒を持っていました。そして麦束はポンポン叩《たた》かれたと思うと、もうみんな粒《つぶ》が落ちていました。麦稈《むぎから》は青いほのおをあげてめらめらと燃え、あとには黄色な麦粒の小山が残りました。みんなはいつの間にかそれを摺臼《すりうす》にかけていました。大きな唐箕《とうみ》がもう据《す》えつけられてフウフウフウと廻っていました。

麦の脱穀が舞台で演じられている。「麦稈《むぎから》は青いほのおをあげてめらめらと燃え」は穂から麦粒がとれた麦藁が消滅していく。賢治独特の表現だ。摺臼《すりうす》、唐箕《とうみ》は昔の農具である。

舞台《ぶたい》が俄《にわ》かにすきとおるような黄金色《きんいろ》になりました。立派なひまわりの花がうしろの方にぞろりとならんで光っています。それから青や紺《こん》や黄やいろいろの色硝子《いろガラス》でこしらえた羽虫が波になったり渦巻《うずまき》になったりきらきらきらきら飛びめぐりました。

うしろのまっ黒なびろうどの幕が両方にさっと開いて顔の紺色な髪《かみ》の火のようなきれいな女の子がまっ白なひらひらしたきものに宝石を一杯《いっぱい》につけてまるで青や黄色のほのおのように踊《おど》って飛び出しました。見物はもうみんなきちがい鯨《くじら》のような声で

「ケテン！　ケテン！」とどなりました。

女の子は笑ってうなずいてみんなに挨拶《あいさつ》を返しながら舞台の前の方へ出て来ました。

黒いばけものはみんなで麦の粒をつかみました。

女の子も五六つぶそれをつまんでみんなの方に投げました。それが落ちて来たときはみんなまっ白な真珠《しんじゅ》に変っていました。

「さあ、投げ。」と云いながら十人の黒いばけものがみな真似《まね》をして投げました。バラバラバラバラ真珠の雨は見物の頭に落ちて来ました。

女の子は笑って何かかすかに呪《まじな》いのような歌をやりながらみんなを指図しています。

ペンネンネンネンネン・ネネムはその女の子の顔をじっと見ました。たしかにたしかにそれこそは妹のペンネンネンネンネン・マミミだったのです。ネネムはとうとう堪《こら》え兼ねて高く叫《さけ》びました。

「マミミ。マミミ。おれだよ。ネネムだよ。」

女の子はぎょっとしたようにネネムの方を見ました。それから何か叫んだようでしたが声がかすれてこっちまで届きませんでした。ネネムは又《また》叫びました。

「おれだ。ネネムだ。」

マミミはまるで頭から足から火がついたようにはねあがって舞台から飛び下りようとしましたら、黒い助手のばけものどもが麦をなげるのをやめてばらばら走って来てしっかりと押《お》さえました。

「マミミ。おれだ。ネネムだよ。」ネネムは舞台へはねあがりました。

幕のうしろからさっきのテジマアが黄色なゆるいガウンのようなものを着ていかにも落ち着いて出て参りました。

「さわがしいな。どうしたんだ。はてな。このお方《かた》はどうして舞台へおあがりになったのかな。」

ネネムはその顔をじっと見ました。それこそはあの飢饉《ききん》の年マミミをさらった黒い男でした。

「黙《だま》れ。忘れたか。おれはあの飢饉の年の森の中の子供だぞ。そしておれは今は世界裁判長だぞ。」

「それは大へんよろしい。それだからわしもあの時男の子は強いし大丈夫《だいじょうぶ》だと云《い》ったのだ。女の子の方は見ろ。この位立派になっている。もうスタアと云うものになってるぞ。お前も裁判長ならよく裁判して礼をよこせ。」

「しかしお前は何故《なぜ》なぜしんこ細工を興業するか。」

「いや。いやいややや。それは実に野蛮《やばん》の遺風だな。この世界がまだなめくじでできていたころの遺風だ。」

「すると御前の処《ところ》じゃしんこ細工の興業はやらんな。」

「勿論《もちろん》さ。おれのとこのはみんな美学にかなっている。」

「いや。お前は偉《えら》い。それではマミミを返して呉《く》れ。」

「いいとも。連れて行きなさい。けれども本人が望みならまた寄越《よこ》して呉れ。」

「うん。」

どうです。とうとうこんな変なことになりました。これというのもテジマアのばけもの格が高いからです。

とにかくそこでペンネンネンネンネン・ネネムはすっかり安心しました。


飢饉のときに妹のマミミを誘拐していった男は、サーカス劇団の団長テジマアだった。おかしな言い訳にネネムはもテジマアのなかなかの人格者（ばけもの格者）だ安心した。なにもかもうまくいったのだが、そこに落とし穴がある。

五、ペンネンネンネンネン・ネネムの出現

ペンネンネンネンネン・ネネムは独立もしましたし、立身もしましたし、巡視《じゅんし》もしましたし、すっ

かり安心もしましたから、だんだんからだも肥《ふと》り声も大へん重くなりました。

大抵《たいてい》の裁判はネネムが出て行って、どしりと椅子《いす》にすわって物を云おうと一寸唇《ちょっとくちびる》をうごかしますと、もうちゃんときまってしまうのでした。

さて、ある日曜日、ペンネンネンネンネン・ネネムは三十人の部下をつれて、銀色の袍《ほう》［上着］をひるがえしながら丘《おか》へ行きました。

クラレという百合《ゆり》のような花が、まっ白にまぶしく光って、丘にもはざまにもいちめん咲《さ》いて居《お》りました。ネネムは草に座って、つくづくとまっ青な空《さお》を見あげました。

部下の判事や検事たちが、その両側からぐるっと環《わ》になってならびました。

「どうだい。いい天気じゃないか。

ここへ来て見るとわれわれの世界もずいぶんしずかだね。」ネネムが云いました。

みんなの影法師《かげぼうし》が草にまっ黒に落ちました。

「ちかごろは噴火《ふんか》もありませんし、地震《じしん》もありませんし、どうも空は青い一方ですな。」

判事たちの中で一番位の高いまっ赤な、ばけものが云いました。

「そうだね全くそうだ。しかし昨日サンムトリが大分鳴ったそうじゃないか。」

「ええ新報に出て居《お》りました。サンムトリというのはあれですか。」

二番目にえらい判事が向うの青く光る三角な山を指しました。

「うん。そうさ。僕《ぼく》の計算によると、どうしても近いうちに噴《ふ》き出さないといかんのだがな。何せ、サンムトリの底の瓦斯《ガス》の圧力が九十億気圧以上になってるんだ。それにサンムトリの一番弱い所は、八十億気圧にしか耐《た》えない筈《はず》なんだ。それに噴火をやらんというのはおかしいじゃないか。僕《ぼく》の計算にまちがいがあるとはどうもそう思えんね。」

「ええ。」

上席判事やみんなが一緒《いっしょ》にうなずきました。その時向うのサンムトリの青い光がぐらぐらっとゆれました。それからよこの方へ少しまがったように見えましたが、忽《たちま》ち山が水瓜《すいか》を割ったようにまっ二つに開き、黄色や褐色《かっしょく》の煙《けむり》がぷうっと高く高く噴《ふ》きあげました。

それから黄金色《きんいろ》の熔岩《ようがん》がきらきらきらと流れ出して見る間にずっと扇形《おうぎがた》にひろがりました。見ていたものは

「ああやったやった。」

とそっちに手を延して高く叫《さけ》びました。

「やったやった。とうとう噴いた。」

とペンネンネンネン・ネネムはけだかい紺青色《こんじょういろ》にかがやいてしずかに云《い》いました。

その時はじめて地面がぐらぐらぐら、波のようにゆれ

「ガーン、ドロドロドロドロドロ、ノンノンノンノン。」と耳もやぶれるばかりの音がやって来ました。それから風がどうっと吹《ふ》いて行って忽《たちま》ちサンムトリの煙は向うの方へ曲り空はますます青くクラレの花はさんさんとかがやきました。上席判事が云いました。

「裁判長はどうも実に偉《えら》い。今や地殻《ちかく》までが裁判長の神聖な裁断に服するのだ。」

二番目の判事が云いました。

「実にペンネンネンネンネン・ネネム裁判長は超怪《ちょうかい》〔超人〕である。私はニイチャの哲学〔ニーチェの超人への哲学〕が恐《おそ》らくは裁判長から暗示を受けているものであることを主張する。」

みんなが一度に叫さけびました。

「ブラボオ、ネネム裁判長。ブラボオ、ネネム裁判長。」

ネネムはしずかに笑って居《お》りました。その得意な顔はまるで青空よりもかがやき、上等の瑠璃《るり》よりも冴《さ》えました。そればかりでなく、みんなのブラボオの声は高く天地にひびき、地殻がノンノンノンノンとゆれ、やがてその波がサンムトリに届いたころ、サンムトリがその影響えいきょうを受けて火柱高く第二の爆発《ばくはつ》をやりました。

「ガーン、ドロドロドロドロ、ノンノンノンノン。」

それから風がどうっと吹いて行って、火山弾や熱い灰やすべてあぶないものがこの立派なネネムの方に落ちて来ないように山の向うの方へ追い払《はら》ったのでした。ネネムはこの時は正によろこびの絶頂でした。とうとう立ちあがって高く歌いました。

「おれは昔は森の中の昆布《こんぶ》取り、
その昆布網《あみ》が空にひろがったとき
風の中のふかやさめがつきあたり

おれの手がぐらぐらとゆれたのだ。
おれはフウフィーヴオ博士《はかせ》の弟子でし
博士はおれの出した筆記帳を
あくびと一しょにスポリと呑《の》みこんだ。
それから博士は窓から飛んで出た。

おれはむかし奇術師《きじゅつし》のテジマアに
おれの妹をさらわれていた。
その奇術師のテジマアのところで
おれの妹はスタアになっていた。

いまではおれは勲章《くんしょう》が百ダアス
藁《わら》のオムレツもうたべあきた。
おれの裁断には地殻《ちかく》も服する
サンムトリさえ西瓜《すいか》のように割れたのだ。」

さあ三十人の部下の判事と検事はすっかりつり込《こ》まれて一緒《いっしょ》に立ち上がって、
「ブラボオ、ペンネンネンネン・ネネム
ブラボオ、ペンペンペンペン・ペネム。」
と叫《さけ》びながら踊《おど》りはじめました。
「フィーガロ、フィガロト、フィガロット。」
クラレの花がきらきら光り、クラレの茎《くき》がパチンパチンと折れ、みんなの影法師《かげぼうし》はまるで戦《いくさ》のように乱れて動きました。向うではサンムトリが第三回の爆発《ばくはつ》をやっています。
「ガアン、ドロドロドロドロ、ノンノンノンノン。」
黄金《きん》の熔岩《ようがん》、まっ黒なけむり。
「フィーガロ、フィガロト、フィガロット。
ペンネンネンネン・ネネム裁判長
その威《い》オキレの金角とならび
まひるクラレの花の丘《おか》に立ち
遠い青びかりのサンムトリに命令する。
青びかりの三角のサンムトリが
たちまち火柱を空にささげる。

風が来てクラレの花がひかり
ペンネンネンネンネン・ネネムは高く笑う。
　ブラボオ。ペンネンネンネンネン・ネネム
　ブラボオ、ペンペンペンペンペン・ペネム。」
その時サンムトリが丁度《ちょうど》第四回の爆発をやりました。
「ガアン、ドロドロドロドロ、ノンノンノンノンノン。」
ネネムをはじめばけものの検事も判事もみんな夢中《むちゅう》になって歌ってはねて踊《おど》りました。
「フィーガロ、フィガロト、フィガロット。
風が青ぞらを吼《ほ》えて行けば
そのなごりが地面に下って
クラレの花がさんさんと光り
おれたちの袍《ほう》はひるがえる。
さっきかけて行った風が
いまサンムトリに届いたのだ。
そのまっ黒なけむりの柱が
向うの方に倒《たお》れて行く。
フィーガロ、フィガロト、フィガロット。

ブラボオ、ペンネンネンネンネン・ネネム
ブラボオ、ペンペンペンペンペン・ペネム。

おれたちの叫《さけ》び声は地面をゆすり
その波は一分に二十五ノット
サンムトリの熱い岩漿《がんしょう》［マグマ］にとどいて
とうとう一度爆発《ばくはつ》をやった。

フィーガロ、フィガロト、フィガロット。

フィーガロ、フィガロト、フィガロット。」

ネネムは踊ってあばれてどなって笑ってはせまわりました。

その時どうしたはずみか、足が少し悪い方へそれました。

悪い方というのはクラレの花の咲《さ》いたばけもの世界の野原の一寸《ちょっと》うしろのあたり、うしろと言うよりは少し前の方でそれは人間の世界なのでした。

「あっ。裁判長がしくじった。」

と誰《たれ》かがけたたましく叫んでいるようでしたが、ネネムはもう頭がカアンと鳴ったまままっ黒なガツガツした岩の上に立っていました。

すぐ前には本当に夢のような細い細い路《みち》が灰色の苔《こけ》の中をふらふらと通っているのでした。そらがまっ白でずうっと高く、うしろの方はけわしい坂で、それも間もなくいちめんのまっ白な雲の中に消えていました。

どこにたった今歌っていたあのばけもの世界のクラレの花の咲いた野原があったでしょう。実にそれはネパールの国からチベットへ入る峠《とうげ》の頂だったのです。

ネネムのすぐ前に三本の竿《さお》が立ってその上に細長い紐《ひも》のようなぼろ切れが沢山たくさん結び付けられ、風にパタパタパタパタパタ鳴っていました。

ネネムはそれを見て思わずぞっとしました。

それこそはたびたび聞いた西蔵《チベット》の魔除《まよ》けの幡《はた》なのでした。ネネムは逃《に》げ出しました。まっ黒なけわしい岩の峯《みね》の上をどこまでもどこまでも逃《に》げました。

ところがすぐ向うから二人の巡礼《じゅんれい》が細い声で歌を歌いながらやって参ります。ネネムはあわててバタバタバタバタバタもがきました。何とかして早くばけもの世界に戻《もど》ろうとしたのです。

巡礼《じゅんれい》たちは早くもネネムを見つけました。そしてびっくりして地にひれふして何だかわけのからない呪文《じゅもん》をとなえ出しました。

ネネムはまるでからだがしびれて来ました。そしてだんだん気が遠くなってとうとうガーンと気絶してしまいました。

ガーン。

それからしばらくたってネネムはすぐ耳のところで

「裁判長。裁判長。しっかりなさい、裁判長。」という声を聞きました。おどろいて眼《め》を明いて見るとそこはさっきのクラレの野原でした。

三十人の部下たちがまわりに集まって実に心配そうにしています。

「ああ僕《ぼく》はどうしたんだろう。」

「只今《ただいま》空から落ちておいでございました。ご気分はいかがですか。」

上席判事が尋《たず》ねました。

「ああ、ありがとう。もうどうもない。しかしとうとう僕は出現してしまった。

僕は今日は自分を裁判しなければならない。

ああ僕は辞職しよう。それからあしたから百日、ばけものの大学校の掃除《そうじ》をしよう。ああ、何もかにもおしまいだ。」

ネネムは思わず泣きました。三十人の部下も一緒《いっしょ》に大声で泣きました。その声はノンノンノンノンと地面に波をたて、それが向うのサンムトリに届いたころサンムトリが赤い火柱をあげて第五回の爆発《ばくはつ》をやりました。

「ガアン、ドロドロドロドロドロ。」

風がどっと吹いて折れたクラレの花がプルプルとゆれました。〔以下原稿なし〕

賢治の時代にはスウェーデンの探検家ヘディンや日本の大谷探検隊によって西域やチベットのようす

が知られるようになっていた。賢治も「雁の童子」「マグノリアの木」など、西域ものとよばれる一群の作品を書いている。ここではネネムが落ちた「ネパールの国からチベットへ入る峠《とうげ》の頂」に「三本の竿《さお》が立ってその上に細長い紐《ひも》のようなぼろ切れが沢山たくさん結び付けられ、風にパタパタパタパタ鳴っていました」というのは、巡礼路の峠などに綱を張って経文や仏画を書いたタルチョという布を万国旗みたいにつけたものが風に吹かれているのである。

ネネムは人間の巡礼者たちの魔除《まよ》けのまじないに跳ね返されたのか、元のばけもの世界に戻された。ばけもの世界に上から落ちてきたのだから、それは人間界の下にあるらしい。

さて、これからどうなるのかは、原稿がないので読者の想像におまかせである。

第3章

人間たちの話

毒もみのすきな署長さん～悪人の英雄伝説～

とっこべとら子～狐に化かされた話～

よく利く薬とえらい薬～孝行息子と贋金づくり～

北守将軍と三人兄弟の医者～北方守備軍ソンバーユー将軍の帰還～

毒もみのすきな署長さん～悪人の英雄伝説～

毒もみは海や川に毒を流して魚を麻痺させてとる漁法で、「毒流し」ともいう。現在は禁止されているが、昔は全国でおこなわれた。毒には山椒が使われることが多い。その方法は物語のなかに記されている。題にある「署長」は警察署長で、毒もみを取り締まる立場なのだが……。

四つのつめたい谷川が、カラコン山の氷河から出て、ごうごう白い泡《あわ》をはいて、プハラの国にはいるのでした。四つの川はプハラの町で集って一つの大きなしずかな川になりました。その川はふだんは水もすきとおり、淵《ふち》には雲や樹《き》の影《かげ》もうつるのでしたが、一ぺん洪水《こうずい》になると、幅十《じっ》町《ちょう》もある楊《やなぎ》の生えた広い河原が、恐《おそ》ろしく咆《ほ》える水で、いっぱいになってしまったのです。けれども水が退《ひ》きますと、もとのきれいな、白い河原があらわれました。その河原のところどころには、蘆《あし》やがまなどの岸に生えた、ほそ長い沼《ぬま》のようなものがありました。

それは昔《むかし》の川の流れたあとで、洪水のたびにいくらか形も変わるのでしたが、すっかり無くなるということもありませんでした。その中には魚がたくさん居《お》りました。殊《こと》にどじょうとなまずがたくさん居りました。けれどもプハラのひとたちは、どじょうやなまずは、みんなばかにして食べませんでしたから、それはいよいよ増えました。

なまずのつぎに多いのはやっぱり鯉《こい》と鮒《ふな》でした。それからはやも居りました。ある年などは、そこに恐ろしい大きなちょうざめが、海から遁《に》げて入って来たという、評判などもありました。けれども大人《おとな》や賢《かしこ》い子供らは、みんな本当にしないで、笑っていました。第一それを云《い》いだしたのは、剃刀《かみそり》を二梃《ちょう》しかもっていない、下手《へた》な床屋《とこや》のリチキで、すこしもあてにならないのでした。けれどもあんまり小さい子供らは、毎日ちょうざめを見ようとして、そこへ出かけて行きました。いくらまじめに眺《なが》めていても、そんな巨《おお》きなちょうざめは、泳ぎも浮《う》かびもしませんでしたから、しまいには、リチキは大へん軽《けい》べつされました。

さてこの国の第一条の

「火薬を使って鳥をとってはなりません、

毒《どく》もみをして魚をとってはなりません。」

というその毒もみというのは、何かと云《い》いますと床屋のリチキはこう云う風《ふう》に教えます。山椒《さんしょう》の皮を春の午《うま》の日の暗夜《やみよ》に剥《む》いて土用を二回かけて乾《かわ》かしうすでよくつく、その目方一貫《かん》匁《め》を天気のいい日にもみじの木を焼いてこしらえた木灰七百匁《もんめ》とまぜる、それを袋《ふくろ》に入れて水の中へ手でもみ出すことです。

そうすると、魚はみんな毒をのんで、口をあぶあぶやりながら、白い腹を上にして浮かびあがるのです。そんなふうにして、水の中で死ぬことは、この国の語《ことば》ではエップカップと云いました。これはずいぶんいい語です。

毒もみの毒の作り方は、厳密だ。春の午《うま》の日の暗夜に山椒の皮を剥《む》いて土用を二回かけて乾《かわ》かすというのは、暦の土用《どよう》は1回が18日間なので36日くらい乾かすの意だろうか。下手な床屋《とこや》のリチキが言うことだから当てにならないのだが、ともかく、乾燥させた山椒の皮と木灰を混ぜたものを袋に入れ、川の水の中で揉《も》み出せば、魚たちが小気味よくエップカップになって浮かび上がるのである。

とにかくこの毒もみをするものを押《お》さえるということは警察のいちばん大事な仕事でした。

ある夏、この町の警察へ、新しい署長さんが来ました。

この人は、どこか河獺《かわうそ》に似ていました。赤ひげがぴんとはねて、歯はみんな銀の入歯でした。署長さんは立派な金モールのついた、長い赤いマントを着て、毎日ていねいに町をみまわりました。

驢馬《ろば》が頭を下げてると荷物があんまり重過《おもす》ぎないかと驢馬追いにたずねましたし家の中で赤《あか》ん坊《ぼう》があんまり泣いていると疱瘡《ほうそう》の呪《まじな》いを早くしないといけないとお母さんに教えました。

この新任の警察署長は職務にたいへん熱心なのだが、何の因果か、川で魚をとるカワウソ（イタチ科

の肉食動物）に顔が似ているところに破綻の予兆がある。

ところがそのころどうも規則の第一条を用いないものができてきました。あの河原のあちこちの大きな水たまりからいっこう魚が釣《つ》れなくなって時々は死んで腐《くさ》ったものも浮《う》いていました。また春の午《うま》の日の夜の間に町の中にたくさんある山椒《さんしょう》の木がたびたびつるりと皮を剥《む》かれて居《お》りました。けれども署長さんも巡査《じゅんさ》もそんなことがあるかなあというふうでした。

ところがある朝手習《てならい》［習字］の先生のうちの前の草原で二人の子供がみんなに囲まれて交《かわ》る交《がわ》る話していました。

「署長さんにうんと叱《しか》られたぞ」

「署長さんに叱られたかい。」少し大きなこどもがききました。

「叱られたよ。署長さんの居るのを知らないで石をなげたんだよ。するとあの沼《ぬま》の岸に署長さんが誰《たれ》か三四人とかくれて毒《どく》もみをするものを押《お》さえようとしていたんだ。」

「なんと云《い》って叱られた。」

「誰だ。石を投げるものは。おれたちは第一条の犯人を押さえようと思って一日ここに居るんだぞ。早く黙《だま》って帰れ。って云った。」

「じゃきっと間もなくつかまるねえ。」

ところがそれから半年ばかりたちますとまたこどもらが大さわぎです。

「そいつはもうたしかなんだよ。僕《ぼく》の証拠《しょうこ》というのはね、ゆうべお月さまの出るころ、署長さんが黒い衣だけ着て、頭巾《ずきん》をかぶってね、変な人と話してたんだよ。ね、そら、あの鉄砲打ち《てっぽうう》〔猟師〕の小さな変な人ね、そしてね、『おい、こんどはも少しよく、粉にして来なくちゃいかんぞ。』なんて云ってるだろう。それから鉄砲打ちが何か云ったら、『なんだ、柏《かしわ》の木の皮もまぜて置いた癖《くせ》に、一俵《ぴょう》二両《テール》だなんて、あんまり無法なことを云うな。』なんて云ってるだろう。きっと山椒の皮の粉のことだよ。」

するとも一人が叫《さけ》びました。

「あっ、そうだ。あのね、署長さんがね、僕のうちから、灰を二俵買ったよ。僕、持って行ったんだ。ね、そら、山椒の粉へまぜるのだろう。」

「そうだ。そうだ。きっとそうだ。」みんなは手を叩《たた》いたり、こぶしを握《にぎ》ったりしました。

床屋《とこや》のリチキは、商売がはやらないで、ひまなもんですから、あとでこの話をきいて、すぐ勘《かん》定《じょう》しました。

毒もみ収支計算

費用の部

一、金　二両　山椒皮　一俵

一、金　三十銭《メース》　灰　一俵

計　二両三十銭也《なり》

収入の部
一、金　十三両《テール》　鰻《うなぎ》　十三斤《きん》
一、金　十両　その他見積《みつも》り
計　二十三両也《なり》
差引勘定《かんじょう》
二十両七十銭《メース》　署長利益

あんまりこんな話がさかんになって、とうとう小さな子供らまでが、巡査《じゅんさ》を見ると、わざと遠くへ遁《に》げて行って、

「毒《どく》もみ巡査、
なまずはよこせ。」

なんて、力いっぱいからだまで曲げて叫《さけ》んだりするもんですから、これではとてもいかんというので、プハラの町長さんも仕方なく、家来《けらい》を六人連れて警察に行って、署長さんに会いました。

二人が一緒《いっしょ》に応接室の椅子《いす》にこしかけたとき、署長さんの黄金《きん》いろの眼《め》は、どこかずうっと遠くの方を見ていました。

「署長さん、ご存じでしょうか、近頃《ちかごろ》、林野取締法《りんやとりしまりほう》の第一条をやぶるものが大変あるそうですが、どうしたのでしょう。」

「はあ、そんなことがありますかな。」

「どうもあるそうですよ。わたしの家の山椒《さんしょう》の皮もはがれましたし、それに魚が、たびたび死んでうかびあがるというではありませんか。」

　すると署長さんがなんだか変にわらいました。けれどもそれも気のせいかしらと、町長さんは思いました。

「はあ、そんな評判がありますかな。」

「ありますとも。どうもそしてその、子供らが、あなたのしわざだと云《い》いますが、困ったもんですな。」

　署長さんは椅子から飛びあがりました。

「そいつは大へんだ。僕《ぼく》の名誉《めいよ》にも関係します。早速《さっそく》犯人をつかまえます。」

「何かおてがかりがありますか。」

「さあ、そうそう、ありますとも。ちゃんと証拠《しょうこ》があがっています。」

「もうおわかりですか。」

「よくわかってます。実は毒もみは私ですがね。」

　署長さんは町長さんの前へ顔をつき出してこの顔を見ろというようにしました。

　町長さんも愕《おどろ》きました。

「あなた？　やっぱりそうでしたか。」

「そうです。」

「そんならもうたしかですね。」

「たしかですとも。」

署長さんは落ち着いて、卓子《テーブル》の上の鐘《かね》を一つカーンと叩《たた》いて、赤ひげのもじゃもじゃ生えた、第一等の探偵《たんてい》を呼びました。

さて署長さんは縄《しば》られて、裁判にかかり死刑ということにきまりました。いよいよ巨《おお》きな曲った刀《かたな》で、首を落されるとき、署長さんは笑って云《い》いました。

「ああ、面白《おもしろ》かった。おれはもう、毒《どく》もみのこととときたら、全く夢中《むちゅう》なんだ。いよいよこんどは、地獄《じごく》で毒もみをやるかな。」

みんなはすっかり感服しました。

この職務至誠の警察署長は、自分が犯人であることより、犯人を逮捕できずにいることを「僕の名誉にも関係します」と考えたようだ。そこで、ただちに「実は毒もみは私ですがね」と白状した。それにしても、たかが毒もみで死刑とは、あきらかに量刑過重なのだが、署長はひとことも抗弁せず、「こんどは、地獄で毒もみをやるかな」と処刑された。その潔《いさぎよ》さに、みんなはすっかり感服したのだった。

これは大盗賊の石川五右衛門《いしかわごえもん》が辞世の句「石川や浜の真砂《まさご》は尽くるとも世に盗人《ぬすびと》の種は尽くまじ」と詠んで釜ゆでの刑に処されたという話に似ている。五右衛門のことは講談や芝居でよく演じられ、だれもが知っている悪人の英雄伝説であった。

とっこべとら子～狐に化かされた話～

「とっこべとら子」は狐の「とら」種族の一員らしい。この物語の話者である賢治は「名前がみんな「とら」という狐が、あちこちに住んでいた」という。なかなか繁昌した種族なのだ。民俗学者の柳田国男も大正9年に「おとら狐の話」という文を書いている（筑摩書房「定本柳田國男集」第32巻所収）。

柳田は、狐は「憑《つ》く狐」と「化かす狐」に大別されるという。そのほかに稲荷神の使いのような狐もある。「おとら狐」は巫女《ふじょ》の使いのような狐である。この物語の「とっこべとら子」は人を化かす狐だが、「子」の愛称がつくにもかかわらず、眼玉は火のようで口が耳まで裂けた恐ろしい白狐である。

おとら狐《ぎつね》のはなしは、どなたもよくご存じでしょう。おとら狐にも、いろいろあったのでしょうか、私の知っているのは、「とっこべ、とら子」というのです。「とっこべ」というのは名字《みょうじ》でしょうか。「とら」というのは名前ですかね。そうすると、名字がさまざまで、名前がみんな「とら」と云《い》う狐が、あちこちに住んでいたのでしょうか。

さて、むかし、とっこべとら子は大きな川の岸に住んでいて、夜、網打《あみう》ちに行った人から魚を盗《と》ったり、買物をして町から遅く帰る人から油揚《あぶらあ》げを取りかえしたり、実に始末におえないものだったそうです。

慾《よく》ふかのじいさんが、ある晩ひどく酔っぱらって、町から帰って来る途中《とちゅう》、その川岸を通りますと、ピカピカした金らんの上下《かみしも》の立派なさむらいに会いました。じいさんは、ていねいにおじぎをして行き過ぎようとしましたら、さむらいがピタリととまって、ちょっとそらを見上げて、それからあごを引いて、六平を呼び留《と》めました。秋の十五夜でした。

「あいや、しばらく待て。そちは何と申す。」

「へいへい。私は六平と申します。」

「六平とな。そちは金貸しを業《わざ》と致《いた》し居《お》るな。」

「へいへい。御意《ぎょい》の通りでございます。手元の金子《きんす》は、すべて、只今《ただいま》ご用立致して居《お》ります」

「いやいや、拙者《せっしゃ》が借りようと申すのではない。どうじゃ。金貸しは面白《おもしろ》かろう。」

「へい、御冗談《ごじょうだん》、へいへい。御意《ぎょい》の通りで。」

狐が侍《さむらい》に化けて出てくる。「じいさん」は欲深な金貸しで、名を六平という。狐の侍が「金貸しは面白かろう」と言うと、六平は「へい、御冗談、へいへい。御意の通りで」とへりくだった態度でどっちともとれることを言い、相手の出方をさぐる。用心深い金貸しだが、欲には目

がくらんでしまう。狐に化かされるのは必至のなりゆきだ。

「拙者に少しく不用の金子《きんす》がある。それに遠国《おんごく》に参る所じゃ。預かっておいて貰《もら》えまいか。尤《もっと》も拙者も数々敵を持つ身じゃ。万一途中相果《あいは》てたなれば、金子はそのままそちに遣《つか》わす。どうじゃ」

「へい。それはきっとお預かりいたしまするでございます。」

「左様《さよう》か。あいや。金子はこれにじゃ。そち自《みずか》ら蓋《ふた》を開いて一応改め呉《く》れい。エイヤ。はい。ヤッ。」

さむらいはふところから白いたすきを取り出して、たちまち十字にたすきをかけ、ごわりと袴《はかま》のもも立ちを取り［袴の裾《すそ》をまくりあげ］、とんとんとんと土手の方へ走りましたが、一寸《ちょっと》かがんで土手のかげから、千両ばこを一つ持って参りました。

ははあ、こいつはきっと泥棒《どろぼう》だ、そうでなければにせ金使い、しかし何でもかまわない、万一途中相果《あいは》てたなれば、金はごろりとこっちのものと、六平はひとりで考えて、それからほくほくするのを無理にかくして申しました。

「へい。へい。よろしゅうございます。御意《ぎょい》の通り一応お改めいたしますでございます。」

蓋を開くと中に小判が一ぱいつまり、月にぎらぎらかがやきました。

ハイ、ヤッとさむらいは千両一函《ばこ》を又《また》一つ持って参りました。六平は尤もらしく又あらためました。これも小判が一ぱいで月にぎらぎらです。ハイ、ヤッ、ハイヤッ、ハイヤッ。千両ばこはみなで十ほどそこに積まれました。

「どうじゃ。これだけをそち一人で持ち参れるのかの。尤もそちの持てるだけ預けることといたそうぞよ。」

どうもさむらいのことばが少し変でしたし、そしてたしかに変ですが、まあ六平にはそんなことはどうでもよかったのです。

「へい。へい。何の千両ばこの十やそこばこ、きっときっと持ち参るでござりましょう。」

「うむ。左様か。しからば。いざ。いざ、持ち参れい。」

「へいへい。ウントコショ、ウントコショ、ウウントコショ。ウウウントコショ。」

「豪儀《ごうぎ》じゃ、豪儀じゃ、そちは左程《さほど》になけれども、そちの身に添う慾心《よくしん》が実《げ》に大力《だいりき》じゃ。大力じゃのう。ほめ遣《つか》わす。ほめ遣わす。さらばしかと預けたぞよ。」

さむらいは銀扇《ぎんせん》をパッと開いて感服しましたが、六平は余りの重さに返事も何も出来ませんでした。

さむらいは扇《おうぎ》をかざして月に向かって、

「それ一芸あるものはすがたみにくし、」と何だか謡曲《ようきょく》のような変なものを低くうなりながら向こうへ歩いて行きました。

月夜の晩に出会った侍が土手の陰から千両箱を十箱ほども持ってきて「そちの持てるだけ預ける」と言う。どう考えても怪しい話なので、六平も「どうもさむらいのことばが少し変」だとは思ったけれど、

そこは欲が先に立つ六平である。みんな持って帰ることにした。あまりの重さによろけても、そんなことは欲の力で何でもない。

六平は十の千両ばこをよろよろしょって、もうお月さまが照ってるやら、路《みち》がどう曲ってどう上ってるやら、まるで夢中で自分の家までやってまいりました。そして荷物をどっかり庭におろして、おかしな声で外から怒鳴《どな》りました。

「開けろ開けろ。お帰りだ。大尽《だいじん》さまのお帰りだ。」

六平の娘が戸をガタッと開けて、

「あれまあ、父さん。そったに砂利《じゃり》しょって何しただす。」と叫びました。

六平もおどろいておろしたばかりの荷物を見ましたら、おやおや、それはどての普請《ふしん》の十の砂《じゃ》利俵《りだわら》でした。

六平はクウ、クウ、クウと鳴って、白い泡《あわ》をはいて気絶しました。それからもうひどい熱病になって、二か月の間というもの、

「とっこべとら子に、だまされだ。ああ欺《だま》されだ。」と叫んでいました。

みなさん。こんな話は一体ほんとうでしょうか。どうせ昔のことですから誰《たれ》もよくわかりませんが多分偽《たぶんうそ》ではないでしょうか。

どうしてって、私はその偽の方の話をも一つちゃんと知ってるんです。それはあんまりちかご

ろ起ったことでもうそれがうそなことは疑いもなにもありません。実はゆうべ起ったことなのです。

狐に団子をもらって食べたら馬の糞だった。こんな話はよくあることで、六平も同じ欺《だま》しに引っ掛かった。これは昔の話だが、じつは最近も最近、昨日の夜に村会議員の平右衛門《へいえもん》らが化かされた。それも嘘には違いないのだが……。

さあ、ご覧なさい。やはりあの大きな川の岸で、狐《きつね》の住んでいた処《ところ》から半町ばかり離れた所に平《へい》右衛《え》門《もん》と云う人の家があります。

平右衛門は今年の春、村会議員になりました。それですから今夜はそのお祝いで親類はみな呼ばれました。

もうみんな大よろこび、ワッハハ、アッハハ、よう、おらおととい町さ行ったら魚屋の店で章《た》魚《こ》といかとが立ちあがって喧嘩《けんか》した、ワッハハ、アッハハ、それはほんとか、それがらどうした、うん、かつおぶしが仲裁《ちゅうさい》に入った、ワッハハ、アッハハ、それからどうした、ウン、するとかつおぶしがウウィ、ころは元禄《げんろく》十四年んん、おいおい、それは何だい、うん、なにさ、かつおぶしだもふしばがり、ワッハハアッハハ、まあのめ、さあ一杯、なんて大さわぎでした。ところがその中に一人一向《いっこう》笑わない男がありました。それは小吉《こきち》という青い小さな意地悪の百姓でした。

「魚屋でタコとイカが喧嘩《けんか》してたぞ。かつおぶしが仲裁に入った」。「ころは元禄《げんろく》十四年んん」と義太夫節。平右衛門の春村会議員の当選祝いで大騒ぎだ。今では公職選挙法に抵触する接待だが、昔はよくあったことである。その浮かれた酒盛りで、ひとり怒っている者がいる。

小吉はさっきから怒ってばかりいたのです。(第一おら、下座《しもざ》だちゅうはずぁあんまい、ふん、お椀《わん》のふぢぁ欠げでる、油煙はばやばや、さがなの眼玉は白くてぎろぎろ、誰《だ》っても盃《さかずき》よごさない、えい糞面白《くそおもしろ》ぐもなぃ。)とうとう小吉がぷっと座を立ちました。

平右衛門が、

「待て、待て、小吉。もう一杯《ぱい》やれ、待てったら。」と云っていましたが小吉はぷいっと下駄《けた》をはいて表に出てしまいました。

空がよく晴れて十三日の月がその天辺《てっぺん》にかかりました。小吉が門を出ようとしてふと足もとを見ますと門の横の田の畔《くろ》に疫病除《やくびょうよ》けの「源の大将」が立っていました。

それは竹へ半紙を一枚はりつけて大きな顔を書いたものです。

その「源の大将」が青い月のあかりの中でこと更《さら》顔を横にまげ眼を瞋《いか》らせて小吉をにらんだように見えました。小吉も怒ってすぐそれを引っこ抜いて田の中に投げてしまおうとしましたが俄《にわ》かに何を考えたのかにやりと笑ってそれを路のまん中に立て直しました。

そして又ひとりでぷんぷんぷんぷん言いながら二つの低い丘を越えて自分の家に帰り、おみやげを待っていた子供を叱《しか》りつけてだまって床にもぐり込んでしまいました。

「源の大将」は源 頼朝《みなもとのよりとも》の叔父、源為朝《ためとも》（1139―1170?）だ。武勇の誉《ほま》れ高い源氏の武将で、疱瘡《ほうそう》の鬼を追い払ったという伝説があり、疫病《えきびょう》除《よ》けの武神として祀《まつ》られる。

この話の「源の大将」は半紙の武者絵を竹につけて田の畦に立てているもので、疫病だけでなく稲の虫除けのまじないでもあったのだろう。「青い小さな意地悪の百姓」である小吉は、祝いの席で自分はまともにあつかわれていないとひがんで、ぷんぷん怒った。帰り道でも腹いせに「源の大将」を引っこ抜いたのだが、さすがに気がひけて元に戻し、家に帰って、子どもにやつあたりし、ふて寝してしまったのだった。

丁度《ちょうど》その頃平右衛門の家ではもう酒盛《さかも》りが済《す》みましたので、お客様はみんなでご馳走《ちそう》の残りを藁《わら》のつと［苞《つと》＝藁をたばねた容れ物］に入れて、ぶらりぶらりと提《さ》げながら、三人ずつぶっつかったり、四人ずつぶっつかり合ったりして、門の処迄《ところまで》出て参りました。
縁側《えんがわ》に出てそれを見送った平右衛門は、みんなにわかれの挨拶《あいさつ》をしました。
「それではお気をつけて。おみやげをとっこべとらこに取られないようにアッハッハッハ。」
お客さまの中の一人がだらりと振り向いて返事しました。

「ハッハッハ。とっこべとらこだらおれの方で取って食ってやるべ。」

その語《ことば》がまだ終らないうちに、神出《しんしゅつ》鬼没《きぼつ》のとっこべとらこが、門の向こうの道のまん中にまっ白な毛をさか立てて、こっちをにらんで立ちました。

「わあ、出た出た。逃《に》げろ。逃げろ。」

もう大へんなさわぎです。みんな泥足《どろあし》でヘタヘタ座敷《ざしき》へ逃げ込みました。

平右衛門は手早くなげしから薙刀《なぎなた》をおろし、さやを払い物凄《ものすご》い抜身《ぬきみ》をふり廻《まわ》しましたので一人のお客さまはあぶなく赤いはなを切られようとしました。

平右衛門はひらりと縁側から飛び下りて、はだしで門前の白狐《びゃっこ》に向かって進みます。

みんなもこれに力を得てかさかさしたとき［関］の声をあげて景気をつけ、ぞろぞろ随《つ》いて行きました。

さて平右衛門もあまりと云えばありありとしたその白狐の姿を見ては怖《こわ》さが咽喉《のど》までこみあげましたが、みんなの手前もありますので、やっと一声切り込んで行きました。

たしかに手ごたえがあって、白いものは薙刀の下で、プルプル動いています。

「仕留《しと》めたぞ。仕留めたぞ。みんな来い。」と平右衛門は叫びました。

「さすがは畜生《ちくしょう》の悲しさ、もろいもんだ。」とみんなは悦《よろこ》び勇んで狐の死骸《しがい》を囲みました。

ところがどうです。今度はみんなは却《かえ》ってぎっくりしてしまいました。そうでしょう。

その古い狐は、もう身代りに疫病《やくびょう》よけの「源《みなもと》の大将」などを置いて、どこかへ逃げているのです。

みんなは口々に云いました。

「やっぱり古い狐だな。まるで眼玉《めだま》は火のようだったぞ。」

「おまけに毛といったら銀の針だ。」

「全く争われないもんだ。口が耳まで裂けていたからな。祟《たた》られまいが。」

「心配するな。あしたはみんなで川岸に油揚《あぶらげ》を持って行って置いて来るとしよう。」

みんなは帰る元気もなくなって、平右衛門の所に泊《とま》りました。

「源の大将。」はお顔を半分切られて月光にキリキリ歯を喰《く》いしばっているように見えました。

夜中になってから「とっこべ、とら子」とその沢山《たくさん》の可愛《かあい》らしい部下とが又《また》出て来て、庭に抛《ほう》り出されたあのおみやげの藁《わら》の苞《つと》を、かさかさ引いた、たしかにその音がしたとみんながさっきも話していました。


とっこべとら子は門のところでみんなが出てくるタイミングを見計らって眼玉を火のようにして現れ、みんながおみやげの藁《わら》の苞《つと》を放りだすようにした。この神出鬼没の古狐は、薙刀で切りかかられても「源の大将」の絵を身代わりにして逃げてしまう。

その後、みんなは平右衛門の家に泊まり、「口が耳まで裂けていた」「祟《たた》られまいが」「あした油揚を持って行こう」などと言っているときに、とっこべとら子は沢山の部下の狐たちを連れてきて、おみやげの藁の苞をかさかさ引いていったのだ。

けっきょく、みんなが持ち帰るごちそうは狐たちに奪われてしまった。それを持ち帰ることができたのは、ぷんぷん怒って出ていった「青い小さな意地悪の百姓」の小吉だけだったことになる。

これはいったい、どういうことなのだろう。

ともかく、こんな話が嘘であることは疑いようもない。

為朝の武威痘鬼神を退くの図　幕末から明治時代にかけての人気の浮世絵師＝月岡芳年《つきおかほうねん》（1839 ― 1892）が描いた源為朝の図。疫病神が朝に追い払われて逃げていく。（月岡芳年「新形三十六怪撰」明治 22 年・国立国会図書館蔵）

よく利く薬とえらい薬〜孝行息子と贋金づくり〜

この物語はシンプルな勧善懲悪のお話であるが、賢治独特のリズミカルでコミカルな口調が楽しい。だいいち、「えらい薬」って、何だ？

清夫《きよお》は今日も、森の中のあき地にばらの実をとりに行きました。
そして一足《ひとあし》冷たい森の中にはいりますと、つぐみがすぐ飛んで来て言いました。
「清夫さん。今日もお薬取りですか。
お母さんは　どうですか。
ばらの実は　まだありますか。」
清夫は笑って、
「いや、つぐみ、お早《はよ》う。」と言いながら其処《そこ》を通りました。
其《そ》の声を聞いて、ふくろうが木の洞《ほら》の中で太い声で言いました。

「清夫どの、今日も薬をお集めか。

お母は　すこしはいいか。

ばらの実は　まだ無くならないか。

　ゴギノゴギオホン、
　　　今日も薬をお集めか。

お母は　すこしはいいか。

ばらの実は　まだ無くならないか。」

清夫は笑って、

「いや、ふくろう、お早う。」と言いながら其処を通りすぎました。

森の中の小さな水溜《みずたま》りの葦《あし》の中で、さっきから一生けん命歌っていたよし切りが、あわてて早口に云《い》いました。

「清夫さん清夫さん、
　お薬、お薬お薬、取りですかい？

清夫さん清夫さん、
　お母さん、お母さん、お母さんはどうですかい？

清夫さん清夫さん、
　ばらの実ばらの実、ばらの実はまだありますかい？」

清夫は笑って、

「いや、よしきり、お早う。」と云いながら其処を通り過ぎました。

そしてもう森の中の明地《あきち》に来ました。

病気の母の薬のためにバラの実を採りにいく清夫に、ツグミ、フクロウ、ヨシキリ、のちにカケスが声をかける。野鳥の声は、たとえばヨシキリは「ギョギョシ、ギョギョシ、スキスキスキ」など、それぞれに聞きなされる。「ゴギノゴギオホン」というフクロウの声など、賢治独特のオノマトペ（擬音・擬態語）が楽しい。そうしたオノマトペが繰り返され、清夫の歩みがテンポよく進む。清夫の「お早う」の声も明るい。母の病気は慢性だが、それほど重いものではなさそうだ。ところが清夫は、いつもちがう困難に直面する。

そこは小さな円い緑の草原で、まっ黒なかやの木や唐檜《とうひ》に囲まれ、その木の脚《あし》もとには野ばらが一杯《いっぱい》に茂って、丁度《ちょうど》草原にへりを取ったようになっています。

清夫はお日さまで紫色に焦《こ》げたばらの実をポツンポツンと取りはじめました。空では雲が旗のように光って流れたり、白い孔雀《くじゃく》の尾のような模様《もよう》を作ってかがやいたりしていました。

清夫はお母さんのことばかり考えながら、汗をポタポタ落として、一生けん命実をあつめましたがどう云《い》う訳かその日はいつまで経《た》っても籠《かご》の底がかくれませんでした。そのうちにもうお日さまは、空のまん中までおいでになって、林はツーンツーンと鳴り出しました。

（木の水を吸ひあげる音だ）と清夫はおもいました。

それでもまだ籠の底はかくれませんでした。

かけすが、

「清夫さんもうおひるです。弁当おあがりなさい。落としますよ。そら。」と云いながら青いどんぐりを一粒《ひとつぶ》ぽたっと落として行きました。

けれども清夫はそれ所ではないのです。早くいつもの位取って、おうちへ帰らないとならないのです。もう、おひるすぎになって旗雲がみんな切れ切れに東へ飛んで行きました。

まだ籠の底はかくれません。

よしきりが林の向こうの沼に行こうとして清夫の頭の上を飛びながら、

「清夫さん清夫さん。まだですか。まだですか。まだまだまだまぁだ。」と言って通りました。


バラの実を籠に入れても、どこかに消えてしまうらしく、どんなに取っても籠にたまらない。それでも清夫は母のために一生けん命、実を取るのだった。

清夫は汗をポタポタこぼしながら、一生けん命とりました。いつまでたっても籠の底はかくれません。とうとうすっかりつかれてしまって、ぼんやりと立ちながら、一《ひと》つぶのばらの実を唇《くちびる》にあてました。

するとどうでしょう。唇がピリッとしてからだがブルブルッとふるい、何かきれいな流れが頭から手から足まで、すっかり洗ってしまったよう、何とも云えずすがすがしい気分になりました。空まではっきり青くなり、草の下の小さな苔《こけ》まではっきり見えるように思いました。

それに今まで聞えなかったかすかな音もみんなはっきりわかり、いろいろの木のいろいろな匂《にほ》いまで、実《じつ》に一一《いちいち》手にとるようです。おどろいて手にもったその一つぶのばらの実を見ましたら、それは雨の雫《しずく》のようにきれいに光ってすきとほっているのでした。

清夫は飛びあがってよろこんで早速《さっそく》それを持って風のようにおうちへ帰りました。そしてお母さんにあげました。お母さんはこわごわそれを水に入れて飲みましたら今までの病気ももうどこへやら急にからだがピンとなってよろこんで起きあがりました。それからもうすっかりたっしゃになってしまいました。


とうとう疲れてしまった清夫が一粒のバラの実を唇に当てると、気分がすっきり。お母さんも元気になった。

この雨のしずくのようにきれいなバラの実を手に入れるには、毎日一生けん命つとめたうえに、いくら取っても籠に実がたまらないという不可思議な試練を経なければならなかったというわけだ。

ここまでが勧善懲悪の「勧善」の部、次の「懲悪」の部では強欲な偽金づくりの大三《だいぞう》が登場する。るつぼで金属を溶かして偽金をつくる大三は、まっとうに働こうとはしない。こいつはひどい懲《こ》らしめにあうに違いない。だいいち、清夫（「きよお」と読むか？）という「勧善」の主人公に対して、「大三」はいかにも欲深な名前だ。

※

ところがその話はだんだんひろまりました。あっちでもこっちでも、その不思議なばらの実について評判していました。大かたそれは神様が清夫にお授けになったもんだろうというのでした。ところが近くの町に大三《だいぞう》というものがありました。この人はからだがまるで象のようにふとって、それににせ金使いでしたから、にせ金ととりかえたほんとうのお金も沢山《たくさん》持っていましたし、それに誰《たれ》もにせ金使いだということを知りませんでしたから、自分だけではまあこれが人間のさいはいというものでおれというものもずいぶんえらいもんだと思って居ました。ところがただ一つ、どうもちかごろ頭がぼんやりしていけない　息がはあはあ云って困るというのでした。お医者たちはこれは少し喰《た》べすぎですよ、も少しごちそうを少くさえなされば頭のぼんやりしたのもからだのだるいのもみんな直りますとか云うのでしたが、大三はいつでも、いいやこれは何かからだに不足なものがある為《ため》ためなんだ、それだから、見ろ、むかしは脚気《かっけ》などでも米の中に毒があるためだから米さえ食わなきぁなおるって云ったもんだが今はどうだ、それはビタミンというものがたべものの中に足りない為だとこう云うんだろう、お前たちは医者ならそんなこと位知ってそうなもんだというような工合《ぐあい》に却《かえ》って逆にお医者さんをいじめたりするのでした。

そしてしきりに、頭の工合のよくなって息のはあはあや、からだのだるいのが治ってそしてもっと物を沢山おいしくたべるような薬をさがしていましたがなかなか容易に見つかりませんでした。そこへ丁度《ちょうど》この清夫のすきとおるばらの実のはなしを聞いたもんですからたまりません。早速《さっそく》人を百人ほど頼んで、林へさがしにやって参りました。それも折角《せっかく》さがしたやつを、すぐその人に呑《の》まれてしまっては困るというので、暑いのを馬車に乗って、自分で林にやって参りました。それから林の入口で馬車を降りて、

一足つめたい森の中にはいりますと、つぐみがすぐ飛んで来て、少し呆《あき》れたように言いました。

「おや、おや、これは全体人だろうか象だろうかとにかくひどく肥《ふと》ったもんだ。一体何しに来たのだろう。」

大三は怒って、

「何だと、今に薬さえさがしたらこの森ぐらい焼っぷくってしまふぞ。」と云いました。

その声を聞いてふくろふが木の洞《ほら》の中で太い声で云いました。

「おや、おや、ついぞ聞いたこともない声だ。ふいごだろうか。人間だろうか。もしもふいごとすれば、ゴギノゴギオホン、銀をふくふいごだぞ。すてきに壁の厚いやつらしいぜ。」

さあ大三は自分の職業のことまで云われたものですから、まっ赤になって頬《ほお》をふくらせてどなりました。

「何だと。人をふいごだと。今に薬さえさがしてしまったらこの林ぐらい焼っぷくってしまふぞ。」

と云いました。

すると今度は、林の中の小さな水溜《みずたま》りの蘆《あし》の中に居たよしきりが、急いで云いました。

「おやおやおや、これは一体大きな皮の袋だろうか、それともやっぱり人間だろうか、愕《おどろ》いたもんだねえ、愕いたもんだねえ。びっくりびっくり。くりくりくりくりくりくり。」

さあ大三はいよいよ怒って、

「何だと畜生《ちくしょう》。薬さえ取ってしまったらこの林ぐらい、くるくるんに焼っぷくって見せるぞ。畜生。」

それから百人の人たちを連れて大三は森の空地《あきち》に来ました。

「いいか、さあ。さがせ。しっかりさがせ。」大三はまん中に立って云ひました。

みんなガサガサガサガサさがしましたが、どうしてもそんなものはありません。

空では雲が白鰻《しろうなぎ》のように光ったり、白豚のように這《は》ったりしています。

大三は早くその薬をのんでからだがピンとなることばかり一生けん命考えながら、汗をポタポタ滴《た》らし息をはあはあついて待っていました。

みんなはガサガサガサガサやりますけれどもどうもなかなか見つかりません。

そのうちにもうお日さまは空のまん中までおいでになって、林はツーンツーンと鳴り出しました。ああなるほど、脚気《かっけ》の木がビタミンをほしいよほしいよと云ってるわいと、大三は思いました。それでもまだすきとおるばらの実はみつかりません。

かけすが、

「やあ象さん、もうおひるです。弁当おあがりなさい。落としますよ。そら。」

と云ひながら、栗《くり》の木の皮を一切れポタッと落として行きました。

「えい畜生。あとで鉄砲を持って来てぶっ放すぞ。」大三ははぎしりしてくやしがりました。

空では白鰻のような雲も、みんな飛んで行き、大三は汗《あせ》をたらしました。まだ見つかりません。よしきりが林の向こうの沼の方に逃《に》げながら、

「ふいごさん。ふいごさん。まだですか。まだですか。まだまだまだまだまぁだ。」

と云って通りました。

もう夕方になりました。そこでみんなはもうとてもだめだと思ってさがすのをやめてしまいました。大三もしばらくは困って立っていましたが、やがてポンと手を叩《たた》いて云いました。

「ようし。おれも大三だ。そのすきとおったばらの実を、おれが拵《こさ》えて見せよう。おい、みんなばらの実を十貫目ばかり取って呉《く》れ。」

そこで大三は、その十貫目のばらの実を持って、おうちへ帰って参りました。

それからにせ金《がね》製造場へ自分で降りて行って、ばらの実をるつぼに入れました。それからすきとおらせる為に、ガラスのかけらと水銀と塩酸を入れて、ブウブウとふいごにかけ、まっ赤に灼《や》きました。そしたらどうです。るつぼの中にすきとおったものが出来ていました。大三はよろこんでそれを呑《の》みました。するとアプッと云って死んでしまいました。それが丁度そのばんの八時半ごろ、るつぼの中にできたすきとおったものは、実は昇汞《しょうこう》といういちばんひどい毒薬でした。

昇汞は塩化第水銀のことで、昇汞水として消毒に用いられる。猛毒なので、そんなものを飲んだらアプッと言って死んでしまうのは必然だ。

ちなみに水銀は常温で液体の不思議な金属であるためか、昔はよく魔術に使われた。中国では皇帝が不老長寿の霊薬として水銀の化合物を服用し、かえって若死にすることになったという。

ノイバラ　野生のバラで北海道から九州まで広く分布する。初夏に小さな白い花がたくさん咲く。

ノイバラの実　昔から薬用に使われてきた。近年はヨーロッパ系の野バラの実(ローズヒップ)がジャムやハーブティーなどに使われる。

北守将軍と三人兄弟の医者〜北方守備軍ソンバーユー将軍の帰還〜

西域童話とよばれる賢治の作品群のひとつであるが、この物語の登場人物の名には中国人と思われるところがあるので、万里の長城の北側に進駐する防衛軍がイメージされる。

この物語の最初の執筆は大正11年（1922）年、26歳のころ、花巻農学校の教師時代である。9年後の昭和6（1931）年に雑誌『児童文学』に発表。その間、原稿に手を入れ続けるとともに、韻文形にも改稿している。

途中に歌が挿入され、コミカルなオペレッタふうの作品である。

一、三人兄弟の医者

むかしラユーという首都に、兄弟三人の医者がいた。いちばん上のリンパーは、普通の人の医者だった。その弟のリンプーは、馬や羊の医者だった。いちばん末のリンポーは、草だの木だの医者だった。そして兄弟三人は、町のいちばん南にあたる、黄いろな崖《がけ》のとっぱなへ、青い瓦《かわら》の病院を、三つならべて建てていて、てんでに白や朱の旗を、風にぱたぱた云《い》わせていた。

坂のふもとで見ていると、漆《うるし》にかぶれた坊さんや、少しびっこをひく馬や、萎《しお》れかかった牡丹《ぼたん》の鉢を、車につけて引く園丁《えんてい》や、いんこを入れた鳥籠《とりかご》や、次から次とのぼって行って、さて坂上に行き着くと、病気の人は、左のリンパー先生へ、馬や羊や鳥類《とり》は、中のリンプー先生へ、草木をもった人たちは、右のリンポー先生へ、三つにわかれてはいるのだった。

さて三人は三人とも、実に医術もよくできて、また仁心《じんしん》も相当あって、たしかにもはや名医の類であったのだが、まだいい機会《おり》がなかったために別に位もなかったし、遠くへ名前も聞えなかった。ところがとうとうある日のこと、ふしぎなことが起ってきた。

その国の首都ラユーにリン（林？）という姓の三人兄弟の医師が開業している。患者は「漆にかぶれた坊さん」だの「萎れかかった牡丹の鉢」だの、ろくなものではない。それでも次から次へ患者が来て繁盛しているし、「医は仁なり」との心得も相当にあるのだが、名声を得るところまではいかない。しかし、ある日のこと、名医と称讃される機会が訪れる。

これから語られるように、ラユーは中国の昔の都城のように城壁で囲まれた都市で、家々は壁の内側にある。敵が攻め寄せてきたら城壁の門を閉ざし、城壁の上には見張りの兵が立ち、敵軍の攻撃に備えるのである。
ある日の朝、大軍団の将兵が雲霞《うんか》のように押し寄せて、チャルメラやラッパの音も高らかに軍旗をひるがえし、みるみる町を包囲してしまう。

二、北守《ほくしゅ》将軍ソンバーユー

ある日のちょうど日の出ごろ、ラユーの町の人たちは、はるかな北の野原の方で、鳥か何かがたくさん群れて、声をそろえて鳴くような、おかしな音を、ときどき聴《き》いた。はじめは誰《たれ》も気にかけず、店を掃《は》いたりしていたが、朝めしすこしすぎたころ、だんだんそれが近づいて、みんな立派なチャルメラや、ラッパの音だとわかってくると、町じゅうにわかにざわざわした。その間にはぱたぱたいう、太鼓《たいこ》の類の音もする。もう商人《あきうど》も職人も、仕事がすこしも手につかない。門を守った兵隊たちは、まず門をみなしっかりとざし、町をめぐった壁の上には、見張りの者をならべて置いて、それからお宮〔王宮〕へ知らせを出した。

そしてその日の午《ひる》ちかく、ひづめの音や鎧《よろい》の気配、また号令の声もして、向こうはすっかり、この町を、囲んでしまった模様であった。

番兵たちや、あらゆる町の人たちが、まるでどきどきやりながら、矢を射る孔《あな》からのぞいて見た。

壁の外から北の方、まるで雲霞《うんか》の軍勢だ。ひらひらひかる三角旗や、ほこがさながら林のようだ。ことになんとも奇体《きたい》なことは、兵隊たちが、みな灰いろでぼさぼさして、なんだかけむりのようなのだ。するどい眼《め》をして、ひげが二いろまっ白な、せなかのまがった大将が、尻尾が箒《ほうき》のかたちになって、うしろにぴんとのびている白馬《しろうま》に乗って先頭に立ち、大きな剣を空にあげ、声高々《たかだか》と歌っている。

その国の首都ラユーを包囲した軍団は、小見出しに示されているように、北守《ほくしゅ》将軍ソンバーユーが率いている。北守将軍とは北辺の防衛軍の司令官ということだろう。ならば、敵ではなく味方である。しかし、なんとも奇体なことには、兵隊たちみな灰色で、なんだか煙のようにゆらいでいる。将軍も年老いて背中が曲がっているけれど、大きな剣を空に挙げ、声高々と凱旋歌を歌ったのだった。

「北守将軍ソンバーユーは
いま塞外《さいがい》の砂漠《ざばく》から
やっとのことで戻ってきた。
勇ましい凱旋《がいせん》だと云いたいが
実はすっかり参って来たのだ
とにかくあすこは寒い処《ところ》さ。

三十年という黄いろなむかし
おれは十万の軍勢をひきい
この門をくぐって威張《いば》って行った。
それからどうだもう見るものは空ばかり
風は乾いて砂を吹き
雁《かり》さえ干《ほ》せてたびたび落ちた
おれはその間《あいだ》馬でかけ通し
馬がつかれてたびたびペタンと座り
涙をためてはじっと遠くの砂を見た。
その度《たび》ごとにおれは鎧《よろい》のかくしから
塩をすこうし取り出して
馬に嘗《な》めさせては元気をつけた。
その馬も今では三十五歳
五里かけるにも四時間かかる
それからおれはもう七十だ。
とても帰れまいと思っていたが
ありがたや敵が残らず脚気《かっけ》で死んだ

今年の夏はへんに湿気が多かったでな。
それに脚気の原因が
あんまりこっちを追いかけて
砂を走ったためなんだ
そうしてみればどうだやっぱり凱旋《がいせん》だろう。
殊《こと》にも一つほめられていいことは
十万人もでかけたものが
九万人まで戻って来た。
死んだやつらは気の毒だが
三十年の間には
たとえいくさに行かなくたって
一割ぐらいは死ぬんじゃないか。
そこでラユーのむかしのともよ
またこどもらよきょうだいよ
北守将軍ソンバーユーと
その軍勢が帰ったのだ
門をあけてもいいではないか。」

この十万の軍団は三十年も前の「黄いろなむかし」に出征し、そのまま所在不明になっていたらしい。

さあ城壁のこっちでは、湧《わ》きたつような騒動だ。うれしまぎれに泣くものや、両手をあげて走るもの、じぶんで門をあけようとして、番兵たちに叱《しか》られるもの、もちろん王のお宮へは使《つかい》が急いで走って行き、城門の扉《と》はぴしゃんと開いた。おもての方の兵隊たちも、もううれしくて、馬にすがって泣いている。

顔から肩から灰いろの、北守将軍ソンバーユーは、わざとくしゃくしゃ顔をしかめ、しずかに馬のたづなをとって、まっすぐを向いて先登《せんとう》に立ち、それからラッパや太鼓の類、三角ばたのついた槍《やり》、まっ青に錆《さ》びた銅のほこ、それから白い矢をしょった、兵隊たちが入ってくる。馬は太鼓に歩調を合わせ、殊にもさきのソン将軍の白馬《しろうま》は、歩くたんびに膝《ひざ》がぎちぎち音がして、ちょうどひょうしをとるようだ。兵隊たちは軍歌をうたう。

北守将軍ソンバーユーの愛馬はすっかりいたんで、歩くたびに膝がギチギチ音を立てる。それに合わせて兵たちは悲しく軍歌をうたう。

「みそかの晩とついたちは

砂漠に黒い月が立つ。
西と南の風の夜《よ》は
月は冬でもまっ赤だよ。
雁《がん》が高みを飛ぶときは
敵が遠くへ遁《に》げるのだ。
追おうと馬にまたがれば
にわかに雪がどしゃぶりだ。」
兵隊たちは進んで行った。九万の兵というものはただ見ただけでもぐったりする。
「雪の降る日はひるまでも
そらはいちめんまっくらで
わずかに雁の行くみちが
ぼんやり白く見えるのだ。
砂がこごえて飛んできて
枯れたよもぎをひっこぬく。
抜けたよもぎは次次と
都の方へ飛んで行く。」

「風に吹かれるヨモギになれりゃ、都に方へ飛んで行く」と、この三十年、兵たちは歌いつづけていたようだ。

みんなは、みちの両側に、垣《かき》をきずいて、ぞろっとならび、泪《なみだ》を流してこれを見た。

かくて、バーユー将軍が、三町ばかり進んで行って、町の広場についたとき、向こうのお宮の方角から、黄いろな旗がひらひらして、誰《たれ》かこっちへやってくる。これはたしかに知らせが行って、王から迎えが来たのである。

ソン将軍は馬をとめ、ひたいに高く手をかざし、よくよくそれを見きわめて、それから俄《にわ》かに一礼し、急いで、馬を降りようとした。ところが馬を降りれない、もう将軍の両足は、しっかり馬の鞍《くら》につき、鞍はこんどは、がっしりと馬の背中にくっついて、もうどうしてもはなれない。さすが豪気《ごうぎ》の将軍も、すっかりあわてて赤くなり、口をびくびく横に曲げ、一生けん命、はね下りようとするのだが、どうにもからだがうごかなかった。ああこれこそじつに将軍が、三十年も、国境の空気の乾いた砂漠のなかで、重いつとめを肩に負い、一度も馬を下りないために、馬とひとつになったのだ。おまけに砂漠のまん中で、どこにも草の生えるところがなかったために、多分《たぶん》はそれが将軍の顔を見付けて生えたのだろう。灰いろをしたふしぎなものがもう将軍の顔や手や、まるでいちめん生えていた。兵隊たちにも生えていた。そのうち使いの大臣は、だんだん近くやって来て、もうまっさきの大きな槍や、旗のしるしも見えて来た。

将軍、馬を下りなさい。王様からのお迎いです。将軍、馬を下りなさい。向こうの列で誰《だれ》か云う。将軍はまた手をばたばたしたが、やっぱりからだがはなれない。

ところが迎いの大臣は、鮒《ふな》よりひどい近眼だった。わざと馬から下りないで、両手を振って、みんなに何か命令してると考えた。

「謀叛《むほん》だな。よし。引き上げろ。」そう大臣はみんなに云った。そこで大臣一行は、くるっと馬を立て直し、黄いろな塵《ちり》をあげながら、一目散《いちもくさん》に戻って行く。ソン将軍はこれを見て肩をすぼめてため息をつき、しばらくぼんやりしていたが、俄かにうしろを振り向いて、軍師の長を呼び寄せた。

凱旋した九万の軍を迎えるため、王は使者の大臣を城外に送った。ところが、ソンバーユー将軍は、もはや馬に身体がくっついていて、馬から下りられない。手足をバタバタするばかり。使者の大臣は、将軍が手足をバタバタさせるのは軍に反乱を命じているのだと思ってしまう。なにしろ使者の大臣は「鮒よりひどい近眼」だったのだ。

ソン将軍は急いで誤解を解かねばならない。

「おまえはすぐに鎧を脱いで、おれの刀と弓をもち、早くお宮へ行ってくれ。それから誰かにこう云うのだ。北守将軍ソンバーユーは、あの国境の砂漠の上で、三十年のひるも夜《よ》も、馬から下りるひまがなく、とうとうからだが鞍につき、そのまた鞍が馬について、どうにもお前へ出られません。これからお医者に行きまして、やがて参内《さんだい》いたします。こうていねいに云ってくれ。」

軍師の長はうなずいて、すばやく鎧と兜《かぶと》を脱ぎ、ソン将軍の刀をもって、一目散にかけて行く。

ソン将軍はみんなに云った。

「全軍しずかに馬をおり、兜をぬいで地に座れ。ソン大将はただ今から、ちょっとお医者へ行ってくる。そのうち音をたてないで、じいっとやすんでいてくれい。わかったか。」

「わかりました。将軍」兵隊共は声をそろえて一度に叫ぶ。将軍はそれを手で制し、急いで馬に鞭《むち》うった。たびたびぺたんと砂漠に寝た、この有名な白馬は、ここで最後の力を出し、がたがたがたがた鳴りながら、風より早くかけ出した。


ここからいよいよ、三人兄弟の医者が栄誉に恵まれる機会がめぐってくる。


さて将軍は十町ばかり、夢中で馬を走らせて、大きな坂の下に来た。それから俄《にわ》かにこう云った。

「上手な医者はいったい誰だ。」

一人の大工が返事した。

「それはリンパー先生です。」

「そのリンパーはどこに居る。」

「すぐこの坂のま上です。あの三つある旗のうち、一番左でございます。」

「よろしい、しゅう。」と将軍は、例の白馬《はくば》に一鞭《むち》くれて、一気に坂をかけあがる。大工はあとでぶつぶつ云った。

「何だ、あいつは野蛮《やばん》なやつだ。ひとからものを教わって、よろしい、しゅう　とはいったいなんだ。」

ところがバーユー将軍は、そんなことには構《かま》わない。そこらをうろうろあるいている、病人たちをはね越えて、門の前まで上《のぼ》っていた。なるほど門のはしらには、小医リンパー先生と、金看《きんかん》板《ばん》がかけてある。

三、リンパー先生

さてソンバーユー将軍は、いまやリンパー先生の、大玄関《だいげんかん》を乗り切って、どしどし廊下へ入って行く。さすがはリンパー病院だ、どの天井も室《へや》の扉《と》も、高さが二丈《じょう》ぐらいある。

「医者はどこかね。診《み》てもらいたい。」

ソン将軍は号令した。

「あなたは一体何《なん》ですか。馬のまんまで入るとは、あんまり乱暴すぎましょう。」萌黄《もえぎ》の長い服を着て、頭を剃《そ》った一人の弟子が、馬のくつわをつかまえた。

「おまえが医者のリンパーか、早くわが輩《はい》の病気を診ろ。」

「いいえ、リンパー先生は、向こうの室《へや》に居《お》られます。けれどもご用がおありなら、馬から下りていただきたい。」

「いいや、そいつができんのじゃ。馬からすぐに下りれたら、今ごろはもう王様の、前へ行ってた筈《はず》なんじゃ。」

「ははあ、馬から降りられない。そいつは脚《あし》の硬直《こうちょく》だ。そんならいいです。おいでなさい。」

弟子は向こうの扉をあけた。ソン将軍はぱかぱかと馬を鳴らしてはいって行った。中には人がいっぱいで、そのまん中に先生らしい、小さな人が床几《しょうぎ》に座り、しきりに一人の眼を診ている。「ひとつこっちをたのむのじゃ。馬から降りられないでのう。」そう将軍はやさしく云った。ところがリンパー先生は、見向きもしないし動きもしない。やっぱりじっと眼を見ている。「おい、きみ、早くこっちを見んか。」将軍が怒鳴《どな》り出したので、病人たちはびくっとした。ところが弟子がしずかに云った。

「診るには番がありますからな。あなたは九十六番で、いまは六人目ですから、もう九十人お待ちなさい。」

「黙れ、きさまは我輩《わがはい》に、七十二人待てっと云うか。おれを誰《たれ》だと考える。北守将軍ソンバーユーだ。九万人もの兵隊を、町の広場に待たせてある。おれが一人を待つことは七万二千の兵隊が、向こうの方で待つことだ。すぐ見ないならけちらすぞ。」

将軍はもう鞭《むち》をあげ馬は一いきはねあがり、病人たちは泣きだした。

「もう九十人お待ちなさい」と言われたのに「七十二人」だと思ったのは、将軍の頭の20％がいけなくなっているからだ。九万の兵も二割引けば七万二千である。

ところがリンパー先生は、やっぱりびくともしていない、てんでこっちを見もしない。その先生の右手から、黄の綾《あや》を着た娘が立って、花瓶《かびん》にさした何かの花を、一枝《ひとえだ》とって水につけ、やさしく馬につきつけた。馬はぱくっとそれを噛《か》み、大きな息を一つして、ぺたんと四《よっ》つ脚《あし》を折り、今度はごうごういびきをかいて、首を落してねむってしまう。ソン将軍はまごついた。

「あ、馬のやつ、又参《また》ったな。困った。困った。困った。」と云って、急いで鎧《よろい》のかくしから、塩の袋をとりだして、馬に喰《た》べさせようとする。

「おい、起きんかい。あんまり情けないやつだ。あんなにひどく難儀《なんぎ》して、やっと都に帰って来ると、すぐ気がゆるんで死ぬなんて、ぜんたいどういう考えなのか。こら、起きんかい。起きんかい。しっ、ふう、どう、おい、この塩を、ほんの一口たべんかい。」それでも馬は、やっぱりぐうぐうねむっている。ソン将軍はとうとう泣いた。

「おい、きみ、わしはとにかくに、馬だけどうかみてくれたまえ。こいつは北の国境で、三十年もはたらいたのだ。」

むすめはだまって笑っていたが、このときリンパー先生が、いきなりこっちを振り向いて、まるで将軍の胸底《むなそこ》から、馬の頭も見徹《みとお》すような、するどい眼をしてしずかに云った。

「馬はまもなく治ります。あなたの病気をしらべるために、馬を座らせただけです。あなたはそれで向こうの方で、何か病気をしましたか。」


こうしてリンパー医師の診察が始まる。


「いいや、病気はしなかった。病気は別にしなかったが、狐《きつね》のために欺《だま》されて、どうもときどき困ったじゃ。」

「それは、どういう風《ふう》ですか。」

「向こうの狐はいかんのじゃ。十万近い軍勢を、ただ一ぺんに欺すんじゃ。夜に沢山《たくさん》火をともしたり、昼間いきなり砂漠の上に、大きな海をこしらえて、城や何かも出したりする。全くたちが悪いんじゃ。」

「それを狐がしますのですか。」

「狐とそれから、砂鶻《サコツ》じゃね、砂鶻というて鳥なんじゃ。こいつは人の居《お》らないときは、高い処《ところ》を飛んでいて、誰かを見ると試しに来る。馬のしっぽを抜いたりね。目をねらったりするもんで、こいつがでたらもう馬は、がたがたふるえてようあるかんね。」

「そんなら一ぺん欺されると、何日ぐらいでよくなりますか。」

「まあ四日じゃね。五日のときもあるようじゃ。」

「それであなたは今までに、何べんぐらい欺されました?」

「ごく少くて十ぺんじゃろう。」

「それではお尋ねいたします。百と百とを加えると答はいくらになりますか。」

「百八十じゃ。」

「それでは二百と二百では。」

「さよう、三百六十だろう。」

「そんならも一つ伺《うかが》いますが、十の二倍は何ほどですか。」

「それはもちろん十八じゃ。」

「なるほど、すっかりわかりました。あなたは今でもまだ少し、砂漠のためにつかれています。つまり十パーセントです。それではなおしてあげましょう。」


珍妙で間抜けな問診だが、さすがにリンパー医師、もう二割の病変が一割に改善している。

パー先生は両手をふって、弟子にしたくを云い付けた。弟子は大きな銅鉢《どうばち》に、何かの薬をいっぱい盛って、布巾《ふきん》を添えて持って来た。ソン将軍は両手を出して鉢をきちんと受けとった。パー先生は片袖《かたそで》まくり、布巾に薬をいっぱいひたし、かぶとの上からざぶざぶかけて、両手でそれをゆすぶると、兜《かぶと》はすぐにすぱりととれた。弟子がも一人、もひとつ別の銅鉢へ、別の薬をもってきた。そこでリンパー先生は、別の薬でじゃぶじゃぶ洗う。雫《しずく》はまるでまっ黒だ。ソン将軍は心配そうに、うつむいたまま訊《き》いている。

「どうかね、馬は大丈夫かね。」

「もうじきです。」とパー先生は、つづけてじゃぶじゃぶ洗っている。雫がだんだん茶いろになって、それからうすい黄いろになった。それからとうとうもう色もなく、ソン将軍の白髪《はくはつ》は、熊より白く輝いた。そこでリンパー先生は、布巾を捨てて両手を洗い、弟子は頭と顔を拭《ふ》く。将軍はぶるっと身ぶるいして、馬にきちんと起きあがる。

「どうです、せいせいしたでしょう。ところで百と百とをたすと、答はいくらになりますか。」

「もちろんそれは二百だろう。」

「そんなら二百と二百とたせば。」

「さよう、四百にちがいない。」

「十の二倍はどれだけですか。」

「それはもちろん二十じゃな。」さっきのことは忘れた風で、ソン将軍はけろりと云う。

「すっかりおなおりなりました。つまり頭の目がふさがって、一割いけなかったのですな。」

「いやいや、わしは勘定《かんじょう》などの、十や二十はどうでもいいんじゃ。それは算師《さんし》がやるでのう。わしは早速この馬と、わしをはなしてもらいたいんじゃ。」

「なるほどそれはあなたの足を、あなたの服と引きはなすのは、すぐ私《わたくし》に出来るです。いやもう離れている筈《はず》です。けれども、ずぼんが鞍《くら》につき、鞍がまた馬についたのを、はなすというのは別ですな。それはとなりで、私の弟がやっていますから、そっちへおいでいただきます。それにいったいこの馬もひどい病気にかかっています。」

「そんならわしの顔から生えた、このもじゃもじゃはどうじゃろう。」

「そちらもやっぱり向こうです。とにかくひとつとなりの方へ、弟子をお供《とも》に出しましょう。」

「それではそっちへ行くとしよう。ではさようなら。」


将軍の頭はすっかり治った。まだくっついたままの馬と将軍の身体を引き離すのは人間医の領分ではない。将軍の顔にもじゃもじゃ生えている植物も、弟の医師たちの持ち分である。


さっきの黄色いきものをつけた、むすめが馬の右耳に、息を一つ吹き込んだ。馬はがばっとはねあがり、ソン将軍は俄《にわ》かに背《せい》が高くなる、将軍は馬のたづなをとり、弟子とならんで室《へや》を出る。それから庭をよこぎって厚い土塀《どべい》の前に来た。小さな潜《くぐ》りがあいている。

「いま裏門をあけさせましょう。」助手は潜りを入って行く。

「いいや、それには及ばない。わたしの馬はこれぐらい、まるで何とも思ってやしない。」

将軍は馬にむちをやる。

ぎっ、ばっ、ふう。馬は土塀をはね越えて、となりのリンプー先生の、けしのはたけをめちゃくちゃに、踏みつけながら立っていた。

四、馬医リンプー先生

ソン将軍が、お医者の弟子と、けしの畑をふみつけて向こうの方へ歩いて行くと、もうあっちからもこっちからも、ぶるるるふうというような、馬の仲間の声がする。そして二人が正面の、巨《おお》きな棟《むね》にはいって行くと、もう四方から馬どもが、二十一疋《ぴき》もかけて来て、蹄《ひずめ》をことこと鳴らしたり、頭をぶらぶらしたりして、将軍の馬に挨拶《あいさつ》する。

向こうでリンプー先生は、首のまがった茶いろの馬に、白い薬を塗っている。さっきの弟子が進んで行って、ちょっと何かをささやくと、馬医のリンプー先生は、わらってこっちをふりむいた。巨きな鉄の胸甲《むねあて》を、がっしりはめていることは、ちょうどやっぱり鎧のようだ。馬にけられぬためらしい。将軍はすぐその前へ、じぶんの馬を乗りつけた。

「あなたがリンプー先生か。わしは将軍ソンバーユーじゃ。何分《なにぶん》ひとつたのみたい。」

「いや、その由《よし》を伺《うかが》いました。あなたのお馬はたしか三十九ぐらいですな。」

「四捨五入して、そうじゃ、やっぱり三十九じゃな。」

この馬の年齢は先の凱旋の歌では三十五歳だが、ここでは四捨五入して三十九歳だという。すっかり快復した将軍の頭は10％もよくなりすぎている。馬の齢《とし》は35×1・1で38・5歳、四捨五入すれば39だ。

さて、その馬の治療の方法は……。

「ははあ、ただいま手術いたします。あなたは馬の上に居て、すこし煙《けむ》いかしれません。それをご承知くださいますか。」

「煙い？　なんのどうして煙《けむ》ぐらい、砂漠で風の吹くときは、一分間に四十五以上、馬を跳躍《ちょうやく》させるんじゃ。それを三つも、やすんだら、もう頭まで埋まるんじゃ。」

「ははあ、それではやりましょう。おい、フーシュ。」プー先生は弟子を呼ぶ。弟子はおじぎを一つして、小さな壺《つぼ》をもって来た。プー先生は蓋《ふた》をとり、何か茶いろな薬を出して、馬の眼《まなこ》に塗りつけた。それから「フーシュ」とまた呼んだ。弟子はおじぎを一つして、となりの室《へや》へ入って行って、しばらくごとごとしていたが、まもなく赤い小さな餅《もち》を、皿にのっけて帰って来た。先生はそれをつまみあげ、しばらく指ではさんだり、匂《におい》をかいだりしていたが、何か決心したらしく、馬にぱくりと喰べさせた。ソン将軍は、その白馬《しろうま》の上に居て、待ちくたびれてあくびをした。すると俄《にわ》かに白馬は、がたがたがたがたふるえ出しそれからからだ一面に、あせとけむりを噴き出した。

プー先生はこわそうに、遠くへ行ってながめている。がたがたがたがた鳴りながら、馬はけむりをつづけて噴いた。そのまた煙が無暗《むやみ》に辛《から》い。ソン将軍も、はじめは我慢《がまん》していたが、とうとう両手を眼にあてて、ごほんごほんとせきをした。

修験道に「南蛮《なんばん》いぶし」という苦行がある。峰入りして六道と仏の世界の十界巡りを疑似体験する十界修行で地獄の体験が南蛮いぶしだ。修験者たちが籠もる堂内で火鉢に南蛮（トウガラシ）をくべ、もくもくと煙をたてる。辛い煙が堂に満ち、眼や喉が焼けて地獄の苦しみだという。
賢治の作品によく出る岩手県の早池峰山《はやちねさん》もそんな修験の山だったが、明治の神仏分離で衰退し、十界修行は今は山形県羽黒山《はぐろさん》の秋の峰入りに残るだけである。賢治が在世したころも早池峰山の十界修行はすたれていたようだが、無暗に辛《から》い煙は地獄の南蛮いぶしみたいだ。

そのうちだんだんけむりは消えてこんどは、汗が滝よりひどくながれだす。プー先生は近くへよって、両手をちょっと鞍《くら》にあて、二っつばかりゆすぶった。たちまち鞍はすぱりとはなれ、はずみを食った将軍は、床にすとんと落された。ところがさすが将軍だ。いつかきちんと立っている。おまけに鞍と将軍も、もうすっかりとはなれていて、将軍はまがった両足を、両手でぱしゃぱしゃ叩《たた》いたし、馬は俄かに荷がなくなって、さも見当がつかないらしく、せなかをゆらゆらゆすぶった。するとバーユー将軍はこんどは馬のほうきのようなしっぽを持って、いきなりぐっと引っ張った。すると何やらまっ白な、尾の形した塊《かたまり》が、ごとりと床にころがり落ちた。馬はいかにも軽そうに、いまは全く毛だけになったしっぽを、ふさふさ振っている。弟子が三人集まって、馬のからだをすっかりふいた。

「もういいだろう。歩いてごらん。」

馬はしずかに歩きだす。あんなにぎちぎち軋《きし》んだ膝《ひざ》がいまではすっかり鳴らなくなった。プー先生は手をあげて、馬をこっちへ呼び戻し、おじぎを一つ将軍にした。

「いや謝《しゃ》しますじゃ。それではこれで。」将軍は、急いで馬に鞍を置き、ひらりとそれにまたがれば、そこらあたりの病気の馬は、ひんひん別れの挨拶をする。ソン将軍は室《へや》を出て塀をひらりと飛び越えて、となりのリンポー先生の、菊のはたけに飛び込んだ。

これで残る問題は、将軍の顔にもじゃもじゃ生えている植物だけだ。植物医師のポー先生がなんとかしてくれることだろう。

五、リンポー先生

さてもリンポー先生の、草木を治すその室は、林のようなものだった。あらゆる種類の木や花が、そこらいっぱいならべてあって、どれにもみんな金だの銀の、巨《おお》きな札がついている。そこを、バーユー将軍は、馬から下りて、ゆっくりと、ポー先生の前へ行く。さっきの弟子がさきまわりして、すっかり談《はな》していたらしく、ポー先生は薬の函《はこ》と大きな赤い団扇《うちわ》をもって、ごくうやうやしく待っていた。

三人兄弟の連繋は緊密だ。馬の尻尾から三十年間のかたまりを抜き取ることに成功した動物医師から植物医師にすっかり話してあることから、顔のもじゃもじゃを取り去る法もわかったらしい。リンポー先生は準備怠《おこた》りなく待っていた。

ソン将軍は手をあげて、

「これじゃ。」と顔を指さした。ポー先生は黄いろな粉を、薬函から取り出して、ソン将軍の顔から肩へ、もういっぱいにふりかけて、それから例のうちわをもって、ばたばたばたばた扇《あお》ぎ出す。するとたちまち、将軍の、顔じゅうの毛はまっ赤に変り、みんなふわふわ飛び出して、見ているうちに将軍は、すっかり顔がつるつるなった。じつにこのとき将軍は、三十年ぶりにっこりした。

「それではこれで行きますじゃ。からだもかるくなったでのう。」もう将軍はうれしくて、はやてのように室を出て、おもての馬に飛び乗れば、馬はたちまち病院の、巨きな門を外に出た。あとから弟子が六人で、兵隊たちの顔から生えた灰いろの毛をとるために、薬の袋とうちわをもって、ソン将軍を追いかけた。

六、北守将軍仙人となる

さてソンバーユー将軍は、ポー先生の玄関を、光のように飛び出して、となりのリンプー病院を、はやてのごとく通り過ぎ、次のリンパー病院を、斜めに見ながらもう一散《いっさん》に、さっきの坂をかけ下りる。馬は［来たときよりも］五倍も速いので、もう向こうには兵隊たちの、やすんでいるのが見えてきた。兵隊たちは心配そうにこっちの方を見ていたのだが、思わず歓呼《かんこ》の声をあげ、みんな一緒に立ちあがる。そのときお宮の方からはさっきの使いの軍師の長が一目散にかけて来た。「ああ、王様は、すっかりおわかりになりました。あなたのことをおききになって、おん涙さえ浮かべられ、お出《い》でをお待ちでございます。」

そこへさっきの弟子たちが、薬をもってやってきた。兵隊たちはよろこんで、粉をふってはばたばた扇《あお》ぐ。そこで九万の軍隊は、もう輪廓《りんかく》もはっきりなった。

物語の最初に軍団が戻ってきたとき、「なんとも奇体なことは、兵隊たちが、みな灰いろでぼさぼさして、なんだかけむりのよう」だった。それは砂漠の乾いた風に強い苔か藻類のような植物が顔につい

て三十年もの間にのび、全体、もじゃもじゃになっていたのだろう。そのもじゃもじゃをリンポー医師は黄色の粉薬と団扇でたちまち駆除してしまった。そこで九万の軍隊は、もう輪廓もはっきりした。威風堂々、太鼓や銅鑼《どら》の軍楽も高らかに王宮へと行進する。

将軍は高く号令した。

「馬にまたがり、気をつけいっ。」みんなが馬にまたがれば、まもなくそこらはしんとして、たった二疋の遅れた馬が、鼻をぶるっと鳴らしただけだ。

「前へ進めっ。」太鼓も銅鑼も鳴り出して、軍は粛々行進した。

やがて九万の兵隊は、お宮の前の一里の庭に縦横《じゅうおう》ちょうど三百人、四角な陣をこしらえた。

ソン将軍は馬を降り、しずかに壇をのぼって行って床《ゆか》に額《ひたい》をすりつけた。王はしずかに斯《こ》ういった。

「じつに永らくご苦労だった。これからはもうここに居て、大将たちの大将として、なお忠勤をはげんでくれ。」

北守将軍ソンバーユーは涙を垂れてお答えした。

「おことばまことに畏《かしこ》くて、何とお答えいたしていいか、とみに言葉も出《い》でませぬ。とは云えいまや私《わたくし》は、生きた骨ともいうような、役に立たずでございます。砂漠の中に居《い》ました間《あいだ》、どこから敵が見ているか、あなどられまいと考えて、いつでもりんと胸を張り、眼を見開いて居《お》りましたのが、いま王様のお前に出て、おほめの詞《ことば》をいただきますと、俄《にわ》かに眼さえ見えぬよう。背骨も曲ってしまいます。何卒《なにとぞ》これでお暇《いとま》を願い、郷里に帰りとうございます。」

「それでは誰かおまえの代り、大将五人の名を挙げよ。」

そこでバーユー将軍は、大将四人の名をあげた。そして残りの一人の代わり、リン兄弟の三人を国のお医者におねがいした。


こうしてめでたく三人兄弟の医者は栄誉を手に入れたのだった。しかし老将軍ソンバーユーは、もはや故郷で静かに暮らすことを願うのだった。


王は早速《さっそく》許されたので、その場でバーユー将軍は、鎧《よろい》もぬげば兜《かぶと》もぬいで、かさかさ薄い麻を着た。そしてじぶんの生れた村のス山《ざん》の麓へ帰って行って、粟をすこうし播《ま》いたりした。それから粟の間引きもやった。けれどもそのうち将軍は、だんだんものを食わなくなってせっかくじぶんで播いたりした、粟も一口たべただけ、水をがぶがぶ呑《の》んでいた。ところが秋の終りになると、水もさっぱり呑まなくなって、ときどき空を見上げては何かしゃっくりするようなきたい〔奇体〕な形をたびたびした。

そのうちいつか将軍は、どこにも形が見えなくなった。そこでみんなは将軍さまは、もう仙人になったと云って、ス山の山のいただきへ小さなお堂をこしらえて、あの白馬は神馬に祭り、あかしや粟をささげたり、麻ののぼりをたてたりした。

けれどもこのとき国手《こくしゅ》〔国家の名医〕になった例のリンパー先生は、会う人ごとに断《こ》ういった。

「どうして、バーユー将軍が、雲だけ食った筈《はず》はない。おれはバーユー将軍の、からだをよくみて知っている。肺と胃の腑《ふ》は同じでない。きっとどこかの林の中に、お骨《こつ》があるにちがいない。」

なるほどそうかもしれないと思った人もたくさんあった。


老将軍はス山《ざん》の麓の故郷の村に帰った。ス山がどこの山かはわからない。どのような山をイメージするかは読み手の自由だ。そのス山の麓の村に戻ったバーユー将軍は、秋の終りには水も飲まなくなり、いつしかどこにも形が見えなくなった。みんなは仙人になったといって、ス山に小さなお堂をこしらえて将軍を祀った。そうしてみると、この物語はス山の頂きにあるお堂の縁起である。

縁起とは寺社の由来を告げる物語で、その寺社の興りになった霊験《れいげん》を語る言い伝えだ。今の神社やお寺でもパンフレットにして配ったりホームページに載せたりしている。たいていは荒唐無稽なお話だから、リンパー先生のように「そんなことがあるはずない」という人もあり、「なるほど、そうかもしれない」という人もある。

それはひとつの寺社縁起（寺社の由来を語る話）であり、「この頃あった昔ばなしのよう」（童話「雁の童子」）である。

三十年の遠征から九万の兵を率いて帰還した我らが将軍ソンバーユー、その御名がたたえられますように。

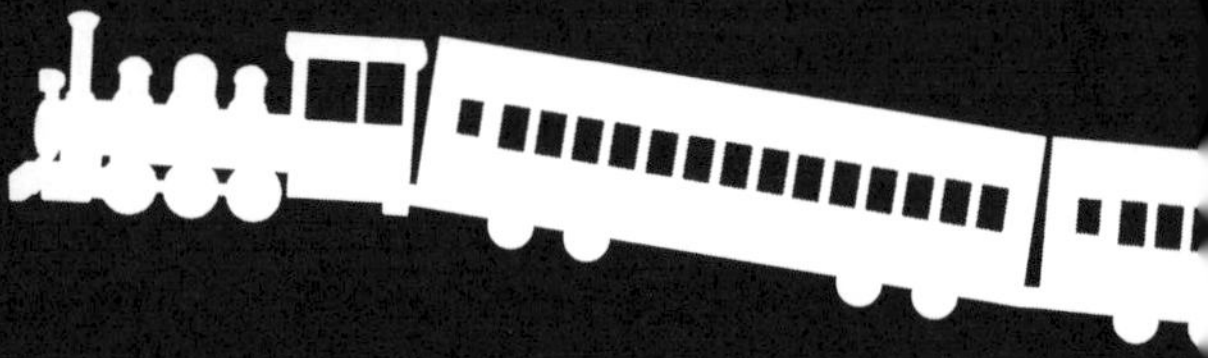

第4章

「銀河鉄道の夜」

「銀河鉄道」ファンタジック&コミカルシーン

宮沢賢治の詩集『春と修羅』に「一九二三、一二、一〇」の日付がある「冬と銀河ステーション」という詩がある。賢治27歳の作である。童話「銀河鉄道の夜」はそのころから書き始め、1933年（昭和8）に37歳で病没する前まで手を入れ続けた。絵本やアニメ、演劇などにリメイクされつづけ、星空のファンタジーとして今も広い世代に親しまれている。銀河の鳥捕りなどの奇体な人物が登場するファンタジックでユーモラスな物語である。

この銀河の物語は長編であるうえ、賢治のさまざまな思いが込められた複雑な作品である。そのため、「読んでみたけれど、よくわからなかった」という人もある。そこで、本書では少し省略しながら全体のストーリーを追う。また、読みやすくするため、改行と読点、ルビを補足した。

そして最後に「銀河鉄道の夜」に込められたメッセージについても述べたい。

一、午后《ごご》の授業

「ではみなさんは、そういうふうに川だと云《い》われたり、乳の流れたあとだと云われたりしていたこのぼんやりと白いものがほんとうは何かご承知ですか。」先生は、黒板に吊《つる》した大きな黒い星座の図の、上から下へ白くけぶった銀河帯のようなところを指しながら、みんなに問《とい》をかけました。

「銀河鉄道の夜」は右のように学校の理科の授業の場面から始まる。先生が星座の図を掛けて銀河の話をしている。この物語の主人公のジョバンニと友だちのカムパネルラは、銀河のことならとっくに知っている。カムパネルラのお父さんの博士の家で、カムパネルラといっしょに読んだ雑誌のなかにあったからだ。

二　活版所

ジョバンニが学校の門を出るとき、同じ組の七、八人は家へ帰らずカムパネルラをまん中にして校庭の隅《すみ》の桜の木のところに集まっていました。それはこんやの銀河の祭りに青いあかりをこしらえて川へ流す烏瓜《からすうり》を取りに行く相談らしかったのです。

けれどもジョバンニは手を大きく振ってどしどし学校の門を出て来ました。すると町の家々ではこんやの銀河の祭りにいちいの葉の玉をつるしたり、ひのきの枝にあかりをつけたり、いろいろ支度《したく》をしているのでした。

学校の放課後、ジョバンニの同級生たちはカラスウリを取りにいく相談をしている。その朱色の丸い実をくりぬいて提灯みたいにし、銀河の星祭りで川に流す灯りをつくるのだ。七夕の灯籠流しのようである。町の家々でも、常緑樹のイチイの葉の玉をつるしたり、ヒノキの枝にあかりをつけたりしている。これはクリスマス・イブのイメージだ。

この日、ジョバンニは友だちといっしょにカラスウリを取りにいくのではなく活版所《かっぱんじょ》に行った。活版所は昔、活字を組んで印刷した印刷所のことである。ジョバンニは活字が置かれた棚から原稿どおりに活字を集めてくる仕事をしている。ジョバンニは六時過ぎまで仕事をして小さな銀貨を一つ手にし、パン屋でパンの塊《かたま》りを一つと角砂糖《かくざとう》を一袋買った。

三　家

ジョバンニが勢いよく帰って来たのは、ある裏町の小さな家でした。その三つならんだ入口のいちばん左側には空箱《あきばこ》に紫いろのケール［キャベツの一種］やアスパラガスが植えてあって小さな二つの窓には日覆《ひおお》いがおりたままになっていました。

「お母さん、いま帰《つか》ったよ。工合悪《ぐあい》くなかったの。」

ジョバンニは靴をぬぎながら云《い》いました。

「ああ、ジョバンニ、お仕事がひどかったろう。今日は涼しくてね。わたしはずうっと工合がいいよ。」

ジョバンニは玄関を上って行きますとジョバンニのお母さんがすぐ入口の室《へや》に白い巾《きれ》を被《かぶ》って寝《やす》んでいたのでした。ジョバンニは窓をあけました。

「お母さん、今日は角砂糖を買ってきたよ。牛乳に入れてあげようと思って。」

「ああ、お前さきにおあがり。あたしはまだほしくないんだから。」

（中略）

「ねえお母さん。ぼくお父さんはきっと間もなく帰ってくると思うよ。」

「ああ、あたしもそう思う。けれどもおまえはどうしてそう思うの。」

「だって今朝の新聞に今年は北の方の漁は大《たい》へんよかったと書いてあったよ。」

「ああ、だけどねえ、お父さんは漁へ出ていないかもしれない。」

「きっと出ているよ。お父さんが監獄《かんごく》へはいるようなそんな悪いことをした筈《はず》がないんだ。この前お父さんが持ってきて学校へ寄贈した巨《おお》きな蟹《かに》の甲らだのとなかい［トナカイ］の角《つの》だの今だってみんな標本室にあるんだ。六年生なんか、授業のとき、先生がかわるがわる教室へ持って行く

よ。一昨年修学旅行で〔以下数文字分空白〕

「お父さんはこの次はおまえにラッコの上着をもってくるといったねえ。」

「みんながぼくにあうとそれを云うよ。ひやかすように云うんだ。」

「おまえに悪口を云うの。」

「うん、けれどもカムパネルラなんか決して云わない。カムパネルラはみんながそんなことを云うときは気の毒そうにしているよ。」

「カムパネルラのお父さんとうちのお父さんとは、ちょうどおまえたちのように小さいときからのお友達だったそうだよ。」

「ああ、だからお父さんはぼくをつれてカムパネルラのうちへもつれて行ったよ。あのころはよかったなあ。ぼくは学校から帰る途中たびたびカムパネルラのうちに寄った。カムパネルラのうちにはアルコールランプで走る汽車があったんだ。レールを七つ組み合わせると円《まる》くなって、それに電柱や信号標もついていて信号標のあかりは汽車が通るときだけ青くなるようになっていたんだ。いつかアルコールがなくなったとき石油をつかったら、缶《かま》がすっかり煤《すす》けたよ。」

（中略）

「ザウエルという犬がいるよ。しっぽがまるで箒《ほうき》のようだ。ぼくが行くと鼻を鳴らしてついてくるよ。ずうっと町の角までついてくる。もっとついてくることもあるよ。今夜はみんなで烏瓜《からすうり》のあかりを川へながしに行くんだって。きっと犬もついて行くよ。」

「そうだ。今晩は銀河のお祭だねえ。」
「うん。ぼく牛乳をとりながら見てくるよ。」
「ああ行っておいで。川へははいらないでね。」
「ああ、ぼく岸から見るだけなんだ。一時間で行ってくるよ。」

ジョバンニのお母さんは病気でふせている。お父さんは北の海の漁に出たまま帰ってこない。密漁か何かの罪で監獄に入れられているともいわれている。

ジョバンニは病気のお母さんと二人で暮らしている。それで、六年生より下の小学生と思われるジョバンニが印刷所で働いたり新聞配達をしてお金を稼ぎ、パンや牛乳を買っている。

牛乳は郊外に牧場をもつ牛乳屋が配達してくれるのだが、この日は配達に来なかった。それでジョバンニは牛乳を取りにいきながらカラスウリの灯り流しを見にいく。

四　ケンタウル祭の夜

ジョバンニは、口笛を吹いているようなさびしい口付きで、檜《ひのき》のまっ黒にならんだ町の坂をおりて来たのでした。

坂の下に大きな一つの街燈《がいとう》が、青白く立派に光って立っていました。(中略)大股《おおまた》にその街燈の下を通り過ぎたとき、いきなりひるまのザネリが、新しいえりの尖《とが》ったシャツを着て、電燈の向う側の暗い小路《こうじ》から出て来て、ひらっとジョバンニとすれちがいました。

「ザネリ、烏瓜《からすうり》ながしに行くの。」

ジョバンニがまだそう云ってしまわないうちに、

「ジョバンニ、お父さんから、ラッコの上着が来るよ。」その子が投げつけるようにうしろから叫びました。

ジョバンニは、ばっと胸がつめたくなり、そこら中《じゅう》きぃんと鳴るように思いました。

(中略)

空気は澄みきって、まるで水のように通りや店の中を流れましたし、街燈はみなまっ青なもみや楢《なら》の枝で包まれ、電気会社の前の六本のプラタナスの木などは、中に沢山《たくさん》の豆電燈がついて、ほんとうにそこらは人魚の都のように見えるのでした。子どもらは、みんな新らしい折《おり》のついた着物を着て、星めぐりの口笛を吹いたり、

「ケンタウルス、露をふらせ。」

と叫んで走ったり、青いマグネシヤの花火を燃したりして、たのしそうに遊んでいるのでした。けれどもジョバンニは、いつかまた深く首を垂れて、そこらのにぎやかさとはまるでちがったことを考えながら、牛乳屋の方へ急ぐのでした。

賢治が作詞作曲した楽曲に「星めぐりの歌」がある。いろいろな星座を歌いこんだ歌詞のなかに「オリオンは高く　うたひ　つゆとしもとを　おとす」とあり、「ケンタウルス、露をふらせ」という叫び声につながる。

「ケンタウルス」はギリシア神話の半人半獣の怪物に見たてた星座の名だが、この星祭りの名はケンタウル祭である。マグネシヤは閃光を発して燃えるマグネシウムの酸化物である。

ジョバンニが町はずれの牛乳屋に行くと、年とった女の人がいて、「いま誰もいないでわかりません。もう少したってから来てください」という。ジョバンニは「そうですか。ではありがとう」と牛乳屋から出た。

十字になった町のかどを、まがろうとしましたら、向こうの橋へ行く方の雑貨店の前で、黒い影やぼんやり白いシャツが入り乱れて、六、七人の生徒らが、口笛を吹いたり笑わらったりして、めいめい烏瓜《からすうり》の燈火《あかり》を持ってやって来るのを見ました。その笑い声も口笛も、みんな聞きおぼえのあるものでした。ジョバンニの同級の子供らだったのです。

ジョバンニは思わずどきっとして戻ろうとしましたが、思い直して、一そう勢いよくそっちへ歩いて行きました。

「川へ行くの。」

ジョバンニが云おうとして、少しのどがつまったように思ったとき、

「ジョバンニ、ラッコの上着が来るよ。」

さっきのザネリがまた叫びました。

「ジョバンニ、ラッコの上着が来るよ。」

すぐみんなが、続いて叫びました。ジョバンニはまっ赤になって、もう歩いているかもわからず、急いで行きすぎようとしましたら、そのなかにカムパネルラが居《い》たのです。カムパネルラは気の毒そうに、だまって少しわらって、怒らないだろうかというようにジョバンニの方を見ていました。

ジョバンニは、遁《に》げるようにその眼《め》を避《さ》け、そしてカムパネルラのせいの高いかたちが過ぎて行って間もなく、みんなはてんでに口笛を吹きました。町かどを曲るとき、ふりかえって見ましたら、ザネリがやはりふりかえって見ていました。そしてカムパネルラもまた、高く口笛を吹いて向こうにぼんやり見えている橋の方へ歩いて行ってしまったのでした。

ジョバンニは、なんとも云《い》えずさびしくなって、いきなり走りだしました。すると耳に手をあてて、わああと云いながら片足でぴょんぴょん跳んでいた小さな子供らは、ジョバンニが面白くてかけるのだと思って、わあいと叫びました。

まもなくジョバンニは黒い丘の方へ急ぎました。

五　天気輪の柱

牧場のうしろはゆるい丘になって、その黒い平らな頂上は、北の大熊星《おおくまぼし》の下に、ぼんやりふだんよりも低く、連なって見えました。

ジョバンニは、もう露の降りかかった小さな林のこみちを、どんどんのぼって行きました。まっくらな草や、いろいろな形に見えるやぶのしげみの間を、その小さなみちが、一すじ白く星あかりに照らしだされてあったのです。

草の中には、ぴかぴか青びかりを出す小さな虫［ホタルのような虫］もいて、ある葉は青くすかし出され、ジョバンニは、さっきみんなの持って行った烏瓜《からすうり》のあかりのようだとも思いました。

そのまっ黒な、松や楢《なら》の林を越えると、にわかにがらんと空がひらけて、天の川がしらしらと南から北へ亘《わた》っているのが見え、また頂《いただき》の、天気輪《てんきりん》の柱も見わけられたのでした。つりがねそうか野ぎくかの花が、そこらいちめんに、夢の中からでも薫《かお》りだしたというように咲き、鳥が一疋《ぴき》、丘の上を鳴き続けながら通って行きました。

ジョバンニは、頂の天気輪の柱の下に来て、どかどかするからだを、つめたい草に投げました。

「銀河鉄道の夜」は、ジョバンニ、カムパネルラというイタリアふうの人名など、全体にヨーロッパ調なのだが、天気輪は東洋ふうである。この天気の柱が何かについては諸説あるが、銀河鉄道は死者た

ちを乗せて星空をいく列車なので、この柱の基本的な性格は〈この世〉から〈あの世〉への通路である。そこから、地蔵車や後生車《ごしょうぐるま》などとよばれる供養塔《くようとう》（経文を書いた輪をはめこんだ卒塔婆《そとば》で東北地方に多い）や五輪塔が原イメージではないかと考えられる。

銀河鉄道が死者たちの列車であることはまだ明かされていないのだが、お盆の灯籠流しを連想させる烏瓜のあかり流しに死者の供養の予感がある。

町の灯は、暗《やみ》の中をまるで海の底のお宮のけしきのようにともり、子供らの歌う声や口笛、きれぎれの叫び声もかすかに聞こえて来るのでした。（中略）ジョバンニは町のはずれから遠く黒くひろがった野原を見わたしました。

そこから汽車の音が聞こえてきました。その小さな列車の窓は一列小さく赤く見え、その中にはたくさんの旅人が、苹果《りんご》を剝《む》いたり、わらったり、いろいろな風にしていると考えますと、ジョバンニは、もう何とも云《い》えずかなしくなって、また眼をそらに挙げました。

ああ、あの白いそらの帯がみんな星だというぞ。

ところが、いくら見ていても、そのそらは、ひる先生の云《い》ったような、がらんとした冷たいとこだとは思われませんでした。それどころでなく、見れば見るほど、そこは小さな林や牧場やらある野原のように考えられてしかたなかったのです。そしてジョバンニは青い琴の星が、三つにも四つにもなって、ちらちら瞬《またた》き、脚《あし》が何べんも出たり引っ込んだりして、とうとう蕈《きのこ》のように長く延《の》びるのを見ました。またすぐ眼の下のまちまでが、やっぱりぼんやりしたたくさんの星の集まりか一つの大きなけむりかのように見えるように思いました。

天気輪の柱は、どうやら、琴座から脚《あし》が伸びて地上に降りてくるようである。

六　銀河ステーション

そしてジョバンニはすぐうしろの天気輪の柱が、いつかぼんやりした三角標《さんかくひょう》［三角測量のときに立てる標識］の形になって、しばらく蛍《ほたる》のように、ぺかぺか消えたりともったりしているのを見ました。それはだんだんはっきりして、とうとう、りんとうごかないようになり、濃《こ》い鋼青《こうせい》［はがね］のそらの野原にたちました。いま新らしく灼《や》いたばかりの青い鋼の板のような、そらの野原に、まっすぐに、すきっと立ったのです。

するとどこかで、ふしぎな声が、銀河ステーション、銀河ステーションと云う声がしたと思うと、（中略）ごとごとごとごと、ジョバンニの乗っている小さな列車が走りつづけていたのでした。ほんとうにジョバンニは、夜の軽便《けいべん》鉄道の、小さな黄いろの電燈のならんだ車室に、窓から外を見ながら座っていたのです。

車室の中は、青い天鵞絨《びろうど》を張った腰掛《こしかけ》が、まるでがら明きで、向こうの鼠《ねずみ》いろのワニスを塗《ぬ》った壁《かべ》には、真鍮《しんちゅう》の大きなぼたんが二つ光っているのでした。


ジョバンニはいつのまにか夜の軽便鉄道の座席にすわっている。軽便鉄道とは民間主体で建設された地方路線の鉄道である。賢治の時代には東北本線の花巻駅から北上山地の仙人峠をむすぶ岩手軽便鉄道（現在のJR釜石線）が大正3年（1914）に開通した。

その軽便鉄道の座席にはジョバンニより先にカムパネルラがすわっている。


すぐ前の席に、ぬれたようにまっ黒な上着を着た、せいの高い子供が、窓から頭を出して外を見ているのに気がつきました。そして、そのこどもの肩のあたりが、どうも見たことのあるような気がして、そう思うと、もうどうしても誰だかわかりたくて、たまらなくなりました。

いきなりこっちも窓から顔を出そうとしたとき、にわかにその子供が頭を引っ込めて、こっちを見ました。

それはカムパネルラだったのです。ジョバンニが、カムパネルラ、きみは前からここに居たの、と云おうと思ったとき、カムパネルラが、

「みんなはね、ずいぶん走ったけれども遅れてしまったよ。ザネリもね、ずいぶん走ったけれども追いつかなかった。」

と云いました。

（中略）

ところがカムパネルラは、窓から外をのぞきながら、もうすっかり元気が直って、勢いよく云いました。

「ああしまった。ぼく、水筒を忘れてきた。スケッチ帳も忘れてきた。けれど構《かま》わない。もうじき白鳥の停車場《ていしゃば》［鉄道の駅］だから。ぼく、白鳥を見るなら、ほんとうにすきだ。川の遠くを飛んでいたって、ぼくはきっと見える。」

そして、カムパネルラは、円《まる》い板のようになった地図［星座早見盤のようなもの］を、しきりにぐるぐるまわして見ていました。まったくその中に、白くあらわされた天の川の左の岸に沿って一条の鉄道線路が、南へ南へとたどって行くのでした。

（中略）

「この地図はどこで買ったの。黒曜石でできてるねえ。」

ジョバンニが云いました。

「銀河ステーションで、もらったんだ。君もらわなかったの。」

「ああ、ぼく銀河ステーションを通ったろうか。いまぼくたちの居るとこ、ここだろう。」

ジョバンニは、白鳥と書いてある停車場のしるしの、すぐ北を指しました。

「そうだ。おや、あの河原は月夜だろうか。」

そっちを見ますと、青白く光る銀河の岸に、銀いろの空のすすきが、もうまるでいちめん、風にさらさらさら、ゆられてうごいて、波を立てているのでした。

「月夜でないよ。銀河だから光るんだよ。」

ジョバンニは云いながら、まるではね上がりたいくらい愉快《ゆかい》になって、足をこつこつ鳴らし、窓から顔を出して、高く高く星めぐりの口笛を吹きながら一生けん命延《の》びあがって、その天の川の水を、見きわめようとしましたが、はじめはどうしてもそれが、はっきりしませんでした。けれども、だんだん気をつけて見ると、そのきれいな水は、ガラスよりも水素よりもすきとおって、ときどき眼の加減《かげん》か、ちらちら紫いろのこまかな波をたてたり、虹《にじ》のようにぎらっと光ったりしながら、声もなくどんどん流れて行き、野原にはあっちにもこっちにも、燐光《りんこう》の三角標［ここでは星座のことか］が、うつくしく立っていたのです。

（中略）

「ぼくはもう、すっかり天の野原に来た。」

ジョバンニは云いました。

「それにこの汽車石炭をたいていないねえ。」

ジョバンニが左手をつき出して窓から前の方を見ながら云いました。

「アルコールか電気だろう。」

カムパネルラが云《い》いました。

ごとごとごとごとと、その小さなきれいな汽車は、そらのすすきの風にひるがえる中を、天の川の水や、三角点の青じろい微光の中を、どこまでもどこまでもと、走って行くのでした。

絵本やアニメで銀河鉄道はＳＬのイメージで描かれているが、この汽車は石炭を焚《た》いていない。別原稿（第三次稿）には「ここの汽車は、スティームや電気でうごいていない。ただうごくようにきまっているからうごいているのだ」とある。死者たちを次の世界へ送りとどける列車なので、それを動かすエネルギーは生前のカルマ（業《ごう》）であり、止めることはできず、「ただ動くように決まっているから動く」のだろう。

七　北十字とプリオシン海岸

北十字は白鳥座の別称。プリオシンは後述。

「おっかさんは、ぼくをゆるして下さるだろうか。」

いきなり、カムパネルラが、思い切ったというように、少しどもりながら、急《せ》きこんで云《い》いました。

ジョバンニは、

（ああ、そうだ、ぼくのおっかさんは、あの遠い一つのちりのように見える橙《だいだい》いろの三角標のあ

たりにいらっしゃって、いまぼくのことを考えているんだった）

と思いながら、ぼんやりしてだまっていました。

「ぼくはおっかさんが、ほんとうに幸《さいわい》になるなら、どんなことでもする。けれども、いったいどんなことが、おっかさんのいちばんの幸なんだろう。」

カムパネルラは、なんだか、泣きだしたいのを、一生けん命こらえているようでした。

「きみのおっかさんは、なんにもひどいことないじゃないの。」

ジョバンニはびっくりして叫びました。

「ぼくわからない。けれども、誰《たれ》だって、ほんとうにいいことをしたら、いちばん幸なんだねえ。だから、おっかさんは、ぼくをゆるして下さると思う。」

カムパネルラは、なにかほんとうに決心しているように見えました。


ジョバンニは病気のお母さんのために牛乳を取りにいくといって家を出てきた。カムパネルラのお母さんは、なんにもひどいことない。それなのに、カムパネルラは母親のことをしきりに気にしている。

俄《にわ》かに、車のなかが、ぱっと白く明るくなりました。見ると、もうじつに、金剛石《こんごうせき》［ダイヤモンド］や草の露《つゆ》や、あらゆる立派さをあつめたような、きらびやかな銀河の河床《かわどこ》の上を、水は声もなくかたちもなく流れ、その流れのまん中に、ぼうっと青白く後光《ごこう》の射《さ》した一つの島が見えるのでした。

その島の平らないただきに、立派な眼もさめるような、白い十字架がたって、それはもう凍《こお》った北極の雲で鋳《い》たといったらいいか、すきっとした金いろの円光《えんこう》をいただいて、しずかに永久に立っているのでした。

「ハレルヤ、ハレルヤ。」

前からもうしろからも声が起こりました。

ふりかえって見ると、車室の中の旅人たちは、みなまっすぐにきもののひだを垂《た》れ、黒いバイブルを胸にあてたり、水晶の数珠《じゅず》をかけたり、どの人もつつましく指を組み合わせて、そっちに祈っているのでした。（中略）そして島と十字架とは、だんだんうしろの方へうつって行きました。

（中略）

「もうじき白鳥の停車場だねえ。」

「ああ、十一時かっきりには着くんだよ。」

早くも、シグナルの緑の燈《あかり》と、ぼんやり白い柱とが、ちらっと窓のそとを過ぎ、それから硫黄《いおう》のほのおのようなくらいぼんやりした転てつ機〔転轍機。レールの路線を切り替える装置〕の前のあかりが窓の下を通り、汽車はだんだんゆるやかになって、まもなくプラットホームの一列の電燈が、うつくしく規則正しくあらわれ、それがだんだん大きくなってひろがって、二人は丁度《ちょうど》白鳥停車場の、大きな時計の前に来てとまりました。（中略）〔二十分停車〕と時計の下に書いてありました。

（中略）

二人は、停車場の前の、水晶細工のように見える銀杏《いちょう》の木に囲まれた、小さな広場に出ました。そこから幅の広いみちが、まっすぐに銀河の青光の中へ通っていました。（中略）。そして間もなく、あの汽車から見えたきれいな河原に来ました。

カムパネルラは、そのきれいな砂を一つまみ、掌《てのひら》にひろげ、指できしきしさせながら、夢のように云《い》っているのでした。

「この砂はみんな水晶だ。中で小さな火が燃えている。」

（中略）

河原の礫《こいし》は、みんなすきとおって、たしかに水晶や黄玉《トパーズ》や、またくしゃくしゃの皺曲《しゅうきょく》をあらわしたのや、また稜《かど》から霧のような青白い光を出す鋼玉《こうぎょく》やらでした。ジョバンニは、走ってその渚《なぎさ》に行って、水に手をひたしました。けれども、あやしいその銀河の水は、水素よりももっとすきとおっていたのです。それでもたしかに流れていたことは、二人の手首の、水にひたったとこが、少し水銀いろに浮いたように見え、その手首にぶっつかってできた波は、うつくしい燐光《りんこう》をあげて、ちらちらと燃えるように見えたのでもわかりました。


銀河の水は水素よりすきとおっている。このような表現は賢治独特のもの。それに水晶や黄玉《トパーズ》など、いろいろな鉱物が出る。それも賢治ならではで、この物語を彩っている。

川上の方を見ると、すすきのいっぱいにはえている崖《がけ》の下に、白い岩が、まるで運動場のように平らに川に沿って出ているのでした。そこに小さな五、六人の人かげが、何か掘《ほ》り出すか埋《う》めるかしているらしく、立ったり屈《かが》んだり、時々なにかの道具が、ピカッと光ったりしました。

「行ってみよう。」

二人は、まるで一度に叫んで、そっちの方へ走りました。その白い岩になった処《ところ》の入口に〔プリオシン海岸〕という、瀬戸物のつるつるした標札が立って、向こうの渚には、ところどころ、細い鉄の欄干《らんかん》も植えられ、木製のきれいなベンチも置いてありました。

「おや、変なものがあるよ。」

カムパネルラが、不思議そうに立ちどまって、岩から黒い細長いさきのとがったくるみの実のようなものをひろいました。

「くるみの実だよ。そら、たくさんある。流れて来たんじゃない。岩の中にはいってるんだ。」

「大きいね、このくるみ、倍あるね。こいつはすこしもいたんでない。」


この銀河の岸辺には第四紀洪積世（更新世）、すなわちプリオシン期の地層がある。プリオシンは牛の祖先（原牛）などの哺乳類が生息した地質年代で、「賢治の時代では漠然と約100万年前と考えられていた」（加藤碩一『イーハトーブの古生物』）。

北上川の河床の岩からはバタグルミの化石が出る。

「早くあすこへ行って見よう。きっと何か掘ってるから。」

二人は、ぎざぎざの黒いくるみの実を持ちながら、またさっきの方へ近よって行きました。左手の渚には、波がやさしい稲妻《いなづま》のように燃えて寄せ、右手の崖には、いちめん銀や貝殻でこさえたようなすすきの穂がゆれたのです。

だんだん近づいて見ると、一人のせいの高い、ひどい近眼鏡《きんがんきょう》をかけ、長靴《ながぐつ》をはいた学者らしい人が、手帳に何かせわしそうに書きつけながら、鶴嘴《つるはし》をふりあげたり、スコープ〔スコップ〕をつかったりしている、三人の助手らしい人たちに夢中でいろいろ指図をしていました。

「そこの、その突起《とっき》を壊《こわ》さないように、スコープを使いたまえ、スコープを。おっと、も少し遠くから掘って。いけない、いけない、なぜそんな乱暴《らんぼう》をするんだ。」

見ると、その白い柔《やわ》らかな岩の中から、大きな大きな青じろい獣《けもの》の骨が、横に倒れて潰《つぶ》れたという風になって、半分以上掘り出されていました。そして気をつけて見ると、そこらには、蹄《ひづめ》の二つある足跡のついた岩が、四角に十ばかり、きれいに切り取られて番号がつけられてありました。

「君たちは参観《さんかん》かね。」

その大学士らしい人が、眼鏡《めがね》をきらっとさせて、こっちを見て話しかけました。

「くるみが沢山《たくさん》あったろう。それはまあ、ざっと百二十万年ぐらい前のくるみだよ。ごく新らしい方さ。ここは百二十万年前、第三紀のあとのころは海岸でね、この下からは貝がらも出る。いま川の流れているとこに、そっくり塩水が寄せたり引いたりもしていたのだ。このけものかね、これはボス〔原牛のボス・プリミゼニウス〕といってね、おいおい、そこ、つるはしはよしたまえ。ていねいに鑿《のみ》でやってくれたまえ。ボスといってね、いまの牛の先祖で、昔はたくさん居たのさ。」

「標本にするんですか。」

「いや、証明するに要《い》るんだ。ぼくらからみると、ここは厚い立派な地層で、百二十万年ぐらい前にできたという証拠もいろいろあがるけれども、ぼくらとちがったやつからみても、やっぱりこんな地層に見えるかどうか、あるいは風か水や、がらんとした空かに見えやしないかということなのだ。わかったかい。けれども、おいおい、そこもスコープではいけない。そのすぐ下に肋《ろっ》骨《こつ》が埋もれてるはずじゃないか。」

大学士《だいがくし》はあわてて走って行きました。

「もう時間だよ。行こう。」

カムパネルラが地図と腕時計とをくらべながら云《い》いました。

「ああ、では、わたくしどもは失礼いたします。」

ジョバンニは、ていねいに大学士におじぎしました。

「そうですか。いや、さよなら。」

大学士は、また忙がしそうに、あちこち歩きまわって監督をはじめました。

（中略）

そして二人は、前のあの河原を通り、改札口の電燈がだんだん大きくなって、まもなく二人は、もとの車室の席に座って、いま行って来た方を、窓から見ていました。


空に古いの地層があるという。このイメージは詩集『春と修羅』の「序」にもあり、「おそらくこれから二千年もたつたころは／それ相当のちがつた地質学が流用され／相当した証拠もまた次次過去から現出し／みんなは二千年ぐらゐ前には／青ぞらいつぱいの無色な孔雀が居たとおもひ／新進の大学士たちは気圏のいちばんの上層／きらびやかな氷窒素のあたりから／すてきな化石を発掘したり／あるいは白堊紀砂岩の層面に／透明な人類の巨大な足跡を／発見するかもしれません」という。

八　鳥を捕る人

「ここへかけてもようございますか。」

がさがさした、けれども親切そうな、大人の声が、二人のうしろで聞こえました。

それは、茶いろの少しぼろぼろの外套《がいとう》を着て、白い巾《きれ》でつつんだ荷物を、二つに分けて肩に掛けた、赤髯《あかひげ》のせなかのかがんだ人でした。

「ええ、いいんです。」

ジョバンニは、少し肩をすぼめて挨拶《あいさつ》しました。その人は、ひげの中でかすかに微笑《わら》いながら荷物をゆっくり網棚《あみだな》にのせました。


（中略）


赤ひげの人が、少しおずおずしながら、二人に訊《き》きました。

「あなた方は、どちらへいらっしゃるんですか。」

「どこまでも行くんです。」

ジョバンニは、少しきまり悪そうに答えました。

「それはいいね。この汽車は、じっさい、どこまででも行きますぜ。」

「あなたはどこへ行くんです。」

カムパネルラが、いきなり、喧嘩《けんか》のようにたずねましたので、ジョバンニは、思わずわらいました。すると、向こうの席《せき》に居た、尖《とが》った帽子《ぼうし》をかぶり、大きな鍵《かぎ》を腰に下げた人も、ちらっとこっちを見てわらいましたので、カムパネルラも、つい顔を赤くして笑いだしてしまいました。

ところがその人は別に怒ったでもなく、頬《ほお》をぴくぴくしながら返事をしました。

「わっしはすぐそこで降ります。わっしは、鳥をつかまえる商売でね。」

「何鳥ですか。」

「鶴《つる》や雁《がん》です。さぎも白鳥もです。」

「鶴はたくさんいますか。」

「居ますとも、さっきから鳴いてまさあ。聞かなかったのですか。」

「いいえ。」

「いまでも聞こえるじゃありませんか。そら、耳をすまして聴《き》いてごらんなさい。」

二人は眼を挙げ、耳をすましました。ごとごと鳴る汽車のひびきと、すすきの風との間から、ころんころんと水の湧《わ》くような音が聞こえて来るのでした。

「鶴、どうしてとるんですか。」

「鶴ですか、それとも鷺《さぎ》ですか。」

「鷺です。」

ジョバンニは、どっちでもいいと思いながら答えました。

「そいつはな、雑作《ぞうさ》ない。さぎというものは、みんな天の川の砂が凝《こご》って、ぼおっとできるもんですからね、そして始終《しじゅう》川へ帰りますからね、川原で待っていて、鷺がみんな、脚《あし》をこういうふうにしておりてくるとこを、そいつが地べたへつくかつかないうちに、ぴたっと押さえちまうんです。するともう鷺《さぎ》は、かたまって安心して死んじまいます。あとはもう、わかり切ってまさあ。押し葉《おば》にするだけです。」

「鷺さぎを押し葉にするんですか。標本《ひょうほん》ですか。」

「標本じゃありません。みんなたべるじゃありませんか。」

「おかしいねえ。」

カムパネルラが首をかしげました。

「おかしいも不審《ふしん》もありませんや。そら。」

その男は立って、網棚《あみだな》から包みをおろして、手ばやくくるくると解《と》きました。

「さあ、ごらんなさい。いまとって来たばかりです。」

「ほんとうに鷺だねえ。」

二人は思わず叫びました。まっ白な、あのさっきの北の十字架のように光る鷺のからだが、十ばかり、少しひらべったくなって、黒い脚をちぢめて、浮彫《うきぼり》のようにならんでいたのです。

「眼をつぶってるね。」

カムパネルラは、指でそっと、鷺《さぎ》の三日月がたの白い瞑《つぶ》った眼にさわりました。頭の上の槍《やり》のような白い毛もちゃんとついていました。

「ね、そうでしょう。」

鳥捕《とりと》りは風呂敷《ふろしき》を重ねて、またくるくると包んで紐《ひも》でくくりました。誰《たれ》がいったいここらで鷺なんぞ喰《た》べるだろうとジョバンニは思いながら訊《き》きました。

「鷺はおいしいんですか。」

「ええ、毎日注文があります。しかし雁《がん》の方が、もっと売れます。雁の方がずっと柄《がら》がいいし、第一手数がありませんからな。そら。」

鳥捕りは、また別の方の包みを解きました。すると黄と青じろとまだらになって、なにかのあかりのようにひかる雁《がん》が、ちょうどさっきの鷺のように、くちばしをそろえて、少しひらべったくなって、ならんでいました。

「こっちはすぐ喰《た》べられます。どうです、少しおあがりなさい。」

鳥捕りは、黄いろの雁の足を、軽くひっぱりました。するとそれは、チョコレートででもできているように、すっときれいにはなれました。

「どうです。すこしたべてごらんなさい。」

鳥捕りは、それを二つにちぎってわたしました。ジョバンニは、ちょっと喰《た》べてみて、(なんだ、やっぱりこいつはお菓子《かし》だ。チョコレートよりも、もっとおいしいけれども、こんな雁が飛んでいるもんか。この男は、どこかそこらの野原の菓子屋だ。けれどもぼくは、このひとをばかにしながら、この人のお菓子をたべているのは、大へん気の毒だ)とおもいながら、やっぱりぽくぽくそれをたべていました。

「も少しおあがりなさい。」

鳥捕りがまた包みを出しました。ジョバンニは、もっとたべたかったのですけれども、

「ええ、ありがとう。」

といって遠慮しましたら、鳥捕りは、こんどは向こうの席の、鍵《かぎ》をもった人に出しました。

「いや、商売ものを貰《もら》っちゃすみませんな。」

その人は、帽子をとりました。

「いいえ、どういたしまして。どうです、今年の渡り鳥の景気は。」

「いや、すてきなもんですよ。一昨日《おととい》の第二限ころなんか、なぜ燈台の灯を、規則以外に間（一時空白）させるかって、あっちからもこっちからも、電話で故障《こしょう》「クレーム」が来ましたが、なあに、こっちがやるんじゃなくて、渡り鳥どもが、まっ黒にかたまって、あかしの前を通るのですから仕方ありませんや、わたしゃ、べらぼうめ、そんな苦情は、おれのとこへ持《も》って来たってしかたがねえや、ばさばさのマントを着て脚《あし》と口との途方《とほう》もなく細い大将「アオサギのような大型の渡り鳥か」へやれって、斯《こ》う云《い》ってやりましたがね、はっは。」

すすきがなくなったために、向こうの野原から、ぱっとあかりが射《さ》して来ました。

「鷺の方はなぜ手数なんですか。」

カムパネルラは、さっきから、訊《き》こうと思っていたのです。

「それはね、鷺を喰べるには、」

鳥捕りは、こっちに向き直りました。

「天の川の水あかりに、十日もつるしておくかね、そうでなけぁ、砂に三四日うずめなけぁいけないんだ。そうすると、水銀がみんな蒸発して、喰べられるようになるよ。」

「こいつは鳥じゃない。ただのお菓子でしょう。」

やっぱりおなじことを考えていたとみえて、カムパネルラが、思い切ったというように、尋《たず》ね

ました。鳥捕りは、何か大へんあわてた風で、

「そうそう、ここで降りなけぁ。」

と云《い》いながら、立って荷物をとったと思うと、もう見えなくなっていました。

「どこへ行ったんだろう。」

二人は顔を見合わせましたら、燈台守は、にやにや笑って、少し伸びあがるようにしながら、二人の横の窓の外をのぞきました。二人もそっちを見ましたら、たったいまの鳥捕りが、黄いろと青じろの、うつくしい燐光《りんこう》を出す、いちめんのかわらははこぐさ［カワラハハコグサ］の上に立って、まじめな顔をして両手をひろげて、じっとそらを見ていたのです。

「あすこへ行ってる。ずいぶん奇体《きたい》だねえ。きっとまた鳥をつかまえるとこだねえ。汽車が走って行かないうちに、早く鳥がおりるといいな。」

と云ったとたん、がらんとした桔梗《ききょう》いろの空から、さっき見たような鷺《さぎ》が、まるで雪の降ふるように、ぎゃあぎゃあ叫びながら、いっぱいに舞いおりて来ました。すると、あの鳥捕りは、すっかり注文通りだというようにほくほくして、両足をかっきり六十度に開いて立って、鷺のちぢめて降りて来る黒い脚を両手で片っ端から押さえて、布の袋の中に入れるのでした。

すると鷺は、蛍《ほたる》のように、袋の中でしばらく、青くぺかぺか光ったり消えたりしていましたが、おしまいとうとう、みんなぼんやり白くなって、眼をつぶるのでした。

ところが、つかまえられる鳥よりは、つかまえられないで無事に天の川の砂の上に降りるもの

の方が多かったのです。それは見ていると、足が砂へつくや否《いな》や、まるで雪の融《と》けるように、縮まって扁《ひら》べったくなって、まもなく溶鉱炉《ようこうろ》から出た銅の汁のように、砂や砂利の上にひろがり、しばらくは鳥の形が、砂についているのでしたが、それも二、三度明るくなったり暗くなったりしているうちに、もうすっかりまわりと同じいろになってしまうのでした。

鳥捕りは、二十疋《ぴき》ばかり、袋に入れてしまうと、急に両手をあげて、兵隊が鉄砲弾《てっぽうだま》にあたって、死ぬときのような形をしました。

と思ったら、もうそこに鳥捕りの形はなくなって、却《かえ》って、

「ああせいせいした。どうもからだに恰度合《ちょうどあ》うほど稼《かせ》いでいるくらい、いいことはありませんな。」

というききおぼえのある声が、ジョバンニの隣りにしました。見ると鳥捕りは、もうそこでとって来た鷺を、きちんとそろえて、一つずつ重ね直しているのでした。

「どうして、あすこから、いっぺんにここへ来たんですか。」

ジョバンニが、なんだかあたりまえのような、あたりまえでないような、おかしな気がして問いました。

「どうしてって、来ようとしたから来たんです。ぜんたいあなた方は、どちらからおいでですか。」

ジョバンニは、すぐ返事をしようと思いましたけれども、さあ、ぜんたいどこから来たのか、もうどうしても考えつきませんでした。カムパネルラも、顔をまっ赤にして何か思い出そうとしているのでした。

「ああ、遠くからですね。」

鳥捕りは、わかったというように雑作《ぞうさ》なくうなずきました。


鳥捕りの雁や鷺のお菓子は、祝いの鶴亀の砂糖菓子や落雁が元になっているのかもしれない。それにしても、鷺が蛍《ほたる》のように青くぺかぺか光ったり消えたりしてお菓子に変わることなど、賢治文学にしかない美しいイメージだ。それに、瞬間移動して「来ようとしたから来た」とか、ジョバンニとカムパネルラにどこから来たのかと尋ねて「ああ、遠くからですね」と勝手に納得してしまうところなど、ユーモラスでもあり、何か意味ありげでもある。

九　ジョバンニの切符

「もうここらは白鳥区のおしまいです。ごらんなさい。あれが名高いアルビレオ〔白鳥座の星のひとつ〕の観測所です。」

窓の外の、まるで花火でいっぱいのような、あまの川のまん中に、黒い大きな建物が四棟《むね》ばかり立って、その一つの平屋根の上に、眼《め》もさめるような、青宝玉《サファイア》と黄玉《トパーズ》の大きな二つのすきとおった球が、輪になってしずかにくるくるとまわっていました。

（中略）

「あれは、水の速さをはかる器械です。水も……。」

鳥捕りが云いかけたとき、

「切符を拝見いたします。」

三人の席の横に、赤い帽子をかぶったせいの高い車掌《しゃしょう》が、いつかまっすぐに立っていて云《い》いました。鳥捕りは、だまってかくし〔ポケット〕から、小さな紙きれを出しました。車掌はちょっと見て、すぐ眼をそらして（あなた方のは？）というように、指をうごかしながら、手をジョバンニたちの方へ出しました。

「さあ。」

ジョバンニは困って、もじもじしていましたら、カムパネルラは、わけもないという風で、小さな鼠《ねずみ》いろの切符を出しました。

ジョバンニは、すっかりあわててしまって、もしか上着のポケットにでも、入っていたかともいながら、手を入れて見ましたら、何か大きな畳《たた》んだ紙きれにあたりました。

こんなもの入っていたろうかと思って、急いで出してみましたら、それは四つに折ったはがきぐらいの大きさの緑いろの紙でした。

車掌が手を出しているもんですから何でも構《かま》わない、やっちまえと思って渡しましたら、車掌はまっすぐに立ち直って丁寧《ていねい》にそれを開いて見ていました。そして読みながら上着のぼたんやなんかしきりに直したりしていましたし燈台看守《とうだいかんしゅ》も下からそれを熱心にのぞいていましたから、ジョバンニはたしかにあれは証明書か何かだったと考えて少し胸が熱くなるような気がしました。

「これは三次空間〔現実世界〕の方からお持ちになったのですか。」

車掌がたずねました。

「何だかわかりません。」

もう大丈夫だと安心しながらジョバンニはそっちを見あげてくつくつ笑いました。

「よろしゅうございます。南十字《サウザンクロス》へ着きますのは、次の第三時ころになります。」

車掌は紙をジョバンニに渡して向こうへ行きました。

カムパネルラは、その紙切れが何だったか待ち兼ねたというように急いでのぞきこみました。ジョバンニも全く早く見たかったのです。

ところが、それはいちめん黒い唐草《からくさ》のような模様《もよう》の中に、おかしな十ばかりの字を印刷したものでだまって見ていると何だかその中へ吸い込まれてしまうような気がするのでした。すると鳥捕りが横からちらっとそれを見てあわてたように云いました。

「おや、こいつは大したもんですぜ。こいつはもう、ほんとうの天上へさえ行ける切符だ。天上どこじゃない、どこでも勝手にあるける通行券です。こいつをお持ちになりぁ、なるほど、こんな不完全な幻想第四次の銀河鉄道なんか、どこまででも行けるはずでさあ、あなた方大したもんですね。」

「なんだかわかりません。」

ジョバンニが赤くなって答えながら、それを又畳んでかくしに入れました。そしてきまりが悪わるいのでカムパネルラと二人、また窓の外をながめていましたが、その鳥捕りの時々大したもんだというように、ちらちらこっちを見ているのがぼんやりわかりました。

「もうじき鷲《わし》の停車場だよ。」

カムパネルラが向こう岸の、三つならんだ小さな青じろい三角標と、地図とを見較《みくら》べて云いました。

ジョバンニはなんだかわけもわからずに、にわかにとなりの鳥捕りが気の毒でたまらなくなりました。鷺《さぎ》をつかまえてせいせいしたとよろこんだり、白いきれでそれをくるくる包んだり、ひとの切符をびっくりしたように横目で見てあわててほめだしたり、そんなことを一一《いちいち》考えていると、もうその見ず知らずの鳥捕りのために、ジョバンニの持っているものでも食べるものでもなんでもやってしまいたい、もうこの人のほんとうの幸《さいわい》になるなら、自分があの光る天の川の河原に立って百年つづけて立って鳥をとってやってもいいというような気がして、どうしても、もう黙《だま》っていられなくなりました。

ほんとうにあなたのほしいものはいったい何ですかと訊《き》こうとして、それではあんまり出し抜けだから、どうしようかと考えて振り返って見ましたら、そこにはもう、あの鳥捕りが居ませんでした。網棚《あみだな》の上には白い荷物も見えなかったのです。また窓の外で足をふんばってそらを見上げて鷺を捕る支度《したく》をしているのかと思って、急いでそっちを見ましたが、外はいちめんのうつくしい砂子《すなご》と白いすすきの波ばかり、あの鳥捕りの広いせなかも尖った帽子も見えませんでした。

賢治は花巻の商家の長男に生まれたが、生家が質商を営んでいることをひどく気に病んでいた。貧しい農民たちに利息つきのお金を貸すことに耐えられなかったようだ。困っている人がいるなら、お金でも何でもやってしまいたい。そんなふうを考える性分なのだ。

ジョバンニも同じだ。ほんとうの天上へさえ行ける切符を手に入れると、鳥捕りより優位に立つ。そのとたん、鷺をつかまえる生業に一生懸命な鳥捕りが気の毒でたまらなくなり、自分が代わりに天の川の河原に立って鳥をとってもいいという気がする。

「なんだか苹果《りんご》の匂《にお》いがする。僕いま苹果のことを考えたためだろうか。」カムパネルラが不思議そうにあたりを見まわしました。

「ほんとうに苹果の匂いだよ。それから野茨《のいばら》の匂《にお》いもする。」

ジョバンニもそこらを見ましたがやっぱりそれは窓からでも入って来るらしいのでした。いま秋だから野茨の花の匂いのする筈《はず》はないとジョバンニは思いました。

そしたら俄《にわ》かにそこに、つやつやした黒い髪の六つばかりの男の子が赤いジャケツのぼたんもかけず、ひどくびっくりしたような顔をしてがたがたふるえてはだしで立っていました。隣りには黒い洋服をきちんと着たせいの高い青年が一ぱいに風に吹かれているけやきの木のような姿勢で、男の子の手をしっかりひいて立っていました。

「あら、ここどこでしょう。まあ、きれいだわ。」

青年のうしろにもひとり十二ばかりの眼の茶いろな可愛《かあい》らしい女の子が黒い外套《がいとう》を着て青年の腕にすがって不思議そうに窓の外を見ているのでした。

「ああ、ここはランカシャイヤ［イギリスのランカシャーか］だ。いや、コンネクテカット州［アメリカ北東部のコネチカット州か］だ。いや、ああ、ぼくたちはそらへ来たのだ。わたしたちは天へ行くのです。ごらんなさい。あのしるしは天上のしるしです。もうなんにもこわいことありません。わたくしたちは神さまに召されているのです。」

黒服の青年はよろこびにかがやいてその女の子に云《い》いました。けれどもなぜかまた額《ひたい》に深く皺《しわ》を刻んで、それに大へんつかれているらしく、無理に笑いながら男の子をジョバンニのとなりに座らせました。

背の高い青年と姉弟は乗っていた船が遭難して銀河鉄道の乗客になった。男の子ががたがたふるえてはだしで立っているのは、そのためだ。このエピソードは１９１２年に氷山と衝突して沈没した客船タイタニック号の事件を物語にとりこんだもの。タイタニック号は北大西洋で遭難したが、パシフィック（太平洋）に変え、姉弟も「かおる」「ただし」という日本人の名になっている。

それから女の子にやさしくカムパネルラのとなりの席を指さしました。女の子はすなおにそこへ座って、きちんと両手を組み合わせました。

「ぼくおおねえさん〔大姉さん。きくよねえさん〕のとこへ行くんだよう。」

腰掛けたばかりの男の子は顔を変にして燈台看守の向こうの席に座ったばかりの青年に云いました。青年は何とも云えず悲しそうな顔をして、じっとその子の、ちぢれたぬれた頭を見ました。女の子は、いきなり両手を顔にあててしくしく泣いてしまいました。

「お父さんやきくよねえさんは、まだいろいろお仕事があるのです。けれども、もうすぐあとからいらっしゃいます。それよりも、おっかさんはどんなに永《なが》く待っていらっしゃったでしょう。わたしの大事なタダシはいまどんな歌をうたっているだろう、雪の降る朝にみんなと手をつないでぐるぐるにわとこ〔ニワトコの木〕のやぶをまわってあそんでいるだろうかと考えたり、ほんとうに待って心配していらっしゃるんですから、早く行っておっかさんにお目にかかりましょうね。」

「うん、だけど僕、船に乗らなきぁよかったなあ。」

「ええ、けれど、ごらんなさい、そら、どうです、あの立派な川、ね、あすこはあの夏中、ツインクル、ツインクル、リトル、スターをうたってやすむとき、いつも窓からぼんやり白く見えていたでしょう。あすこですよ。ね、きれいでしょう、あんなに光っています。」

泣いていた姉もハンケチで眼をふいて外を見ました。青年は教えるようにそっと姉弟にまた云いいました。

「わたしたちはもうなんにもかなしいことないのです。わたしたちはこんないいとこを旅して、じき神さまのとこへ行きます。そこなら、もうほんとうに明るくて匂《にお》いがよくて、立派な人たちでいっぱいです。そして、わたしたちの代わりにボートへ乗れた人たちは、きっとみんな助けられて、心配して待まっているめいめいのお父さんやお母さんや自分のお家《うち》へやら行くのです。さあ、もうじきですから元気を出しておもしろくうたって行きましょう。」

青年は男の子のぬれたような黒い髪をなで、みんなを慰めながら、自分もだんだん顔いろがかがやいて来ました。

「あなた方はどちらからいらっしゃったのですか。どうなすったのですか。」

さっきの燈台看守がやっと少しわかったように青年にたずねました。青年はかすかにわらいました。

「いえ、氷山にぶっつかって船が沈みましてね、わたしたちはこちらのお父さんが急な用で二ヶ月前、一足さきに本国へお帰りになったので、あとから発《た》ったのです。私は大学へはいっていて、家庭教師にやとわれていたのです。ところがちょうど十二日目、今日か昨日のあたりです、船が氷山にぶっつかって一ぺんに傾き、もう沈みかけました。（中略）けれども、そこからボートまでのところには、まだまだ小さな子どもたちや親たちやなんか居て、とても押しのける勇気がなかったのです。（中略）そのうち船はもうずんずん沈みますから、私たちはかたまって、もうすっかり覚悟してこの人たち二人を抱いて、浮かべるだけは浮かぼうと船の沈むのを待っていました。（中略）どこからともなく二〇六番［賛美歌「主よ　みもとにちかづかん」か］の声があがりました。たちまちみんなはいろいろな国語で一ぺんにそれをうたいました。そのとき、にわかに大きな音がして私たちは水に落ち、もう渦《うず》にはいったと思いながらしっかりこの人たちをだいて、それからぼうっとしたと思ったら、もうここへ来ていたのです。（中略）」

そこらから小さな嘆息《ためいき》やいのりの声が聞え、ジョバンニもカムパネルラも、いままで忘れていたいろいろのことをぼんやり思い出して眼《め》が熱くなりました。

（ああ、その大きな海はパシフィックというのではなかったろうか。その氷山の流れる北のはての海で、小さな船［救命ボート］に乗って、風や凍りつく潮水や、はげしい寒さとたたかって、たれかが一生けんめいはたらいている。ぼくはそのひとにほんとうに気の毒で、そして、すまないような気がする。ぼくはそのひとのさいわいのために、いったいどうしたらいいのだろう。）

ジョバンニは首を垂れて、すっかりふさぎ込んでしまいました。

「なにがしあわせかわからないです。ほんとうにどんなつらいことでも、それがただしいみちを進む中でのできごとなら峠の上りも下りもみんなほんとうの幸福に近づく一あしずつですから。」

燈台守がなぐさめていました。

「ああそうです。ただいちばんのさいわいに至るために、いろいろのかなしみもみんなおぼしめしです。」

青年が祈るように、そう答えました。

そしてあの姉弟はもうつかれて、めいめいぐったり席によりかかって睡《ねむ》っていました。さっきのあのはだしだった足には、いつか白い柔《やわ》らかな靴をはいていたのです。

家庭教師の青年と姉弟ら遭難して海に沈んだ人々が列車に乗ってきた。みなクリスチャンのようだ。

ごとごとごとごと汽車はきらびやかな燐光の川の岸を進みました。

（中略）

「いかがですか。こういう苹果《りご》は、おはじめてでしょう。」

向こうの席の燈台看守がいつか黄金《きん》と紅でうつくしくいろどられた大きな苹果を落とさないように両手で膝《ひざ》の上にかかえていました。

「おや、どっから来たのですか。立派ですねえ。ここらではこんな苹果ができるのですか。」

青年はほんとうにびっくりしたらしく燈台看守の両手にかかえられた一《ひと》もりの苹果を眼を細くしたり首をまげたりしながら、われを忘れてながめていました。

「いや、まあおとりください。どうか、まあおとりください。」

青年は一つとってジョバンニたちの方をちょっと見ました。

「さあ、向こうの坊《ぼっ》ちゃんがた。いかがですか。おとりください。」

ジョバンニは坊ちゃんといわれたのですこししゃくにさわってだまっていましたが、カムパネルラは「ありがとう。」と云《い》いました。すると青年は自分でとって一つずつ二人に送ってよこしましたのでジョバンニも立ってありがとうと云いました。するとを

燈台看守はやっと両腕があいたので、こんどは自分で一つずつ睡《ねむ》っている姉弟の膝にそっと置《お》きました。

「どうもありがとう。どこでできるのですか。こんな立派な苹果は。」

青年はつくづく見ながら云いました。

「この辺では、もちろん農業はいたしますけれども、大《たい》ていひとりでにいいものができるような約束になっております。農業だって、そんなに骨は折れはしません。たいてい自分の望む種子《たね》さえ播《ま》けばひとりでにどんどんできます。米だってパシフィック辺［日本］のように殻《から》もないし、十倍も大きくて匂《にお》いもいいのです。けれども、あなたがたのいらっしゃる方［銀河鉄道が行き着くところ］なら農業はもうありません。苹果だってお菓子だって、かすが少しもありませんから、みんな、そのひとそのひとによってちがった、わずかのいいかおりになって毛あなからちらけてしまうのです。」

にわかに男の子がぱっちり眼をあいて云いました。

「ああぼくいまお母さんの夢をみていたよ［省略した部分に姉弟の母は二年前に死んでいることが書かれている］。

お母さんがね、立派な戸棚や本のあるとこに居てね、ぼくの方を見て手をだして、にこにこにこにこわらったよ。ぼく、おっかさん。りんごをひろってきてあげましょうか云ったら眼がさめちゃった。ああここ、さっきの汽車のなかだねえ。」

「その苹果がそこにあります。このおじさんにいただいたのですよ。」

　青年が云いました。

「ありがとうおじさん。おや、かおるねえさんまだねてるねえ、ぼくおこしてやろう。ねえさん。ごらん、りんごをもらったよ。おきてごらん。」

　姉はわらって眼《め》をさまし、まぶしそうに両手を眼にあてて、それから苹果を見ました。男の子はまるでパイを喰《た》べるようにもうそれを喰《た》べていました。また折角《せっかく》剝《む》いたそのきれいな皮も、くるくるコルク抜きのような形になって床へ落ちるまでの間にはすうっと、灰いろに光って蒸発してしまうのでした。

　二人はりんごをたいせつにポケットにしまいました。


賢治の生家は代々、真宗（浄土真宗）の熱心な門徒だった。18歳のころに島地大等の『漢和対照妙法蓮華経』を読んで法華経に目覚め、生涯、法華信仰をもったが、真宗の信仰も受け継いでいる。たとえば、浄土三部経のひとつ無量寿経に、阿弥陀仏の国（極楽）では、「食事のときには食器が自然に現れて百種の飲料・食物が自然に盛られている。しかし、実際に食べる者はいない。ただ色を見、香り

をかぐだけで自然に食の満足があり、食事が終われば食器は消える」と説かれている。銀河のあたりが行くところでは、種子さえ播《ま》けばひとりでにできる約束なので農業はないとか、りんごの皮が蒸発して消えるとか、風がきれいな音色の楽器を奏でるといった、このあたりの記述は、浄土経典に説かれている仏の国を連想させる。

川下の向こう岸に青く茂った大きな林が見え、その枝には熟してまっ赤に光る円い実がいっぱい、その林のまん中に高い高い三角標が立って、森の中からはオーケストラベルやジロフォンにまじってなんとも云えずきれいな音《ね》いろが、とけるように浸《し》みるように風につれて流れて来るのでした。

（中略）

向こうの青い森の中の三角標はすっかり汽車の正面に来ました。そのとき、汽車のずうっとうしろの方から、あの聞きなれた〔約二字分不明〕番の讃美歌のふしが聞こえてきました。よほどの人数で合唱しているらしいのでした。

青年はさっと顔いろが青ざめ、たって一ぺんそっちへ行きそうにしましたが、思いかえしてまた座りました。かおる子はハンケチを顔にあててしまいました。ジョバンニまで、なんだか鼻が変になりました。けれども、いつともなく誰《たれ》ともなく、その歌は歌い出され、だんだんはっきり強くなりました。思わずジョバンニもカムパネルラも一緒にうたい出したのです。

そして青い橄欖《かんらん》［オリーブ］の森が、見えない天の川の向こうにさめざめと光りながら、だんだんうしろの方へ行ってしまい、そこから流れて来るあやしい楽器の音も、もう汽車のひびきや風の音にすり耗《へ》らされて、ずうっとかすかになりました。

「あ、孔雀《くじゃく》が居るよ。」

「ええたくさんいたわ。」

女の子がこたえました。

ジョバンニはその小さく小さくなって、いまはもう一つの緑いろの貝ぼたんのように見える森の上に、さっさっと青じろく時々光って、その孔雀がはねをひろげたりとじたりする光の反射を見ました。

「そうだ、孔雀の声だって、さっき聞こえた。」

カムパネルラがかおる子に云いました。

「ええ、三十疋《ぴき》ぐらいはたしかに居たわ。ハープのように聞こえたのはみんな孔雀よ。」

女の子が答えました。ジョバンニは俄《にわ》かになんとも云えずかなしい気がして思わず、

「カムパネルラ、ここからはねおりて遊んで行こうよ。」

とこわい顔をして云おうとしたくらいでした。

カムパネルラは女の子のかおると天上の孔雀を見たといって親しげに話している。ジョバンニはそれ

がおもしろくない。

川は二つにわかれました。そのまっくらな島のまん中に高い高いやぐらが一つ組まれて、その上に一人の寛《ゆる》い服を着きて赤い帽子をかぶった男が立っていました。そして両手に赤と青の旗をもって、そらを見上げて信号しているのでした。ジョバンニが見ている間、その人はしきりに赤い旗をふっていましたが、俄《にわ》かに赤旗をおろしてうしろにかくすようにし、青い旗を高く高くあげて、まるでオーケストラの指揮者《しきしゃ》のように烈《はげ》しく振りました。

すると、空中にざあっと雨のような音がして何かまっくらなものが、いくかたまりもいくかたまりも鉄砲丸《てっぽうだま》のように川の向こうの方へ飛んで行くのでした。ジョバンニは思わず窓からからだを半分出して、そっちを見あげました。美しい美しい桔梗《ききょう》いろのがらんとした空の下を実に何万という小さな鳥どもが幾組も幾組も、めいめいせわしくせわしく鳴いて通って行くのでした。

「鳥が飛んで行くな。」

ジョバンニが窓の外で云いました。

「どら。」

カムパネルラも、そらを見ました。

そのとき、あのやぐらの上のゆるい服の男は俄《にわ》かに赤い旗をあげて狂気のようにふりうごかしました。するとぴたっと鳥の群は通らなくなり、それと同時に、ぴしゃあんという潰《つぶ》れたような音が川下の方で起こって、それからしばらくしいんとしました。と思ったら、あの赤帽の信号手がまた青い旗《はた》をふって叫んでいたのです。

「いまこそわたれわたり鳥、いまこそわたれわたり鳥。」

その声もはっきり聞こえました。

それといっしょにまた幾万という鳥の群がそらをまっすぐにかけたのです。

二人の顔を出しているまん中の窓から、あの女の子が顔を出して美しい頬《ほお》をかがやかせながら、そらを仰《あお》ぎました。

「まあ、この鳥、たくさんですわねえ、あらまあ、そらのきれいなこと。」

女の子はジョバンニにはなしかけましたけれども、ジョバンニは生意気《なまいき》な、いやだいと思いながら、だまって口をむすんで、そらを見あげていました。

女の子は小さくほっと息をして、だまって席へ戻りました。カムパネルラが気の毒そうに窓から顔を引っ込めて地図を見ていました。

天の川の渡り鳥は信号手の合図にしたがって、いっせいに川を渡ったり、ピタッと止まったりするこ

の鳥たちはどこへ渡っていくのか。「銀河鉄道の夜」の不思議なシーンのひとつである。


「あの人、鳥へ教えてるんでしょうか。」

女の子がそっとカムパネルラにたずねました。

「わたり鳥へ信号してるんです。きっと、どこからか、のろしがあがるためでしょう。」

カムパネルラが少しおぼつかなそうに答えました。そして車の中はしいんとなりました。ジョバンニはもう頭を引っ込めたかったのですけれども明るいとこへ顔を出すのがつらかったので、だまってこらえて、そのまま立って口笛を吹いていました。

(どうして僕はこんなにかなしいのだろう。僕はもっとこころもちをきれいに大きくもたなければいけない。あすこの岸のずうっと向こうに、まるでけむりのような小さな青い火が見える。あれはほんとうにしずかでつめたい。僕はあれをよく見て、こころもちをしずめるんだ。)

ジョバンニは熱《ほて》って痛いあたまを両手で押さえるようにして、そっちの方を見ました。

(ああ、ほんとうにどこまでもどこまでも僕といっしょに行くひとはないだろうか。カムパネルラだって、あんな女の子とおもしろそうに談《はな》しているし、僕はほんとうにつらいなあ。)

ジョバンニの眼はまた泪《なみだ》でいっぱいになり、天の川もまるで遠くへ行ったようにぼんやり白く見えるだけでした。

そのとき汽車はだんだん川からはなれて崖《がけ》の上を通るようになりました。向こう岸もまた黒いいろの崖が川の岸を下流に下るにしたがって、だんだん高くなっていくのでした。

そして、ちらっと大きなとうもろこしの木を見ました。その葉はぐるぐるに縮《ちぢ》れ、葉の下にはもう美しい緑いろの大きな苞《ほう》が赤い毛を吐いて真珠のような実みもちらっと見えたのでした。それはだんだん数を増してきて、もういまは列のように崖と線路との間にならび、思わずジョバンニが窓から顔を引っ込めて向こう側の窓を見ましたときは、美しいそらの野原の地平線のはてまで、その大きなとうもろこしの木がほとんどいちめんに植えられて、さやさや風にゆらぎ、その立派なちぢれた葉のさきからは、まるでひるの間にいっぱい日光を吸った金剛石《こんごうせき》のように露がいっぱいについて赤や緑や、きらきら燃えて光っているのでした。

カムパネルラが「あれとうもろこしだねえ」とジョバンニに云いましたけれども、ジョバンニはどうしても気持ちがなおりませんでしたから、ただぶっきらぼうに野原を見たまま「そうだろう。」と答えました。

そのとき汽車はだんだんしずかになって、いくつかのシグナルとてんてつ器の灯を過ぎ、小さな停車場にとまりました。

その正面の青じろい時計はかっきり第二時を示し、その振子《ふりこ》は風もなくなり汽車もうごかず、しずかなしずかな野原のなかにカチッカチッと正しく時を刻んで行くのでした。

そしてまったくその振子の音のたえまを遠くの遠くの野原のはてから、かすかなかすかな旋律《せんりつ》が糸のように流れて来るのでした。

「新世界交響楽だわ。」

姉がひとりごとのようにこっちを見ながら、そっと云《い》いました。全くもう車の中では、あの黒服の丈《たけ》高い青年も誰《たれ》もみんなやさしい夢を見ているのでした。

（中略）

「ええ、ええ、もうこの辺はひどい高原ですから。」

うしろの方で誰かとしよりらしい人の、いま眼《め》がさめたという風ではきはき談《はな》している声がしました。

「とうもろこしだって棒で二尺も孔《あな》をあけておいて、そこへ播《ま》かないとはえないんです。」

「そうですか。川まではよほどありましょうかねえ。」

「えええええ河までは二千尺から六千尺あります。もうまるでひどい峡谷《きょうこく》になっているんです。」

そうそう、ここはコロラド［アメリカ西部の州］の高原じゃなかったろうか、ジョバンニは思わずそう思いました。

カムパネルラはまださびしそうにひとり口笛を吹き、女の子はまるで絹で包んだ苹果《りんご》のような顔いろをして、ジョバンニの見る方を見ているのでした。

突然、とうもろこしがなくなって巨《おお》きな黒い野原がいっぱいにひらけました。新世界交響楽はいよいよはっきり地平線のはてから湧《わ》き、そのまっ黒な野原を一人のインデアンが白い鳥の羽根を頭につけたくさんの石を腕と胸にかざり、小さな弓に矢を番《つが》えていちもくさんに汽車を追って来るのでした。

（中略）

にわかにくっきり白いその羽根は前の方へ倒れるようになり、インデアンはぴたっと立ちどまって、すばやく弓を空にひきました。そこから一羽の鶴《つる》がふらふらと落ちて来て、また走り出したインデアンの大きくひろげた両手に落ちこみました。（中略）こっち側の窓を見ますと汽車はほんとうに高い高い崖《がけ》の上を走っていて、その谷の底には川がやっぱり幅ひろく明るく流れていたのです。

「ええ、もうこの辺から下りです。何せこんどは一ぺんにあの水面までおりて行くんですから容易じゃありません。この傾斜があるもんですから汽車は決して向こうからこっちへは来ないんです。そら、もうだんだん早くなったでしょう。」

さっきの老人らしい声が云いました。


銀河鉄道は高原から深い河谷へ下りていく。鉄道の軌道はまだ先があるのだが、途中にある崖を下りると、もう戻ることはできない。銀河鉄道は死んだ者たちを乗せて走る一方通行の列車である。

どんどんどんどん汽車は走って行きました。室中《へや》のひとたちは半分うしろの方へ倒れるようになりながら腰掛《こしかけ》にしっかりしがみついていました。ジョバンニは思わずカムパネルラとわらいました。もうそし、天の川は汽車のすぐ横手を、いままでよほど激しく流れて来たらしく、ときどきちらちら光ってながれているのでした。うすあかい河原なでしこの花があちこち咲《さ》いていました。汽車はようやく落ち着いたようにゆっくり走っていました。

汽車は河谷の底のゆったり川が流れるところまで降りてきた。そこでは工兵隊が架橋工事をしているのだが、そのシーンは略。工兵隊の発破《はっぱ》にジョバンニは興奮して、すっかり機嫌《きげん》をなおし姉弟とも屈託なく話すようになった。次に双子座、蠍座など、車窓に見える星々の物語がつづく。


「あれきっと双子《ふたご》のお星さまのお宮だよ。」

男の子がいきなり窓の外をさして叫びました。

右手の低《ひく》い丘の上に小さな水晶ででもこさえたような二つのお宮がならんで立っていました。

「双子のお星さまのお宮ってなんだい。」

「あたし、前になんべんもお母さんから聞いたわ。ちゃんと小さな水晶《すいしょう》のお宮《みや》で二つならんでいるから、きっとそうだわ。」

(中略)

川の向こう岸が俄《にわ》かに赤くなりました。

楊《やなぎ》の木や何かもまっ黒にすかし出され、見えない天の川の波も、ときどき、ちらちら針のように赤く光りました。まったく向こう岸の野原に大きなまっ赤な火が燃やされ、その黒いけむりは高く桔梗《ききょう》いろのつめたそうな天をも焦《こ》がしそうでした。ルビーよりも赤くすきとおり、リチウムよりもうつくしく酔《よ》ったようになって、その火は燃えているのでした。

「あれはなんの火だろう。あんな赤く光る火は何を燃やせばできるんだろう。」

ジョバンニが云いました。

「蠍《さそり》の火だな。」

カムパネルラがまた地図と首っぴきして答えました。

「あら、蠍の火のことならあたし知ってるわ。」

「蠍の火ってなんだい。」

ジョバンニがききました。

「蠍がやけて死んだのよ。その火がいまでも燃えてるって、あたし何べんもお父さんから聴《き》いたわ。」

「蠍って、虫だろう。」

「ええ、蠍は虫よ。だけどいい虫だわ。」

「蠍、いい虫じゃないよ。僕、博物館でアルコールにつけてあるの見た。尾にこんなかぎがあって、それで螫《さ》されると死ぬって先生が云ってたよ。」

「そうよ。だけど、いい虫だわ、お父さん、斯《こ》う云いったのよ。むかしのバルドラの野原に一ぴきの蠍がいて、小さな虫やなんか殺してたべて生きていたんですって。するとある日、いたちに見附《みつ》かって食べられそうになったんですって。さそりは一生けん命遁《に》げて遁げたけど、とうとう、いたちに押さえられそうになったわ、そのとき、いきなり前に井戸があって、その中に落ちてしまったわ、もうどうしてもあがられないで、さそりは溺《おぼ》れはじめたのよ。そのとき、さそりは斯《こ》う云ってお祈りしたというの。

ああ、わたしはいままで、いくつのものの命をとったかわからない、そして、その私がこんどいたちにとられようとしたときは、あんなに一生けん命にげた。それでも、とうとうこんなになってしまった。ああ、なんにもあてにならない。どうしてわたしは、わたしのからだをだまっていたちに呉《く》れてやらなかったろう。そしたら、いたちも一日生きのびたろうに。どうか神さま。私の心をごらん下さい。こんなにむなしく命をすてず、どうかこの次には、まことのみんなの幸《さいわい》のために私のからだをおつかいください。って云ったというの。そしたら、いつか蠍《さそり》はじぶんのからだがまっ赤なうつくしい火になって燃えて、よるのやみを照らしているのを見たって。いまでも燃えてるって、お父さん仰《おっしゃ》ったわ。ほんとうにあの火、それだわ。」

「そうだ。見たまえ。そこらの三角標はちょうどさそりの形にならんでいるよ。」

（中略）

「ケンタウル、露をふらせ。」

いきなり、いままで睡《ねむ》っていたジョバンニのとなりの男の子が向こうの窓を見ながら叫《さけ》んでいました。

ああ、そこにはクリスマストリイのようにまっ青な唐檜《とうひ》かもみ〔樅《もみ》〕の木がたって、その中にはたくさんのたくさんの豆電燈が、まるで千の蛍《ほたる》でも集まったようについていました。

「ああ、そうだ、今夜、ケンタウル祭だねえ。」

「ああ、ここはケンタウルの村だよ。」

カムパネルラがすぐ云いました。〔以下原稿一枚？なし〕

「ボール投げなら僕、決してはずさない。」

男の子が大威張《おおいば》りで云いました。

「もうじきサウザンクロス〔南十字星〕です。おりる支度《したく》をして下さい。」

青年がみんなに云いました。

「僕も少し汽車に乗ってるんだよ。」

男の子が云いました。

カムパネルラのとなりの女の子は、そわそわ立って支度をはじめましたけれども、やっぱりジョバンニたちとわかれたくないようなようすでした。

「ここでおりなけぁいけないのです。」

青年はきちっと口を結んで男の子を見おろしながら云いました。

「厭《いや》だい。僕もう少し汽車へ乗ってから行くんだい。」

ジョバンニがこらえ兼《か》ねて云《い》いました。

「僕たちといっしょに乗って行こう。僕たちどこまでだって行ける切符持ってるんだ。」

「だけど、あたしたち、もうここで降りなけぁいけないのよ。ここ天上へ行くとこなんだから。」

女の子がさびしそうに云《い》いました。

「天上へなんか行かなくたっていいじゃないか。ぼくたち、ここで天上よりももっといいとこをこさえなけぁいけないって僕の先生が云ったよ。」

「だっておっ母《か》さんも行ってらっしゃるし、それに神さまが仰《お》っしゃるんだわ。」

「そんな神さま、うその神《かみ》さまだい。」

「あなたの神さま、うその神《かみ》さまよ。」

「そうじゃないよ。」

「あなたの神さまって、どんな神さまですか。」

青年は笑いながら云いました。

「ぼく、ほんとうはよく知りません。けれども、そんなんでなしに、ほんとうのたった一人の神さまです。」

「ほんとうの神さまは、もちろんたった一人です。」

「ああ、そんなんでなしに、たったひとりのほんとうのほんとうの神さまです。」

「だから、そうじゃありませんか。わたくしはあなた方がいまにそのほんとうの神さまの前に、わたくしたちとお会いになることを祈ります。」

青年はつつましく両手を組みました。女の子もちょうどその通りにしました。みんなほんとうに別れが惜しそうで、その顔いろも少し青ざめて見えました。ジョバンニはあぶなく声をあげて泣き出そうとしました。


ジョバンニはキリスト教の神は「ほんとうの神さま」ではないという。しかし、何が「ほんとうの神さま」なのか、自分でもよくわからない。


「さあもう支度はいいんですか。じきサウザンクロスですから。」

ああそのときでした。見えない天の川のずうっと川下に青や橙《だいだい》や、もうあらゆる光でちりばめられた十字架が、まるで一本の木という風《ふう》に川の中から立ってかがやき、その上には青じろい雲がまるい環《わ》になって後光《ごこう》のようにかかっているのでした。

汽車の中がまるでざわざわしました。みんな、あの北の十字のときのようにまっすぐに立って、お祈りをはじめました。

あっちにもこっちにも、子供が瓜《うり》に飛びついたときのようなよろこびの声や、何とも云いようない深い、つつましいためいきの音ばかりきこえました。

そしてだんだん十字架は窓の正面になり、あの苹果《りんご》の肉のような青じろい環の雲もゆるやかにゆるやかに繞《めぐ》っているのが見えました。

「ハレルヤ、ハレルヤ。」

明るくたのしく、みんなの声はひびき、みんなはそのそらの遠くから、つめたいそらの遠くから、すきとおった何とも云えずさわやかなラッパの声をききました。そして、たくさんのシグナルや電燈の灯のなかを汽車はだんだんゆるやかになり、とうとう十字架のちょうどま向かいに行ってすっかりとまりました。

「さあ、おりるんですよ。」

青年は男の子の手をひき、だんだん向こうの出口の方へ歩き出しました。

「じゃさよなら。」

女の子がふりかえって二人に云いました。

「さよなら。」

ジョバンニはまるで泣き出したいのをこらえて怒ったようにぶっきらぼうに云いました。女の子はいかにもつらそうに眼を大きくして、も一度こっちをふりかえって、それからあとはもうだまって出て行ってしまいました。

汽車の中はもう半分以上も空いてしまい、俄《にわ》かにがらんとして、さびしくなり、風がいっぱいに吹き込みました。

そして見ていると、みんなはつつましく列を組んで、あの十字架の前の天の川のなぎさにひざまずいていました。そして、その見えない天の川の水をわたって、ひとりの神々《こうごう》しい白いきものの人が手をのばして、こっちへ来るのを二人は見ました。けれども、そのときはもう、硝子《ガラス》の呼子《よびこ》は鳴らされ、汽車はうごきだし、と思ううちに銀いろの霧が川下の方からすうっと流れて来て、もうそっちは何も見えなくなりました。ただ、たくさんのくるみの木が葉をさんさんと光らして、その霧の中に立ち、黄金《きん》の円光をもった電気栗鼠《りす》が可愛《かあ》いい顔をその中からちらちらのぞいているだけでした。


十字架の前の天の川のなぎさで手をのばして来る「ひとりの神々《こうごう》しい白いきものの人」はイエス・キリストのことだろう。そこはキリスト教の天国なのだが、銀河鉄道はジョバンニとカムパネルラを乗せて、さらに先へ進んでいく。

なお、「電気栗鼠《りす》」は賢治の造語である。


そのとき、すうっと霧がはれかかりました。

（中略）

ジョバンニは、ああと深く息しました。

「カムパネルラ、また僕ぼくたち二人きりになったねえ、どこまでもどこまでも一緒に行こう。

僕はもう、あのさそりのように、ほんとうにみんなの幸《さいわい》のためならば僕のからだなんか百ぺん灼《や》いてもかまわない。」

「うん。僕だってそうだ。」

カムパネルラの眼にはきれいな涙がうかんでいました。

「けれども、ほんとうのさいわいはいったいなんだろう。」

ジョバンニが云《い》いました。

「僕わからない。」

カムパネルラがぼんやり云いました。

「僕たちしっかりやろうねえ。」

ジョバンニが胸いっぱい新らしい力が湧《わ》くように、ふうと息をしながら云いました。

「あ、あすこ石炭袋《せきたんぶくろ》［暗黒星雲］だよ。そらの孔《あな》だよ。」

カムパネルラが少しそっちを避けるようにしながら天の川のひととこを指さしました。ジョバンニはそっちを見て、まるでぎくっとしてしまいました。天の川の一とこに大きなまっくらな孔がどおんとあいているのです。その底がどれほど深いか、その奥に何があるか、いくら眼をこすってのぞいても、なんにも見えず、ただ眼がしんしんと痛むのでした。

ジョバンニが云《い》いました。

「僕もうあんな大きな暗《やみ》の中だって、こわくない。きっと、みんなのほんとうのさいわいをさがしに行く。どこまでもどこまでも、僕たちいっしょに進んで行こう。」

「ああきっと行くよ。ああ、あすこの野原はなんてきれいだろう。みんな集まってるねえ。あすこがほんとうの天上なんだ。あっ、あすこにいるのはぼくのお母《つか》さんだよ。」

カムパネルラは俄《にわ》かに窓の遠くに見えるきれいな野原を指《さ》して叫びました。

ジョバンニもそっちを見ましたけれども、そこはぼんやり白くけむっているばかり、どうしてもカムパネルラが云ったように思われませんでした。

なんとも云えずさびしい気がして、ぼんやりそっちを見ていましたら、向こうの河岸に二本の電信ばしらが丁度《ちょうど》両方から腕を組んだように赤い腕木《うでぎ》をつらねて立っていました。

「カムパネルラ、僕たちいっしょに行こうねえ。」

ジョバンニが斯《こ》う云いながらふりかえって見ましたら、そのいままでカムパネルラの座っていた席にもうカムパネルラの形は見えず、ジョバンニはまるで鉄砲丸《てっぽうだま》のように立ちあがりました。そして誰《たれ》にも聞こえないように窓の外へからだを乗り出して力いっぱいはげしく胸をうって叫び、それからもう咽喉《のど》いっぱい泣きだしました。もうそこらが一ぺんにまっくらになったように思いました。


先の「七　北十字とプリオシン海岸」でカムパネルラが「おっかさんは、ぼくをゆるして下さるだろうか」と言い、ジョバンニは「きみのおっかさんは、なんにもひどいことないじゃないの」と言った。

カムパネルラの母は病気でもなく死んでもいない。では、「あすこがほんとうの天上なんだ」というきれいな野原を見てカムパネルラが「あっ、あすこにいるのはぼくのお母さんだよ」と言った母は何だろう。カムパネルラはその母のほうへ行ってしまったようだ。

ジョバンニは眼をひらきました。もとの丘の草の中につかれてねむっていたのでした。胸は何だか熱《ほて》り頬《ほお》にはつめたい涙がながれていました。

ジョバンニは、ばねのように、はね起きました。町はすっかりさっきの通りに下でたくさんの灯《ひ》を綴《つづ》っていましたが、その光はなんだかさっきよりは熱したという風《ふう》でした。そして、たったいま夢であるいた天の川や、やっぱりさっきの通りに白くぼんやりかかり、まっ黒な南の地平線の上では殊《こと》にけむったようになって、その右には蠍座《さそりざ》の赤い星がうつくしくきらめき、そらぜんたいの位置はそんなに変わっていないようでした。

ジョバンニは一《いっ》さんに丘を走って下りました。まだ夕ごはんをたべないで待っているお母さんのことが胸いっぱいに思いだされたのです。どんどん黒い松の林の中を通ってそれからほの白い牧場の柵《さく》をまわってさっきの入口から暗い牛舎の前へまた来ました。そこには誰《たれ》かがいま帰ったらしく、さっきなかった一つの車が何かの樽《たる》を二つ乗っけて置いてありました。

「今晩は、」

ジョバンニは叫びました。

「はい。」

白い太いずぼんをはいた人がすぐ出て来て立ちました。

「なんのご用ですか。」

「今日、牛乳がぼくのところへ来なかったのですが」

「あ、済《す》みませんでした。」

その人はすぐ奥へ行って一本の牛乳瓶《ぎゅうにゅうびん》をもって来てジョバンニに渡しながら、また云《い》いました。

「ほんとうに、済みませんでした。今日はひるすぎ、うっかりして、こうし〔子牛〕の柵《さく》をあけて置いたもんですから、大将、早速、親牛のところへ行って半分ばかり呑《の》んでしまいましてね……」

その人はわらいました。

「そうですか。ではいただいて行きます。」

「ええ、どうも済みませんでした。」

「いいえ。」

ジョバンニはまだ熱い乳《ちち》の瓶びんを両方のてのひらで包むようにもって牧場の柵を出ました。

そしてしばらく木のある町を通って大通りへ出てまたしばらく行きますとみちは十文字になってその右手の方、通りのはずれにさっきカムパネルラたちのあかりを流しに行った川へかかった大きな橋のやぐらが夜のそらにぼんやり立っていました。

ところがその十字になった町かどや店の前に女たちが七八人ぐらいずつ集まって橋の方を見ながら何かひそひそ談《はな》しているのです。それから橋の上にもいろいろなあかりがいっぱいなのでした。

ジョバンニはなぜかさあっと胸が冷たくなったように思いました。そしていきなり近くの人たちへ、

「何かあったんですか。」と叫ぶようにききました。

「こどもが水へ落ちたんですよ。」一人が云いますと、その人たちは一斉《いっせい》にジョバンニの方を見ました。ジョバンニはまるで夢中で橋の方へ走りました。橋はしの上は人でいっぱいで河が見えませんでした。白い服を着きた巡査《じゅんさ》も出ていました。

ジョバンニは橋の袂《たもと》から飛ぶように下の広い河原へおりました。

その河原の水際《みずぎわ》に沿ってたくさんのあかりがせわしくのぼったり下ったりしていました。向こう岸の暗いどてにも火が七つ八つうごいていました。そのまん中をもう烏瓜《からすうり》のあかりもない川が、わずかに音をたてて灰いろにしずかに流れていたのでした。

河原のいちばん下流の方へ洲《す》のようになって出たところに人の集まりがくっきりまっ黒に立っていました。ジョバンニはどんどんそっちへ走りました。するとジョバンニはいきなり、さっきカムパネルラといっしょだったマルソに会いました。

マルソがジョバンニに走り寄って云いました。

「ジョバンニ、カムパネルラが川へはいったよ。」

「どうして、いつ。」

「ザネリがね、舟の上から烏うりのあかりを水の流れる方へ押してやろうとしたんだ。そのとき、舟がゆれたもんだから、水へ落っこったろう。すると、カムパネルラがすぐ飛びこんだんだ。そしてザネリを舟の方へ押してよこした。ザネリはカトウにつかまった。けれども、あとカムパネルラが見えないんだ。」

「みんな、探してるんだろう。」

「ああ、すぐみんな来た。カムパネルラのお父さんも来た。けれども見附《みつ》からないんだ。ザネリはうちへ連れられてった。」

ジョバンニはみんなの居るそっちの方へ行きました。

そこに学生たちや町の人たちに囲まれて、青じろい尖《とが》ったあごをしたカムパネルラのお父さんが黒い服を着て、まっすぐに立って右手に持った時計をじっと見つめていたのです。

みんなもじっと河を見ていました。誰《たれ》も一言も物を云《い》う人もありませんでした。

ジョバンニは、わくわくわくわく足がふるえました。

魚をとるときのアセチレンランプがたくさんせわしく行ったり来たりして、黒い川の水はちらちら小さな波をたてて流れているのが見えるのでした。

下流の方の川はば一ぱい銀河が巨《おお》きく写って、まるで水のないそのままのそらのように見えました。

ジョバンニは、そのカムパネルラはもうあの銀河のはずれにしかいないというような気がしてしかたなかったのです。

けれども、みんなはまだ、どこかの波の間から、

「ぼくずいぶん泳いだぞ。」

と云いながらカムパネルラが出て来るか、或《ある》いはカムパネルラがどこかの人の知らない洲《す》にでも着いて立っていて誰かの来るのを待っているかというような気がして仕方ないらしいのでした。けれども俄《にわ》かに、カムパネルラのお父さんがきっぱり云いました。

「もう駄目《だめ》です。落ちてから四十五分たちましたから。」

ジョバンニは思わずかけよって博士の前に立って、ぼくはカムパネルラの行った方を知っています、ぼくはカムパネルラといっしょに歩いていたのです、と云おうとしましたが、もうのどがつまって何とも云えませんでした。

すると博士はジョバンニが挨拶《あいさつ》に来たとでも思ったものですか、しばらくしげしげジョバンニを見ていましたが
「あなたはジョバンニさんでしたね。どうも今晩はありがとう。」

と叮《てい》ねいに云《い》いました。

ジョバンニは何も云えずに、ただおじぎをしました。

「あなたのお父さんはもう帰っていますか。」

博士は堅《かた》く時計を握《にぎ》ったまま、またききました。

「いいえ。」

ジョバンニはかすかに頭をふりました。

「どうしたのかなあ、ぼくには一昨日《おととい》たいへん元気な便《たよ》りがあったんだが。今日あたり、もう着くころなんだが。船が遅れたんだな。ジョバンニさん。あした放課後みなさんとうちへ遊びに来てくださいね。」

そう云いながら博士はまた川下の銀河のいっぱいにうつった方へじっと眼めを送りました。

ジョバンニはもういろいろなことで胸がいっぱいで、なんにも云えずに博士の前をはなれて早くお母《つか》さんに牛乳を持って行ってお父さんの帰ることを知らせようと思うと、もう一目散《いちもくさん》に河原を街の方へ走りました。


カムパネルラのお父さんは「もう駄目《だめ》です。落ちてから四十五分たちましたから」ときっぱり言った。なぜなのか？　我が子が川で行方不明になったのに冷たいではないか、とも思われる。この言葉については次の「ジョバンニの切符――「銀河鉄道の夜」のメッセージ」で改めて述べる。

ジョバンニの切符――「銀河鉄道の夜」のメッセージ

賢治は「銀河鉄道の夜」を何回も書き直した。生前には未発表で、書き入れの多い原稿が厳密に校訂され、『新校本宮澤賢治全集』（筑摩書房）で公表されている。その手入れの過程は大きく四段階になる。最終稿は第四次稿である。

第三次稿には、セロのような声でジョバンニにいろいろなことを教えるブルカニロ博士が登場する。はじめは声だけだったが、最後にジョバンニが目をさました丘に姿を現した。そして、「さあもうきっと僕は僕のために、僕のお母さんのために、カムパネルラのためにみんなのためにほんとうのほんとうの幸福をさがすぞ」と言ったジョバンニに次のように告げる。

「さあ、切符をしっかり持っておいで。お前はもう夢の鉄道の中でなしに本統の世界の火やはげしい波の中を大股にまっすぐ歩いて行かなければいけない。天の川のなかでたった一つのほんとうのその切符を決しておまえはなくしてはいけない。」（中略）博士は小さく折った緑いろの紙をジョバンニのポケットに入れました。そしてもうそのかたちは天気輪の柱の向うに見えなくなっていました。

「九　ジョバンニの切符」の章は「銀河鉄道の夜」でいちばん長く、ページ数は全体の半分ほどになる。「ジョバンニの切符」こそ、この物語の最大最強のアイテムなのだが、最終形態の第四次稿では、この結末が落とされているので、その意味がよくわからなくなっている。解説役のブルカニロ博士も姿を消している。ここでもういちど、ジョバンニの切符の性格を見てみよう。

その切符はジョバンニが気づかないうちにポケットに入れられていた。つまり、自分で手に入れたのではなく、与えられた切符である。

その切符を持つ者は、どこでも自由に歩けるのだが、みんなの本当の幸福をさがすための切符なので、自分一人だけ天上界に行くようなことは許されない。そのことを賢治は『春と修羅』補遺の詩〔堅い瓔珞はまっすぐに下に垂れます〕に次のように書いている。

〔冒頭原稿なし〕
堅い瓔珞はまっすぐに下に垂れます。
実にひらめきかゞやいてその生物は堕ちて来ます。

まことにこれらの天人たちの

水素よりもっと透明な
悲しみの叫びをいつかどこかで
あなたは聞きはしませんでしたか。
まっすぐに天を刺す氷の鎗の
その叫びをあなたはきっと聞いたでせう。

けれども堕ちるひとのことや
又溺れながらその苦い鹹水を
一心に呑みほさうとするひとたちの
はなしを聞いても今のあなたには
たゞある愚かな人たちのあはれなはなし
或は少しめづらしいことにだけ聞くでせう。
（中略）
こんなことを今あなたに云ったのは
あなたが堕ちないためにでなく
堕ちるために又泳ぎ切るためにです。
誰でもみんな見るのですし　また

いちばん強い人たちは願ひによって堕ち
次いで人人と一諸に飛騰しますから。

瓔珞《ようらく》は菩薩《ぼさつ》の胸飾りの鎖である。人々を救うことを祈念する者の身を飾る。ここでは、「その生物（天人たち）がつけた瓔珞が堅くまっすぐに垂れ、その生物たちもまっすぐに堕《お》ちて来る。かれらは天の生き物なのだが、その瓔珞を胸をつけているからには、「水素よりもっと透明な／悲しみの叫び」をあげながら堕ちてくる。

賢治は「その叫びをあなたはきっと聞いたでせう」と問い、その人たちの話を聞いても今のあなたには「たゞある愚かな人たちのあはれなはなし／或《あるい》は少しめづらしいことにだけ聞くでせう」と言う。

現在は、悲惨な災害や紛争のニュースが日々流れてくる。病気や飢えに苦しむ子どもたちを見ても、少し胸が痛む程度で、日常の暮らしに戻る。そこに行って助けようとする人たちのことを聞いても、愚かな人たちの哀れな話だと思ったり、珍しいことだと思ったりする。けれど、いちばん強い人たちはみずから願ってそこに堕ちる。そして、いつかは、人々と一諸に飛騰する。

ジョバンニの切符も、悲しみの叫びをあげる天人たちの瓔珞と同じだ。その切符を持った者は、苦しくても「本統の世界の火やはげしい波の中を大股にまっすぐ歩いて行かなければいけない」。そのように進む者を護ってくれるのがジョバンニの切符である。だから、その切符を決してなくしてはいけない。

この結末部分でのブルカニロ博士は「ありがとう。私はたいへんいい実験をした」とジョバンニに礼を言う。テレパシーか超心理学の実験かとも言われるが、それは文脈を無視した解釈だ。ジョバンニはカムパネルラや女の子を憎く思うことがあっても、「カムパネルラのためにみんなのためにほんとうのほんとうの幸福をさがすぞ」と決意している。ブルカニロ博士は、その気持ちをジョバンニが持ったこと、仏教で発心《ほっしん》といわれることをジョバンニの心に確認できたので「ありがとう。たいへんいい実験をした」と言ったのだろう。

この物語のなかでジョバンニは、銀河の鳥取りに対して、「この人のほんとうの幸《さいわい》になるなら、自分があの光る天の川の河原に立って百年つづけて立って鳥をとってやってもいい」というような気がしたり、遭難した北の海でボートを必死に漕いでいる水夫を気の毒ですまないように思ったりし、みんなの本当の幸福を探すと繰り返す。

ところが、どうなれば本当の幸福なのか、その具体的な内容はわからない。「本当の幸福」という言葉は、行くべきところを示す遠い灯火のようなものとしてあり、実現できるかどうかはわからない。しかし、そこに向かっていく人がいなければ世界の改善もありえない。そのことが「銀河鉄道の夜」に込められたメッセージであろう。

ところが賢治は、第三次稿のブルカニロ博士をまったく消して第四次稿に改めた。おそらく、第三次稿は教条的にすぎると思ったのではないだろうか。そのためわかりにくくなっているが、賢治の死生観はより深く表されている。

まず、カムパネルラはどこへ行ったのか。カムパネルラはザネリを助けようとして川へ入った。それきりゆくえが知れないのだが、そのとき、下流の川面に銀河が大きく写り、川と空が融け合っている。カムパネルラはあの銀河のはずれにしかいないとジョバンニは思う。カムパネルラは天の川のきれいな野原にいる母のもとへ行ったのだ。友だちを助けようとして死んだカムパネルラが死後に悪いところに行くはずがない。

父親の博士も、それを確信している。息子のカムパネルラはもう戻ってこない。だから博士はきっぱりと「もう駄目です。落ちてから四十五分たちましたから」と言った。

それから博士は「ジョバンニさん。あした放課後みなさんとうちへ遊びに来てくださいね」と言った。その「みんな」には、いじめっ子のザネリも含まれているはずだ。ジョバンニの友だちのなかで、いちばんつらいのがザネリだ。自分のために川に入ったカムパネルラを探すことも許されず、父親に連れられて家に帰った。そのザネリにも「うちへ遊びに来てくださいね」と呼びかけることで、博士はかれを救ったのだろう。

また博士は、ジョバンニの父から「帰る」という便りがあったことを知らせた。ジョバンニにとって、いちばん嬉しい知らせである。

しかし普通は、その知らせはまず家族に送るものではないか。いくら親友だとて、なぜ、博士のところへ送ったのか。

ここには、いちばん幸福な知らせは、いちばん不幸な人から届けられるという構造がある。まるで十字架にかけられたイエスの福音《ふくいん》（良い知らせ）か、石や杖で打たれて迫害される者から人々に救いがもたらされるという法華経の逸話（常不軽《じょうふきょう》菩薩《ぼさつ》の話）のようである。ここでは子を亡くした悲しい父からジョバンニに、父が帰るという福音が告げられた。

ジョバンニは、もういろいろなことで胸がいっぱいでなんにも言えず、博士の前をはなれて、早く牛乳を持って母親にお父さんの帰ることを知らせようと走っていった。ここにも表現の小さな工夫がある。「一目散《いちもくさん》に河原を街の方へ走りました」という言葉で物語が結ばれていることである。ジョバンニは母が待つ家に帰っていったのだが、その前に、ザネリやその父親、今日は配達を忘れた牛乳屋など、いろいろな人がいる街へ駈けていったのだった。

おわりに

本書は千葉賢治の会の会誌『雲の信号』、拙著『イーハトーブ悪人列伝』（勉誠出版２０１１）に取り上げた作品を再編し、新たにいくつかの作品を加えて構成した。編集にあたって、株式会社blueprintリアルサウンドブック編集部の一柳明宏さんにたいへんお世話になったことを感謝とともに特記しておきたい。

賢治のユーモラスな作品には、他に「革トランク」「蛙のゴム靴」「カイロ団長」などがある。長篇「ポラーノの広場」などにも笑えるシーンがある。どうも賢治は、人を笑わせるのが好きだったようで、その性格が作品の魅力を高めている。妹トシの死を悼む「永訣の朝」「無声慟哭」などを含む詩集『春と修羅』にも、水たまりのボウフラの動きを歌った「蠕虫舞手《アンネリダタンツエーリン》」などの楽しい作品がある。それなのに「雨ニモマケズ」や「永訣の朝」などの重苦しい作品ばかり有名になって賢治のイメージが狭められ、幅広い作品世界があまり知られていないのは残念である。

本書は何よりも賢治の作品を楽しんでもらいたいという思いから編んだ。宮沢賢治の作品に気楽に親しんでもらえれば幸いである。

猫《ねこ》と笑《わら》いに銀河《ぎんが》　宮沢賢治《みやざわけんじ》ユーモア童話選《どうわせん》

2023年4月25日初版第一刷発行

編著者：大角《おおかど》 修《おさむ》
1949年、兵庫県姫路市夢前町生まれ。東北大学文学部宗教学科卒。
宮沢賢治研究会『賢治研究』編集委員（2023年から編集長）
著書は『宮沢賢治の誕生』中央公論新社，『イーハトーブ悪人列伝』勉誠出版社，『全品現代語訳　法華経』角川ソフィア文庫，『日本史年表』朝日新聞出版など多数。

イラスト：飯尾あすか
装丁：古田雅美（opportune design Inc.）
本文デザイン DTP：地人館
編集：一柳明宏（株式会社 blueprint）

発行者：神谷弘一
発行・発売：株式会社 blueprint
〒150-0043 東京都渋谷区道玄坂 1-22-7-5/6F
［編集］TEL 03-6452-5160 FAX 03-6452-5162

印刷・製本：株式会社シナノパブリッシングプレス

ISBN978-4-909852-40-3 C0095
© Osamu Okado 2023, Printed in Japan.

本書の無断複製は著作権法上の例外を除き、禁じられております。
購入者以外の第三者による電子的複製も認められておりません。
乱丁・落丁本はお取替えいたします。